SHORT STORIES OF LIFE SERIES

父亲的小故事

于冬梅◎编著

时代文艺出版社
SHIDAI WENYI CHUBANSHE

图书在版编目（CIP）数据

父亲的小故事 / 于冬梅 编著. —长春：时代文艺出版社，2011.4（2023.7重印）

ISBN 978-7-5387-3572-7

I. ①父... Ⅱ. ①于... Ⅲ. ①故事－作品集－世界 Ⅳ. ①I14

中国版本图书馆CIP数据核字（2011）第054582号

出 品 人　陈　琛

选题策划　朱凤媛

责任编辑　苗欣宇　田　野

装帧设计　孙　俪

排版制作　陈　萍

父亲的小故事

于冬梅 编著

出版发行 / 时代文艺出版社

地址 / 长春市福祉大路5788号　龙腾国际大厦A座15层　邮编 / 130118

总编办 / 0431-81629751　发行部 / 0431-81629758

官方微博 / weibo.com/tlapress

印刷 / 永清县晔盛亚胶印有限公司

开本 / 710×1000毫米　1 / 16　字数 / 252千字　印张 / 15

版次 / 2012年1月第1版　印次 / 2023年7月第3次印刷　定价 / 58.00元

父亲的歌

目录
Contents

目录 | STORY

STORY

父亲的歌

父亲的歌

每当我闭目静思时，总是情不自禁地回忆起父亲教我聆听歌声的那个晚上。当时我大约五六岁。在那个时代，内布拉斯加就像一个巨大的灰潭。夏天的中午，赤日炎炎似火烧，烤得人几乎喘不过气来。晚上，我躺在床上，突然，一道闪电划破了夜空，照亮了那条绿白相间的印花窗帘。雷声从遥远处隆隆而来，似乎显得越来越愤怒。我把阿尔塔阿姨的那条用碎布拼成的被面绕在颈上，双手紧紧地抱着枕头。软百叶帘咔咔作响，榆树枝条刮擦着屋檐，狂风呼啸着钻进窗子的缝隙，声如鬼哭狼嚎。忽然，又是一道强烈的闪电，把整个房间照得亮如白昼，紧接着就是一声惊雷，如同成千上万个炮弹在炸响。我真想逃到父母的卧室去，但我被吓呆了，只会放声大哭。

此刻，父亲来到了我的床沿，用手轻轻地摇着我。见我逐渐安定下来，便说："听！暴风雨里有歌声呢，你听得见吗？"

我不再抽泣，凝神谛听起来。又是一道闪电。又是一声炸雷。"听那鼓声。"父亲说，"少了鼓声，音乐该有多糟糕啊！没有节奏，没有深度，没有神韵。"鬼哭狼嚎般的风声又响了起来，我把父亲偎得更紧。"嘿！"他在我耳畔轻轻说道，"我们的乐队里又多了一只口琴。你听见了吗？"

我侧耳倾听。"不。"我轻声说道，"我觉得这像竖琴。"

父亲拍拍我的脸颊，微微一笑："现在你已经会想象了！闭上眼睛，看看你能不能跨越声音之上并驾驭住它。它会把你带到令人惊讶的境界。"

我闭上眼睛，极为虔诚地聆听起来。我驾驭着竖琴的声音，一直驰骋到清晨。这一觉真是太神奇了。

父亲是个医生，24小时内随时去农家应诊。他不会乐器，甚至五音不全。但他热爱听过的音乐，时常在屋里扯着沙哑的嗓子高声歌唱。当我们嘲笑他时，他就会说："嘿，一首歌如果不是大家来唱，还有什么好处可言呢？"有时，他坐在日光室里，用古老的维多勒琴弹着自己想象的乐曲，但弹了几分钟后就会陷入沉静。有一天，我问他，音乐停止后他在干什么？

"噢，"父亲把手放在胸口，说："这正是真正的音乐开始的时候，我在聆听我自己的歌。"

当时，我并不完全理解。随着岁月的流逝，父亲开始教我怎样聆听自己的特殊的歌。有一次，我们在科罗里达州的落基山脉，观看着奔腾的水流冲击巨岩的边缘。

"瀑布里有节奏。"他说，"你听得见吗？"

对我来说，瀑布的声音以前听来总是一样的，但现在当我闭上眼睛仔细倾听时，我发现自己确实在奔腾的流水中感受到了波涛汹涌的精妙节奏。

"音乐蕴涵在宇宙的万象中。"父亲说，"它在季节的变换间，在心脏的跳动中，在苦乐的循环里。不要忽略它，随它一起流动，让自己融进它的节奏里。"

此后的一天，我站在一艘海军军舰的甲板上，和担任舰医的父亲吻别。这是在第二次世界大战期间，我觉得很可怕。一星期来，我一直专注地端详着父亲的脸庞和手势，为的是，一旦父亲回不来，我能够回忆起他。

终于到了离船的时候了。霎时间，孩子的惊恐攫住了我，我用双臂紧紧地抱着他，不让他离去。

"听！"他和蔼地说，"你能听见波浪中的音乐吗？"

我屏息而听，果然，涛声中出现了跳动的节奏，顿时，我感到身上出现了一股坚强而可靠的力量。我松开了紧抱着父亲的双臂，毅然地跨过了跳板。

父亲顺利归来了。不久后的一天，我听到了自己生活中的音乐。那时，我在公立学校当听说治疗师。我很乐意帮助生活不便的孩子，有一个名叫莎莉·安的孩子的遭遇实在使我心疼。

莎莉·安是一个长着一头长长卷发的漂亮小姑娘，虽然她双耳没有完全失聪，但她的小学一年级却是在内布拉斯加州奥马哈的聋哑学校上的。现在，既然本地学校有了听说治疗师，她的父母就把她领了回来。对她来说，回家是多么激动啊！然而，几星期过去了，莎莉·安显然不能适应。她老是感到灰心。一段时间后，她失望了，不愿再努力听讲。她的父母开始考虑送她回奥马哈。

我很清楚，应该让莎莉·安把注意力集中到听讲上。我开始尝试用音乐帮助她，让她懂得听讲能给她带来欢乐。这种尝试果然收到了效果。

莎莉·安又回到了教室，虽然有时还会陷入灰心。有一天，我们俩正在听贝多芬的第五交响曲，我突然想起了父亲在日光室里的那段情景。

"莎莉·安，"我说，"我们来试试新方法。我把录音机关掉，但希望你继续认真听。"她显得困惑不解。"我希望你不仅用耳朵听，而且要用心听。一旦你发现了自己心中的音乐，无论你走到哪里，都可以听到它！"

每天，我们都要花上一段时间听音乐录音，然后关掉录音机，两人都把手放在胸口，聆听自己心中的歌。这很快成了她十分喜爱的奇境。每当我领她穿过大厅，或在操场上看到她时，她就会把手放在胸口，脸上焕发出异样的神采——我知道，她正在聆听发自内心的歌。后来，莎莉·安的老师不解地问我："你究竟对她做了些什么工作？现在当我讲课时，她不再光看书桌，而是认真地看着我，而且能听懂指导了。你注意到了吗？她走路不再步履蹒跚，而是蹦蹦跳跳了！"

父亲教我的歌还帮助我度过了为人妻、为人母的困难时期。有一年12月的一个冰雪夜，我心急火燎地奔向医院的候诊室，我那17岁的儿子保罗此刻正在死亡线上挣扎。一场车祸夺去了他的女友的生命，也使他陷入了昏迷。

时间一小时一小时地过去，我的心情也越来越恐惧。我真想冲进夜幕里大哭一场。突然我想起了多年前的那一情景：狂风尖叫着透过卧室的窗子，声如鬼哭狼嚎，那时，父亲第一次教了我怎样倾听歌声。这美好的回忆使我再次镇定下来，凝神谛听。

起先，我只能听到候诊室的火炉发出的嗡嗡声，随后，这声音里出现了大提琴低沉的音调，在它后面又出现了微弱的短笛声。我坐下来，闭上眼睛，聆听这"火炉大提琴"奏出的声音，驾驭着它一直驰骋到清晨。保罗终于幸存下来了，我的歌声也随他一起幸存下来了。

一天晚上，仅仅由于一个电话，我的音乐陡然沉寂了。一听到哥哥的声音，我立刻知道父亲去世。突发的心脏病夺去了他的生命。我倒在床上，闭上了眼睛。没有眼泪，眼前只是一片漆黑。我木然地躺了很久，一动也不动，只希望一觉醒来后发现自己做了一场噩梦。然而父亲确实去了。我们站在他的坟前，为葬礼而搭的遮篷在2月的寒风中哗哗作响，我的感觉几乎麻木了。一连几个星期，我总是沉默地踱步。

一天晚上，我独自一个人静坐在起居室里。冬天的寒风灌进烟囱，那肃穆的声音似乎是我的哀思的回响。突然，内心响起了一声呼唤：听！我忘掉了自我，很快安定下来。壁炉的燃烧声既不像口琴声，也不像竖琴声。不，那是一支音色丰富、珠圆玉润的长笛声。

立即，我感到自己露出了笑容。我意识到，此刻，在九泉之下，一个苍老的，五音不全的灵魂也在倾听这天国的交响乐，如果地下有灵，他将终身倾听这音乐的回响。

我听着这笛子声，闭上眼睛，驾驭着它，一直驰骋到清晨。

我又回到了生活之中。

(美国) 玛丽琳·摩根·海丽勃格

爸爸与鸽子

在我10岁的时候，父母离婚了。那是一段很不快乐的婚姻，所以分开无疑是个解脱。我和两个弟弟跟着妈妈，从那时起，我们就很少再见到父亲。

虽然我不太记得10岁前和父亲相处的时光，但是有一件事始终留在我的记忆中，我记得我们曾经一起养鸽子的那段日子，爸爸甚至还让我独自拥有一只，我给它取名为"小红"。

记得那时候每逢周末，我们都会带着鸽笼开车到离家遥远的地方，然后爸爸把车停在路边，我们便将笼内的鸽子一一放出，在它们的脚上绑上记号，再由爸爸把它们往空中抛去，任凭它们飞走。我们会看着它们在我们头顶的天空上绕圈子，在它们飞走之后，我们才回到车上，并在回家的路上的商店买苏打汽水。

等到下午的时候，我和爸爸会坐在房子后面的阶梯上，喝之前买来的汽水并望着地平面，等待每一只鸽子成功地飞回家。我一直都搞不懂鸽子是如何能够平安回到家，但我和爸爸对它们的天生本能都感到不可思议和兴奋不已。

爸爸离开后的30年间，我很少和他联系，有时候一整年最多只和他见两到三次面，甚至只有一次．让我们觉得疏离的原因，不是距离的关系，而是情感。有很长的一段时间，我们都不知如何表达对彼此的爱，他离家后，我发现再也难以和他亲近。

有一回我收到一张他寄来的问候卡片，他在信上说，他多么希望我们能像其他家庭一样，一同住在小城镇，并在黄昏时坐在门前阶梯上一起喝着柠檬水，一同分享生命的点点滴滴。爸爸在信的最后署名"爱你的爸爸"。看完他的来信后，我心中感到一阵心酸，忍不住哭了。

不久以前，我接到他的来电。他告诉我他已经病了好几个月，听完后我寄了张卡片给他，希望他"快点好起来"。但是没多久，他又打电话给我，告诉我说他的病不可能会好了，因为医生诊断发现他患了肺癌，而且只剩下三到四个月的时间可以活。听到这个晴天霹雳的消息，那一晚我难过得哭了好几个小时，因为我们已经失去太多相处的时光，而且再也不可能重新来过。

爸爸在他打那个电话后的两个月便过世了，幸好我们还有机会说再见，我将永远心存感激。

直到现在，我也很感谢上天并没有让他承受太多的病痛，让他很快就解脱了。

在爸爸的葬礼上，我接到一件特别的礼物。当我坐在教堂里聆听爸爸生前所选的圣歌时，突然有一样东西飞进来——竟然是鸽子。我知道那是我父亲的化身，他想借由鸽子告诉我他已经安全回到家了。

怀念

伏伊的儿子勒克小时候，总喜欢坐在他膝上看电视。3岁的孩子已能够清楚地判断真实与虚幻的人和事。他知道车祸、火灾、宇航员是属于现实生活中的，而蝙蝠侠、蛙人、星球大战则属于虚幻世界。唯独恐龙，他似乎永远分不清它到底属于哪个时空。

他无法理解这个曾经在地球上生存而今却灭绝得不见踪影的庞然大物。伏伊越是对他解释，就越是平添他的困惑与愤怒，按他的逻辑：凡是现在看不到的东西就意味着它从未存在过。

一天，电视中正在播放缅怀美国前总统林肯生平的纪录片。当冷峻的总统驾驶马车的画面出现在屏幕上时，勒克仰脸问伏伊："那人是谁？"

"亚伯赖罕·林肯，以前的美国总统。"

"现在他在哪儿？"

"他死了。"

"他没死！他不是还在驾车吗？"

儿子目不转睛地直视着伏伊的眼睛，好像要看出伏伊是否在戏弄他。

"他真的死了？他的一切都死了吗？"

"是的。"

"他的脚死了吗？"

他一脸严肃的表情，使伏伊忍俊不禁大笑起来。

"林肯事件"后，勒克把生死问题视为头等大事，他的小脑袋似乎深深地陷入对这一古老而又永恒问题的思考之中。从此以后，每当他们到林中散步时，都会格外留意林中死去的小动物。

伏伊趁机向他解释世间生死之道。对一个3岁大的孩子讲这种问题，伏伊从心眼里感到有些过分，可勒克却听得津津有味。

"通常人们认为：人的身体死后，还有另一部分仍然活着，那就是灵魂。虽然我们知道这是不可能的，但总有人认为那是真的，这种情况，我们称之为'怀念'。"

时光飞逝，一年半后，勒克的曾祖母去世了。按照生活习俗，要在家中对亲人的遗体作殡葬准备，他们还要给老人守灵。

一时间，老人的房间里来了许多宾客，他们纷纷前来缅怀老人家生前的快乐、幽默与和善。

伏伊牵着勒克的手，走到祖母遗体前瞻仰。然后勒克把伏伊拽到一旁，一脸庄重地盯着他，轻声说："爸爸，那人不是老奶奶。老奶奶根本不在那里面！"

"那她在哪儿呢？"伏伊问。

"正在别的地方与人说话呢！"

"为什么你要这样认为呢？"

"不是认为，是我知道。"

霎时，空气仿佛凝固了，他们互相凝视着，一动不动。

终于，勒克开口了："这就是怀念吗？"

"是的，勒克，这就是怀念。"

伏伊怀着近乎敬畏的心情欣喜地望着儿子，他相信儿子刚刚弄明白一个人类最为深奥的道理。

感情的表达

我们的家庭是一个很"规矩"的家庭，每一个人从不轻易表露自己的感情。我们之间难得互相拥抱，也不大互相亲吻。握手也具有男子气概，像父亲教给我们的那样：坚定、豪爽，双眼无所畏惧地专注对方。

可是，随着岁月的流逝，父亲的头发渐渐地变得花白。我目睹到父亲变多了，全然不像以前那么刻板。他会在人前流泪并不觉得难为情；他会大大方方地握住母亲的手并当着儿孙们的面亲吻她……有一次，父亲对我说，年纪越大就越觉得以往他是混淆了人的自然感情的流露与不得体的举止这两个不同的概念。一个人的生命如此短暂，应该将自己内心真实的感情在活着的时候告诉人们。

父亲变得十分容易亲近了，我感到我对他的爱也在与日俱增。我非常渴望能用一种意味深长的方法表达出来。可是，当我每一次与他"再见"告别后，总要为自己没能俯首向他吻别而后悔得直拍巴掌。就连"我爱你"这句话也羞于启齿，想说，却缺乏勇气。

于是，我觉得不能再长期这样下去了，我都快被这种所谓的"男子气概"压抑得喘不过气来了。一个星期六的下午，我迈着欢快的步子走进离家35英里远的父母亲家中。走进父亲的书房，发现他坐在轮椅里，正在壁台上专心工作。

"我来这儿只是为了一个目的，"我说，"我想说给你一些事，然后我想做一些事。"

突然，我觉得自己真像一个傻瓜。我46岁了，他86岁了。但是，既然已经踏出了第一步，那么绝不后悔。

"我爱你。"我说，激动得再也说不出第二句话来。

"你来这儿难道就是为了对我说这句话吗？"他彬彬有礼地问道，然后放下笔，双手插进了口袋，"你不必跑那么远的路来对我说这句话。但我听了感到非常高兴。"

"我想对你说这句话已有好多年了。"我说，"我发觉我很容易把这句话写在纸上，却十分难将它说出口。"

他似有所悟地点着头。

"还有一件事。"他说。

他并没有抬起头来，双眼依然专注着前方，慢慢地点着头。我俯首吻了他，首先在他的面颊上，接着在他光洁的前额上。

他伸出了他那双强健的手，握紧我的胳膊，把我拉向他。然后，他双臂抱住了我的脖子。最后，他松开了我。我感到尴尬。他嘴唇神经质地颤抖着，泪水在他的眼眶里涌动。

"我父亲死在印第安纳州，那时我还年轻。"他说，"不久以后，我离开了家去学院做老师，然后又去法国参加了第一次世界大战。战争结束后，我定居佛罗里达州。除了偶尔去看望妈妈以外，几乎不回家乡。"

"妈妈年纪大了，我去看她，并请她到佛罗里达去和我们住在一起。"他顿住了，笑了笑，一个破碎的笑。"她说：'不，我住在这儿很好。但我很高兴你来请我去和你们住在一起。即使我不会那样做，但我希望你还是能经常这样地来请我，一直到我死的那一天。'"

他抬起头来，望着我说："我知道你十分爱我，我希望你能经常这样对我说，一直到我死的那一天。"

那个星期六的下午，激情如同潮水般在我心中汹涌。我忘不了这一天。当我驱车回家时，我仿佛觉得我的灵魂在升腾、升腾，直到达永恒的苍穹，在那儿自由地飞翔。

爱的觉悟

近来，格瓦在教12岁的女儿学用蝇饵垂钓。这通常有趣又安全，不过也有麻烦的时候，比如对付涨潮和急流，格瓦教女儿时一点也不敢掉以轻心。

早春时节，格瓦最中意的那片水塘便开始有蜉蝣出现。这种小昆虫身体略呈紫红，正如树木开始长出嫩叶前那种特有的赭色。为把这种颜色掺入人造蝇饵，格瓦在用来充作蝇体的仿狐皮中加进一点紫毛。不久，格瓦又拿些澳大利亚袋貂皮，取一块放在锅里染色。

染的时候，格瓦站在锅的一边，女儿站在另一边。她突然问："爱的滋味是怎么样的？"口气坦诚率真，宛若在问他水里什么时候会有白色的蜉蝣。

他俩透过锅里腾起的紫色雾气相互对视着。"有各种各样的爱。"他回答。

"比如说？"

"嗯，你可能会热恋。"格瓦说。女儿望着格瓦，似乎在体味这话的意思。

"另外，"格瓦接着说，"还有别的爱。你可以爱朋友。你会同某人结婚，白头50年，到那时候，你的感情与求爱之初大不一样，它会变得更强烈。爱的种类多着呢！"

"哪种最好？"

格瓦看看锅里，沸滚中微微起伏的紫色表面结了一层蛛网似的泡沫。格瓦用长叉把毛皮从锅底捞起。染液流下，滴回锅里，这声音似乎代表了他对往事的回忆和女儿对未来期望的绝妙结合。

"我喜欢那种历久不渝的爱。"格瓦说，"不过，你喜欢哪种该由你自己决定。"

"我们春天去钓鱼，是吗？"

"当然，"格瓦说，"去的，一定去，宝贝儿。"

一场关于爱的讨论就这样微妙地同捕钓鳟鱼混为一体，给格瓦留下许多问号。格瓦告诉了女儿蜉蝣和五彩虹鳟的习性，但格瓦真正想要向她传达的是什么呢？

一次，当格瓦想起常去垂钓的那个狭长池塘时，答案豁然出现了。池塘边有棵苹果树，到蜉蝣开始出没的季节，树上的花朵倒映在水面上。鱼儿浮上来找食，使池水泛起阵阵涟漪，有时则跃出水面溅起水花。格瓦于是投下蝇饵，在那些有鱼浮上的地点垂钓。

在这个特别心爱的地方，格瓦度过了许多个愉快的下午。格瓦仿佛是存在于时光之外，但同时又会产生某种回忆，以及一些穿透人内心的亲切感。说格瓦此刻心境悠然自得，倒不如说他身心舒畅，生气蓬勃，满怀兴奋。他虽是孑然一人，却绝不孤独。

短毛大猎狗

我父亲朝我嚷着："当心！你差一点就撞到那辆汽车上去了。你就不能做事稳当点儿？"

他说的这些话使我感到比挨打还要难受。我冲着邻座上的那个老人转过头去，心里真想顶撞他一下。我把视线移开时，感到嗓子眼儿里突然堵得慌。我无意与他再作争吵。

"我看见那辆汽车了，爸。我开车的时候，请不要冲着我大喊大叫。"我字斟句酌地说，声音比我实际上感觉到的要平和得多。我爸瞪眼看着我，然后别转脸去靠回到椅子上。

回家之后，我让爸坐在电视机前，自己则走出屋外整理一下思绪。空中阴云密布，预示要下一场雨。远处雷声隆隆，好像在回应着我内心的骚动。我拿他怎么办呢？

我爸原先是个伐木工人，在华盛顿和俄勒冈工作。他喜欢在户外干活，醉心于用自己的体力来与大自然较量。他曾经多次参加十分累人的伐木比赛，而且常常得到名次。他房子里的架子上摆满了奖品，说明他有着超人的伐木技术。

多少年月就这样无情地过去了。他第一次举不起一根沉重的木头时还对此开玩笑；但就在那天晚些时候，我看见他一个人还在外面使劲地举它。当有人和他开玩笑说他已经老了，或是当他已经干不动他前几年干的活时，他就很恼怒。

在他67岁生日过后4天，他心脏病发作。一辆救护车急忙送他到医院去，同时由空降医护人员给他实施心肺复苏，使他血液和氧气保持流通。在医院，他很快被送到手术室。他很幸运，被抢救过来了。

但是在我爸身上有些东西死去了。他失去了对生活的热情。他顽固地拒绝遵照医生的吩咐，亲友的建议和帮助都被他丢到一边，还要加以讽刺和辱骂。来访者越来越少，最后竟没有人来了，就剩下他独自一个人。

我丈夫狄克和我要我爸来我们的小农场一起住。我们希望新鲜的空气和乡村的氛围能帮助他得到调节。他搬来不到一个礼拜，我就为邀请他来而感到后悔。一切似乎都不令人满意。他对我所做的一切都要加以批评，我感到沮丧，心情不好。不久之后，我就将积存的怨气向狄克发泄。我们开始吵架和争执。狄克为此担忧，于是去找牧师向他说明情况，牧师安排每个星期为我们调解一次。

一天，我拿着电话本坐下来，按照顺序依次地给列在黄页上的各个精神病门诊所打电话。对于每一个怀着同情心来接听电话的人我都说明了我的困扰，但徒劳无功。正当我要放弃希望时，有一个声音突然说："我刚刚读到一篇文章，也许会对你

父亲的歌 | STORY

有帮助！让我去把它拿来。"

我仔细听着她读那篇文章。这篇文章记叙了在一个疗养院里所做的出色的研究。那里的病人都在接受慢性忧郁症的治疗，当要他们负责喂养一只狗的时候，他们的病情有了很大的改善。

当天下午我就驱车到了动物收容所。我填好一张调查表后，一位穿制服的公职人员就领我去到狗房。我顺着一排狗窝走下去时，消毒药水的气味冲鼻而来。每一个狗窝中有5到7只狗。

有长毛狗、卷毛狗、黑色的狗、有斑点的狗——它们全部跳起来，围到我的身边。我仔细看了每一只狗，每只都有原因使我不愿意要它们——不是太大，就是太小，或是毛太多。当我走近最后一个狗窝时，在远处角落的阴影里有一只狗挣扎着站了起来，走到过道前面坐下来。它是一只短毛大猎狗，是狗的世界中列为佼佼者的品种之一。

但是它却是那品种中较为差劲的一只。由于年岁大了，它的脸和鼻口都呈现灰色。它的股骨上部突出，呈现不对称的三角形。然而它的眼睛引起了我的注意。它安详而明晰的双眼，毫不犹豫地瞧着我。

我指着那只狗说："你能告诉我这只狗的情况吗？"该职员瞧着它，然后迷惑地摇摇头。

"它是只奇怪的狗。不知是从哪里来的，那天就坐在大门前面。我们把它领了进来，想着会有人来认领它。那是两个星期之前的事了，至今没有听到什么消息。明天，它的时间就到了。"那职员无可奈何地做了一个手势。

我领会到这话的意思后，惊慌地问他："你的意思是明天就要杀掉它？"

他温和地说："夫人，这是我们的政策。对于没有人领养的狗我们没有地方都加以安置。"

我再次瞧着那只短毛大猎狗，它那安详的棕色眼睛正等待着我来作出决定。于是我说："我要它！"

开车回家时，我让那狗坐在我身边的前座上。到家时，我按了两次喇叭。在我帮着我的意外收获物下车时，我爸正拖着脚步走到前面的门廊上来。

我兴奋地说："嘿，爸！你看我给你弄回了什么玩意儿！"

爸瞧了一下，然后厌恶地皱着脸说："要是我想养狗，我早就弄来一只了。我要选也会选一只比这骨瘦如柴的狗好一些的狗。你自己留下吧！我是不要的！"爸爸轻蔑地挥了挥手，然后转身进屋去了。

我怒火中烧。愤怒使我的喉部肌肉发紧，太阳穴血管突突地跳。我牵着狗，跟在爸爸后面。

"爸，你最好还是习惯习惯它，它就留在这里了！"爸对我置之不理。我嚷着说："老头，你听到没有？"一听我这么说，爸勃然大怒，他身侧的两手紧握成拳，眼睛紧眯，愤怒已极。我们俩像一对要决斗的人一样互相瞪视着。这时，那只狗突然挣脱开我抓着的绳子，它摇摇摆摆地向我爸走去，坐在了他前面。然后它慢吞吞地、小心翼翼地举起它的一只爪子。

我爸盯视着那狗举起的爪子，他的下颌颤抖着。困惑取代了他眼中的怒火。那狗耐心地等待着。于是爸跪下来，抱着它。

这是温暖而亲密的友谊的开始。我爸给狗取名夏延。他和夏延一道逛遍了整个社区。他们花费许多小时走遍了尘土漫漫的小巷。他们在河边溪畔垂钓美味的鳟鱼中度过令人回味的时光。他们甚至还一道去做礼拜，爸爸坐在教堂靠后的长板凳上，而夏延则静静地卧在他的脚边。

在以后的3年中，爸爸和夏延形影不离。我爸不再感到苦涩，他俩还交了许多朋友。一天深夜，我发觉夏延用它那凉凉的鼻子拱我床上的被子，我大为吃惊。它晚上从来不到我的卧室里来的。我把狄克唤醒，穿上睡袍跑到我父亲的房间里。爸躺在床上，脸上的表情十分安宁，但是他的灵魂早已在当天晚上的某一时刻悄悄地离开了他。

两天以后，我发现夏延躺在我爸的床边死去了，我的震动和悲哀更深重了。我用它睡觉的旧毯子把它僵硬的身子裹了起来。狄克和我一道将它埋在一个我们所喜欢的钓鱼的水湾附近，我默默地感谢它，是它帮助我使我爸的心灵重建平和。

我爸下葬的那天早晨，阴云蔽日，天色惨淡。这天气就和我的感受一模一样，我边想边顺着通道向教堂为家庭提供的一排排长椅走去。我惊奇地发现爸和夏延的许多朋友把教堂挤得满满的。牧师开始朗读赞美词。这是对我爸和那只使他的生活发生变化的狗的尊敬和赞美。然后，牧师翻开《圣经》读道："一定不要忽略对陌生人的接待，因为由此会在意外中接待到天使。"

对于我来说，过去的岁月已变得清清楚楚，它完成了一件令人费解的事，是我在以前所不曾见到过的……恰好朗读了那篇合适的文章的充满同情的声音……夏延意想不到地在动物收容所里出现……那狗儿平静地接纳了我的父亲，而且为他做出了完全的奉献……我父亲和夏延的死期如此邻近……突然之间我懂得了，上帝毕竟已对我的祈祷作了回应。

父亲的眼睛

父亲死了……

我毫无目的地走出家门，走进那曾经带给我欢笑和梦想的黑莓林，眼泪禁不住涌了出来。我没有去擦，只想离得这个世界越远越好。

不知过了多久，母亲找到了我，她站在那儿，不说一句话，但我能感觉到她在极力克制自己，可是她控制不住自己的眼泪，泪水无声地溢了出来……母亲有一双很美的眼睛。

天渐渐地暗了下来，就像往常一样，山雀还在唱歌，不远处也袅袅地升起几股炊烟。也许，也许这一切只是一场噩梦？也许父亲早已经回家了？

父亲是个飞行员，当他自由自在地在天上飞时，也许不会体会到我和母亲的心情，那份恐惧和担心总使人不寒而栗。记得有一次天都黑了，父亲还没有回来，母亲就一直站在窗户旁，直到两束橘黄色的灯光迎面射来，接着便是父亲沉稳有力的脚步声，母亲才慌乱地理了理头，嘴角挂上了一丝微笑。

然而不幸终于发生了，1974年9月的一天，在飞越北卡罗来纳山脉的丘陵地带时，父亲的飞机发生了机械事故，父亲从此再也没有回来。我不知道上帝为什么对我如此残酷？今后我该怎么办？一个没有父亲的孩子简直就像大海上没有罗盘的水手，还有谁会在我迷失方向时伸出有力的大手？还有谁再为我点燃那假日里的营火？我闭紧双眼，真希望眼前的一切都会消失。

一个月后的一个星期天，基思·格利森在教堂遇见了我。"埃迪，"他说，"想不想和我一起去打猎？"他咧嘴一笑，友好地拍了拍我的肩膀。

毫无疑问，我没有拒绝。

基思在我们的教区是个副主祭，在我们男孩子眼中，他就是领袖。他正直而坦诚，虽然喜欢恶作剧，但他更爱帮助别人。他每次打猎归来，总会带给我们许多令人入迷的"神话"。对于我这个刚刚失去父亲的13岁男孩来说，眼前这个笑起来有一口白牙齿，而且还有一辆褪色吉普车的年轻人，简直就是个英雄。

于是整个下午，我都是在房后的树林里度过的。我准备好了弹弓、气枪，试着毛腰追赶兔子和松鼠，但我的耳朵却一直注意着门铃。

基思真的来了！他真的邀请我和他一起去打猎！！

"我……我当然想去，"我紧张得有些结巴，"但是……"

"没那么多'但是'，小家伙，我已经跟你妈妈说好了，就这么决定吧，我5点钟来叫醒你。"他拍拍我的头，又露出了那口漂亮的白牙齿，"是早晨5点！"

于是整整的一夜，我都没睡好，恍惚中忽然听到母亲的声音。"小丹尼尔·布恩……"她叫道，"小丹尼尔·布恩……"她一直这么叫着，母亲此刻又在想些什么呢？让一个她甚至都不认识的男人带走自己的儿子，到一个她也不知道的地方去，她受得了吗？我的眼睛一阵发热，赶紧翻了一个身。

于是一切就这么开始了——我离开了家，和基思一起走进了那片森林。

我们找了几棵伐倒的枥树坐了下来，由于睡眠不足，基思的眼圈有些发黑，但眼睛仍旧炯炯有神，下巴上新长出来的胡子碴儿使我忽然想起了父亲。每次父亲回到家，总要先拥抱我，然后就用胡子蹭我的小脸儿，我也总在父亲的怀里撞来撞去，亲亲父亲的大鼻子……我甩甩头，只觉得脸上凉凉地湿了一片。

基思静静地坐在那儿，手里捻着片枥树叶出神。忽然，他指了指头上的树，我顺着他的手望去，在那儿——第二个树杈的转弯处，有一个节疤，就像是一只眼睛——枥树的眼睛。顿时，我觉得这片林子就像一本翻开的书，基思就是我的老师。

一次，一只松鼠飞快地从我们眼前蹿过，爬到不远的一棵树上。"看！"基思一边轻轻对我说，一边悄悄脱下那件棕色的猎服，挂在一棵齐肩高的小树上。"丹尼尔，跟我来！"我们蹑手蹑脚地挪到那个小家伙待的枥树附近，抬头一看，那松鼠蹲坐在树干上，警觉地注视着那件棕色的猎服，根本没有察觉危险的处境，我轻而易举地击中了它。虽然这以后我知道，许多捕捉松鼠的猎手在很久以前就曾多次用过这个"诡计"，但我却一直深信，我曾目睹了世界上的一个奇迹。

林子里的冬天似乎来得特别早，一天早晨，当我们兴致勃勃地踏着树林中的第一场大雪并肩而行时，基思突然像发现了什么似的蹲了下来。

"看！丹尼尔，"他兴奋地指着雪地上的一些脚印，"这附近有只狐狸！你看，它的脚印比狗的稍窄一点儿，而且总是走直线，"他激动地又露出了白牙齿，"你仔细看看它走路时是怎么把一只脚落在另一只脚前面的。"

我好奇地观察着，这些脚印的确很奇特，它们一直穿过村路，沿着一条小溪的边缘，最后消失在一片休耕田里。我和基思顺着这些脚印终于发现了一个小洞穴，但这里似乎有过一场搏斗，在洁白的雪地上，有点点刺眼的血污……当我们离开时，不知为什么，我已对那只小狐狸产生了一种很奇妙的亲切感，我真的很同情它。在自然界这个庞大的生物链中，人类也只不过是它们众多的敌人之一罢了。

从格雷特斯的大棕熊到犹瑞斯特的驼鹿，从半天的短途旅行到四天的深山探险，我们走遍了北卡罗来纳山的沟沟坎坎，我也成了狩猎营中的一名"正规兵"——一个世界上最最幸运的男孩。那时，这片树林是那么和平、宁静，丝毫没有捕杀猎物的血腥和残忍；那时，我忘记了黑夜，也忘记了恐惧和孤独。我开始一个人打猎，在离家100英里的荒山野岭里，在离基思半英里之外的黑暗森林中，我终于长大了，并学会了用手里猎物的重量来衡量一天的收获。每当黄昏日暮，听到被击中的野鸭发出凄厉的尖叫声；每当清冷的早晨踏上嘎吱作响的霜露；每当气喘吁吁地追赶一头幼鹿而最终让它跑掉了的时候，我发现我找到了一个宝藏。

这片树林究竟意味着什么？它真能把一个男孩变成一个男子汉？也许它只是在召唤我们去探索一个我们所不熟悉的新的世界？是的，它已经把我们从孩童时开满鲜花的田野带到了一条黑暗而神秘的幽径。对于孩子来说，父亲便是他们行路中的指明灯，而对于一个没有父亲的儿子，眼前的道路是那么的漫长而遥远，找不到任何标记，到处充满了恐惧和狰狞。也许基思只是完成了我父亲最初该干的事，也许他只是我今后人生路上的一粒铺路石，但他更是我生活岔路口上那棵高大的栎树。

现在基思已经有了自己的儿子，我真羡慕他们，命中注定，他们将再次去分享那田野里快乐而充实的日子，基思也将再次在雪地上俯身，去燃亮另外一双好奇的眼睛，用那同样经受过风雨的"石头"去激起一个新的涟漪。

多年以来，我一直在寻找那片曾经属于过我的树林，寻找着那几乎被丢掉的记忆。我真的长大了，但我似乎依然能看到基思静静地坐在那伐倒的栎树干上，顺着他的目光，我依然找到了那藏在树枝丫上的眼睛，那是一个曾经迷失过方向的小男孩的眼睛——那是父亲的眼睛……

（美国）埃迪·尼克斯

父亲的餐桌

爹小时候在俄克拉荷马州的草原上生活，觉得马和骡的气味芳香又古怪，对这两种动物十分喜爱。他是在田间赶马赶骡长大的。星期六下午，他会去乡间市集赛马。睡觉时他甚至把马鞍放到床上当枕头。对他的这种独特癖好，母亲好不容易才习惯。

马是爹的宝贝，在油井工作则是他的职业。他是个熟练的钻井工人，只要钻塔在动，收入总是不差。可是每钻完一口油井，钻油工人就要往下一个钻井的地方走。所以我们不断搬家。

爹在油田钻井之外，也做杂工：料理已开采的油井和油罐场。工资比不上钻油井，但是工作稳定，每星期都领到薪水支票，公司还给我们房子住。房子谈不上讲究，但哪怕住的时间多短，我们都把它当做自己的家。

在得克萨斯州时，我们也住这种房子，爹买了"战云"——一匹白眼睛的青花雄马。它是爹的心肝宝贝。每天黎明时分，上班之前，爹总要在马厩待上个把钟头，喂食给它吃，替它刷毛。傍晚，他会骑马驰骋，直到日落。

他在"战云"的厩里装了各种设备：自来水、盐砖、饲料箱、不同厚薄的毛毯。还有个柜子，里面放了马生病时可能需要的各种药。马厩里甚至还有一台赶苍蝇的风扇。

母亲说马厩的设备比公司给我们住的房子还好。她想为大家把住的地方弄得好一些，勾织了一些椭圆形小地毯，铺在客厅和卧房。可是母亲还不满意。我们的餐桌是邻居送给我们的，很粗糙，没上漆。她在桌面铺上油布，但一直希望有套真正的餐桌和椅子。

有一天，她在邻镇看到一张清漆上光的胡桃木餐桌和六把椅子。她想如果把这套桌椅买回放在家里，再铺上白花边的桌布，不知多美！但这套桌椅要100元。这么贵？爹连瞧都不瞧一眼。

身材纤细的母亲只好把美梦抛在一旁，继续干她的日常家务。

母亲有洁癖，什么都井井有条，总是来回动个不停。但我们也老感觉到，她纤弱得令人担心。爹买"战云"那年的秋天，她终于不支，病倒了。

一个墨西哥老医生到家里替她看病，才知道她本来就过劳贫血，还吃了腐烂的东西。

母亲昏迷了。我们以为她会死，她却苏醒过来，然后吻了我们每一个人，一言不发，镇定得古怪。

邻居费·陶波特住到我家来照顾母亲，每天医生都来看病。他说没什么可做的了，唯有等待和祷告。

爹睡在客厅的沙发上。一天早上，他走进马厩，喋喋不休地向上帝大喊大叫：只要他妻子能复元，让他干什么都行。"我会把'战云'卖掉，我会去买那套餐桌，只要你让她活过来。"

我们一直不知道究竟是爹的祷告、老医生的药、陶波特的照顾，还是她自己的求生意志奏效，但是母亲的病的确好转。就在她觉得可以下床试走两步的那天，爹溜了出去，把"战云"带到牲畜拍卖场去，以150元把他的心肝宝贝卖给出价最高的人，然后去喝个酩酊大醉。

父亲为何会醉酒？我想可能是因为他自怜自悯，觉得自己一时失去理智，向上帝许了那样的愿。在生死关头，他宁愿选他的妻子而不要他的宝马；但是现在死神走了，妻子渐得复元，他也许认为他本可以鱼与熊掌兼得。

父亲喝个烂醉之后跌跌撞撞地走到家具店，买了那套餐桌和一张白色花边台布。他回到家，我们几个孩子一面笑着、讲悄悄话，一面帮他把桌椅摆好。然后他去扶母亲起床，带她走进饭厅，让她惊喜一番。

"怎样？"爹问，"你觉得怎样？"

母亲的心像要跳出来。爹做了一件美妙的事。

但是她跟着心一沉：不是她心中想的那套桌椅。这套俗气的家具不是胡桃木做的，只是橡木，刷成淡黄色。

她望望丈夫，望望孩子，眼有泪光。"噢，漂亮极了。我好喜欢。"她靠在爹身上说。

母亲把那套餐桌椅用了37年，不论我们住什么地方都带过去。有一天，她把清漆刮掉，发现里面的天然木纹其实很好看，便刷上她一直想要的胡桃木色。母亲去世之后，我姐姐把餐桌放在了她家的饭厅里。

我们知道母亲说得对。上漆也好，不上漆也好，爹买的餐桌实在漂亮极了。

怕难为情的父亲

孩子们的邀请，即使是邀我参加学校的放假典礼，也是难于拒绝的。最初，我以怕难为情为托词，可是我的侄女把嘴一撇，说道："男人都这么说。伊丽莎白说她爸怕难为情，她还是要让他去；安的爸也说怕难为情，安也要让他去。干吗当爸爸的都怕难为情啦？"

"我不了解那些爸爸的情况，"我告诉她，"我只能为叔叔说话。""那干吗叔叔们怕难为情啦？"

我承认，这使我为难了。"好吧，"我说道，"我跟那些怕难为情的爸爸一块去。"

我承认，要不是我确实知道有很多怕难为情的父亲会去，我是不会去的。置身于一大群绝不怕难为情的女子和孩子中间，没有一个男人，我感到很可怕，不堪设想。这并非我讨厌跟女人孩子做伴；总的来看，我认为他们是世界上最好的伴儿。可是，培根说过，一群人不能算伴儿，再说，一个人呆在一群女人和孩子当中，甚至比孤零零地呆在撒哈拉大沙漠中还感到孤独。此外，那些让孩子逼着去参加放假典礼的父亲怕难为情，我认为还有几层原因。我猜想，一般父亲是怕孩子的朋友对他有什么看法。他知道，由于上帝的恩惠，自己的孩子对他总是另眼相看，不符实际情况。他们跟他玩游戏，当他是玩伴，听他说笑话，多半会发笑。

他们往往把他看做世界上最富有、最勇敢、最聪明的人。难道有谁没有夸耀过自己的父亲？记得在八岁时，我向一位好朋友夸口说，我父亲有好几百万。他也夸口说他父亲有一百万英镑。我说我父亲有三百万。据我所知，这可能不假。孩子的确不愿意相信世界上居然还有别人的父亲，不管在哪一方面，胜过自己的父亲。有一天，一位偶尔写点不算高明的诗的朋友，提到布莱克的轶事，他的十岁的小女儿便插嘴问布莱克是什么人。

"呵，是个天才——写过'老虎，老虎'"她父亲说。

"赶得上你的天才吗？"小女孩追问道。"天哪，可不许说我是天才！"他告诉她。

"我说你就是。"她轻轻地然而坚定地说道。

"喏，"——他作了解释——"我就是活一千岁，也写不出'老虎，老虎'这样的诗句。"

"我宁愿读'呵，博纳，博纳，为何那样见不得人？'"她说道，还引了他写的那首恶劣的政治组诗的头一句。这种情况简直是天堂。

这不是说，当父亲的绝不会看见那不知不觉隐隐约约出现在孩子脸上的挑剔的神色，也不是说，他有任何理由担心他的孩子可能永远把他误认为上帝，不管经过多长时期也不会改变看法。他知道，他的本来面目迟早会发现，要不是确实对他早有看法，这个过程也许很慢。他也知道，一般来说，自己的孩子总是把他看得过高，别的孩子绝不会。为什么每当孩子要他到同学当中去，让他们评头论足时，他会突然感到胆怯不安，原因就在此。谁也无法把自己的身量加高一尺，可是他老怀疑别人的孩子会把他减低好几尺，感到很不自在。即使如此，我认为这还不是让怕难为情的父亲担心的主要原因。要是别人的孩子不喜欢我，我就加倍不喜欢他们，反正我总可以如法报复一下。怕难为情，主要是为他的孩子着想。

由于重感情，他觉得——或者自认为觉得——孩子太妙了，自己不配做他们的父亲，他总是回避，不愿在他们的朋友面前把一个二流父亲强加于他们。他自言自语，他的样子一定很古怪，可是，谁知道呢，他认得的父亲们，看上去也都古怪，别人倒愿意跟他们见面，尽管如此，他还是不愿意让大家看见这么一个古怪家伙，是这些挑剔的孩子的父亲，想一想都讨厌。他很不愿意看见孩子穿着可笑的衣服露面，也同样不愿意他们跟一个可笑的父亲露面，想一想都恶心。

当他的孩子邀请同学到家里来做客，客人走后，当父亲的能躺在椅子上自言自语，他的确应付得不坏，据说，这是当父亲的最大幸福。通过考试，总是令人愉快的，可是，没有比通过孩子的朋友给你的考试更令人感到轻松愉快了。父亲们告诉我，每当小朋友到家里来做客时，他们看见自己孩子总是很紧张——还说，当你说的笑话没意思，或其中的妙处无人领会，孩子们脸上就显得不耐烦，这就是把他们的内心独白告诉你："又出洋相了，爸！"孩子为父亲胆战心惊，要同情，当父亲的为自己胆战心惊，也要同情。当父亲的在孩子的朋友面前应付得当，孩子就很高兴。人们在童年时看见自己的父亲在这样难以应付的场面中大受欢迎，真是一大快事！如果他平时沉默寡言，突然一改常态，口若悬河，逗一逗乐，妙趣横生，摆起自己的经历来比小说还有意思，这时，他不禁打心眼里为自己叫好。天下最得意的事，莫过于有这样一位父亲。看见朋友眉开眼笑，我相信也会使你眉开眼笑。另一方面，有些孩子，甚至是孝顺儿子，从小就知道父亲并非完人，像对待注定的命运一样容忍父亲的缺点，习以为常。我认识一个男孩，他的父亲人极好，又有趣，但有个毛病，话太多，而且讲起故事来；啰啰唆唆，拉得比该讲的长一倍。要换了别的孩子早急了，这孩子却没露出半点发急的样子。当这位父亲扯上一段掌故，显然没完没了，讲了半天，正不知怎样往下讲时，这孩子总是笑一笑，只说声："爸，别讲了！"便换了个话题。可是，话多的老人家和没耐性的年轻人能一而再，再而三地面临这种尴尬局面，而不致彼此厌恶，这不是家家都能相处得这样融洽的。碰上这种情况我倒很想扮演古罗马时代的父亲。因为，对别人的过错，我们多半能原谅，

可是，如果有人直言无讳，说我们的话太啰唆，让人讨厌，就不能轻易原谅他了。拉罗歇福古说过："我们能原谅我们讨厌的人，但不能原谅讨厌我们的人。"大概正因为从这隐含的谴责中感到罪大恶极，我倒很同情那位话多的父亲，哪怕他在摆掌故时扯得再长，虽然我也赞同孩子的话"爸，别说了"我还是更同情他。

我动身到学校去，不能说我有一丝半点想使我的侄女以我自豪的念头，倒是怀着绝不至于真让她丢人的希望而受到鼓舞。事实上，我认为学校里绝没有让她丢人的可能，除非你从椅子上站起来，大出洋相。怕难为情的父亲往往发觉别人其实谁也没有注意他。我坐在后排靠墙的椅子上，也能看见演出，孩子们个个都为上台打扮了一番，他们跳完舞，又唱歌，又演剧，他们在台上那种神气，几乎完全忘了自己，甚至不耐烦地看看台下那些怕难为情的父亲是否自在。

一出戏，由小孩扮演，并仿照剧院，在地板上装上脚灯，看了这种演出，就会感到圣人贤者赞美孩子的话是千真万确的。他们的声音极美，不染尘俗，简直是音乐！听他们说话，就像听最初的鸟叫声一样，看着他们，就把你带回到一个到处是繁花满枝的苹果树的世界。孩子们和他们所扮演的庄严的角色，和他们扮演的女修道院长、诗人和竖琴师所说的庄严的台词之间，形成鲜明的对照，其间就具有喜剧意味。可是，也正是这种对成人世界的模仿，最初使我们感动，后来使我们心里充满酸甜苦辣的滋味，为在现实生活中扮演男人女人的，声音没有那么美，人没有那么好，而感慨万端。这种感触可能不深，也可能只是暂时的；可是，至少在当时，我们恨不得让生活永远保持这样的状态，要不是那些帝王、文臣、武将、贼、老板都是孩子，也恨不得让他们别长大，别死。从那些早已千古的人看来，帝王、文臣、武

将、贼、老板都是孩子，也许如此。

在神明的眼里，那南征北战，从一个王国的废墟到另一个王国的废墟的征服者，也不过是个佩着玩具剑的孩子，多半如此，谁知道呢？那些发间斑白和秃顶的老头，在扮演他们的角色时，毕竟和这些孩子差不多，对他们的所作所为也完全无知，不过这些孩子至少还知道他们在做戏。再说，一个十二岁的孩子和成人之间的差别，与五岁的孩子和十二岁的孩子之间的差别相比，的确微乎其微。

这时，一队六岁大的跳舞的小孩，迈着庄严的步子，摆着庄严的面孔出现在舞台上，扭呀扭的走到一队排成半圆形的女孩当中，这些女孩子没有一个大于十二岁，或小于十岁，我这才认识到六岁和十二岁之间的巨大差距。这些十二岁的帝王、清教徒、骑士，卖鲐鱼的小贩、小偷，在这些小不点的衬托下，显得高达六英尺。这些小不点如果单独在台上，看来也极小，年纪的大小却最理想，但这些六岁的小孩这一上台，似乎就是专为让我看出还有更接近理想的年纪。

并不是我想在这个问题上下武断的结论，想让全世界的人都像这般小得跟玩偶似的个头儿，而且让《泰晤士报》的这位编辑也像个六岁大的孩子，这种愿望无非是一时的感慨所致。也许有的人愿意拿穿着长睡衣睡觉的婴儿（如梅瑞狄斯所见的彗星时期的婴儿）相比，把六岁的小不点看做巨人呢。

对于许多人来说，摇篮里的婴儿，是永恒的"睡美人"，而且，如果有人按宗教画的标准来看，正是这种年纪对于富于幻想的人似乎最具神性。我承认，我对六岁就很满意了——不，七岁、八岁、九岁、十岁、十一岁、十二岁，也行。加到十六岁，甚至二十岁，或者一气加到三十岁，而且，你就是提高到四十岁，我也不跟你争论，也许每加一岁你都得说一点理由吧。在这个年龄限度内，要是每一年龄至少延续三年，就都好，没有高下之别了；可是，六岁这个年龄未必不该延续十年。要是这些孩子，不管六岁或十二岁，都注定不会老，那么，他们优美的表演，美妙的声音，也许不至于使我深受感动了。

再说，要是我没变老，正跟他们一样大，我可能尽跟他们吵架，对其中有些孩子，我也不会把他们看做天使，而是怒目相视了。因此才有这种说法，理想的最美好的世界里一切都会美满，那么，在叔叔眼里，当十岁姑娘的命运很美妙，在一个十岁的姑娘看来，当叔叔的命运也许同样美妙。我无论如何要告诉侄女，最理想的年纪不是六岁，而是十岁。当叔叔的只有一个义务——就是讨侄儿侄女喜欢。

父亲

安葬父亲后不久，对父亲的回忆——他的每一次大笑，每一声叹息，都像难以预测的涓涓细流时时在我的脑中流过。父亲为人坦率，没有一丝虚假或伪善。他的情趣纯真无邪，他的愿望极易满足。他从不将自己的意志强加于别人，他对闲言碎语深恶痛绝，从不知道什么叫怨恨或妒忌。我很少听到过他有什么抱怨，从未听到过他亵渎别人的话。在过去的五十年里，我记不得他讲过低俗或恶意的想法。

父亲很爱我母亲，对她总是体贴入微，并常为有这样一位美貌贤惠的妻子感到自豪。步入晚年后，他起床后的第一件工作便是煮咖啡（他煮得一手好咖啡），然后一边看报，一边呷着咖啡，等着母亲前来与他共享"少时夫妻老来伴"的欢乐。

我不知道还有谁比他更喜欢看报纸。他看起报纸来总是津津有味，即使一条新闻也细细品尝。在他看来，晨报重现着每日生活的新意，是奇迹与愚行的舞台。

父亲是个天才的"故事大王"，常以逗别人大笑为乐。他总是将自己刚听到的最新笑话或故事讲给大家听。当我年幼时，他常用一些幽默故事和哑剧逗我。我或鼓着腮帮，或滴溜着眼珠，或模仿着一种走路姿势。他可以在你面前活灵活现地装扮出一个人物来。

他还常用诙谐的幽默引得我们捧腹大笑。有时他兴致勃勃地问：

"你们猜今早我见到谁了？"

"谁？"

"邮递员。"

或者他伸出食指问："你们知道为什么伍德罗·威尔逊不会用这根指头写字吗？"

"不知道。为什么？"

"因为这是我的指头。"

这些事听起来很荒唐，是吗？不过你或许根本无法想象它们给我带来的乐趣。然而在绞尽脑汁取乐一个小孩子的同时，父亲自己也感受到人世间的天伦之乐。

在我做了爸爸后，父亲又开始给他的孙子们讲他那幽默可笑的故事。"唉，"他常叹道，"当我跟你们一般年纪时，我可以将手举这么高（他将手举过头顶），可是现在只能举到这儿（他又将手举到肩膀那么高）。"

这时，孩子们总是皱眉挠头，绞尽脑汁琢磨这是怎么回事。

"啊，是呀，"见孩子们仍在云里雾里，他又说："我过去能举这么高，可现在却不行了……"

旋即，孩子们异口同声尖叫起来："爷爷，可是您刚才还能举那么高呢！"

此时他便开心地大笑起来，要么拉过来在脸上猛吻，要么高高举过头顶，同时还夸奖说："喔唷，这些精灵鬼！"

幽默风趣是父亲的天性。来芝加哥定居后不久，他就去参加一所为外国人举办的夜校。老师问他："你可以就名词举一个例子吗？"

"门。"父亲回答说。

"很好。那么，请再举一例。"

"另一扇门。"他说。

父亲喜欢唱歌，并且唱得很不错，不过他的鼾声也如响雷。父亲打鼾，姐姐说吃语，整个屋子里彻夜不得安宁。

父母对我的学习成绩很是满意。很小时，我就懂得拿上一本书就可以逃避干家务活。瞥见我看书时，他总是拍着我的脑袋瓜说："很好，你在往这儿积累知识！"他常对人类大脑所创造的奇迹赞叹不已。

在我十一岁时，父亲开始教我下棋。六七个月后，当我第一次赢了他时，他高兴地直拍手，见人就讲，逢人便说。

他热爱这个国家，视美国为一块宝地。

父亲过去曾是波兰一家纺织工厂的织袜工。定居美国后，他又织运动衫。二十多岁时，他只身一人来到美国，后来才将我和母亲接了过去。在芝加哥，父亲每周要在一台笨重的织机上工作六十多个小时。

他得在黎明前起床，在滴水成冰的季节，要乘一个多小时的车，八点前赶到工厂。下班回家后，他匆匆吃过晚饭，又在家里那台半旧不新的织机上工作。母亲决意开办一个"家庭工厂"，以解脱老板的摆布。

父亲从没什么野心。母亲则永不知足，精力充沛，富于心计。他俩干起活来如同一个小组：母亲负责设计、剪裁（她小时候在一家纺织厂干过），然后经销帽子、围巾等。父亲除了开机编织外，还搞采购。

后来，他俩雇了帮工，在离我家还有一段距离的地方开了个铺子。父亲是店主兼制造商，母亲站柜台。两人都是激进的工会会员，这种由工人一跃成为"老板"的地位变化使他们感到无所适从。我怎么也不会忘记父亲曾力劝四位雇员组织一个工会的情景——为提高工资举行罢工！雇员们死活不干，认为他们的报酬已经可观。他们还说："既然你觉得我们应该得到更高的报酬，你给我们增加一些不就得了？"

"噢，那不行，"他立即说，"难道你们还不明白吗？如果只有我给你们增加了工资，那么我就无法和其他制造商竞争了。可是如果芝加哥所有的纺织工人都联合起来，并派一个代表团去要挟所有的制造商，那么我们就不得不增加工资了。"他到底还是说服了他们。

若干年后，当我在大学上经济学课时，这荒谬的一幕总是在我的大脑中闪现。

父亲交友甚广，却很少有知己密友。他十分钦佩自己所不具备的别人的优点：所受教育、分析能力和创造能力。他最崇尚直率的性格。他常情不自禁地赞美某某人："是个了不起的人物，实在了不起！"

父亲对大海有着深厚的感情。在密执安，在加利福尼亚和佛罗里达海滨，他不知度过了多少个美好时光。他不会游泳，因此从不到淹没膝盖的地方去。看着他坐在海边戴着草帽看报纸，就像一个澡盆里嬉水的孩子，实在令人发笑。

丹尼·托马斯曾给我讲述了他父亲——一个身高体壮，妄自尊大的人——是如何去世的。临终前，老人朝天挥动拳头大喊："让死亡滚蛋吧！"

我父亲没能像他那样壮烈地死去。经过了一年的心脏病、咳嗽、肺气肿的折磨后，他身体极度虚弱，最后在氧气帐中悄然离去。每当想到"死亡"二字时，他表现出的不是大发雷霆，而是闷闷不乐。

一次，母亲将他送到南天门医院，他抱怨说他脸上有点发痒。于是我带来了我的电动剃胡刀。在我给他剃胡须时，他问："你为何从纽约一直跑到密执安来了？"

"没有啊，"我撒谎说，"我碰巧来底特律开会，碰上了。"

"是碰上了！"他叹道。接着又笑着说："你可是我这一生中请过的最昂贵的理发师啊！"

出院后，他憔悴难认了。走路得拄拐杖，还须我搀扶。我不禁想起了一句犹太谚语："父亲帮助儿子时，两人都笑了；儿子帮助父亲时，两人都哭了。"

可我俩谁都从没哭过，因为我总是滔滔不绝地谈论自己的工作、妻子、儿女以及工作计划，他对这些向来都是百听不厌。我攒了一肚子听来的新故事——任何能使他暂从病痛中解脱出来的方式都未尝不可。在我讲故事时，他总是面带笑容，装出一副痛苦很快就会消失的样子，装出一副还有大量的时光交谈，还有数以千计的故事要讲的神态。

最后一次我是在芝加哥的一家医院见到他的，当时他被放在氧气帐中，处于昏睡中。我和妻子向他道别，他都没听见。我送他一个飞吻，以为他也没看见，然而他看见了。他点了点头，用满是皱纹、扭曲的脸做着怪相——以前当他说到"别为我担心"或"别等我"时常做这种鬼脸。接着，他费劲地伸出两根手指举到唇边，回报我一个飞吻。

父亲是个和蔼可亲，通情达理的人，我爱他。

父亲去世后我每天都要进行长时间的游泳。我可以在水中尽情痛哭，当两眼通红地从水中出来时，别人还以为是水刺痛了眼睛。我不知道别人是否有过如此思念之情，和我在一起，父亲感到愉快，和父亲在一起，我感到幸福。

父亲活在我的脑海里，他的音容笑貌时时涌进我的记忆。有时，我会情不自禁地脱口喊道："哦，爸爸，您真了不起！"

（美国）利奥·罗斯滕

爸爸

我对他的最早记忆——实际上也是我对一切事物的最早记忆——是他的臂力。那是一天傍晚在我家附近的一座正在建造中的屋子里。屋内尚未完工的木地板上有不少吓人的大洞，我知道这些咧着大口的黑黢黢的大洞不是什么好地方。当年三十三岁的他伸出强劲的双手，团团围住我那细小的胳膊，然后轻轻地将我举起，让我骑在他的肩上，高瞻远瞩，神气非凡。那时我才四岁。

父子关系随着时间的流逝而变化。它会随着双方的成熟而不断发展、日益完美。它也会由于令人愤恨的依赖性或自主性而日益恶化。对于当今许多生活在仅有单亲的家庭里的孩子来说，父子关系或许根本就不存在。

可是，对于二次大战结束后不久的一个小男孩来说，父亲犹如一尊神，他所具有的神奇体力和超凡能力，使他能从事和通晓凡人所无法从事和通晓的种种事情。许许多多令人惊异的事情，例如把自行车上脱落的链条重新装好这类事情。或者做一只关仓鼠的笼子。或者用钢丝锯锯出字母F；在电视出现前的岁月里，我就是这样学会识别字母的，每隔一天晚上学一个字母或一个数字，外加复习已学的字母和数字。（我们把元音字母漆成红色，因为它们有点特殊）

他甚至有先见之明。"你像是要吃牛肉饼加乳酪和冰镇巧克力饮料，"每到炎热的星期天下午，他常常会这样说。我五岁那年玩球，一记猛射，打破了邻居车库的玻璃窗，我提心吊胆地过了十天才去认错，他似乎早已知道此事，而像是一直在等待什么似的。

当然，有许多规矩要学。首先要学握手。伸出松软无力的小手来是绝对不行的，要坚定有力地紧握对方的手，同时要以同样坚定的目光正视对方的两眼。"别人了解你的第一件事便是跟你握手。"当年他常常这样讲。

每天晚上他下班回来，我们都要练习握手，头戴克利夫兰印第安人棒球队帽子的小男孩，表情严肃地奔到身材高大的父亲跟前，与他一次又一次地握手，直至练得能坚定地握住对方的手为止。

当我喂养的猫捕杀了一只鸟时，他简短地谈论了一种叫做"本能"的东西，这才驱散了一个九岁男孩心头的愤恨。第二年，当我的狗被汽车轧死，巨大而沉重的悲痛简直无法忍受时，他走了过来，伸出一双大手将我搂住，流着泪讲述生与死的自然规律，尽管我并没有想过超速行驶的汽车将狗轧压死是否也是大自然的一个组成部分。

随着岁月的消逝，还有别的规则要学。

"你要始终尽最大努力。"

"现在就做。"

"从不说谎！"

而最重要的是："凡是你必须做的，你都能做到。"

我十几岁时，他不再吩咐我该做什么，这使人感到既害怕，又兴奋。他仅提出看法，不再告诉我未来的生活会是怎样，而是让我知道除了今天和明天还有许多许多，这是我所从未想到过的。

当世界上最珍贵的姑娘（对我来说）——如今我已忘了她的名字——拒绝和我一

父亲的歌 | STORY

同去看电影时，他正好从厨房的电话机旁走过。

"这话现在可能难以置信，"他说，"可是，有朝一日，你连她的名字也会忘了的。"

一天，我们的关系发生了变化，这是我现在意识到的。我不再尽力使他感到高兴，而是想尽量给他以深刻的印象。我从未叫他来观看我的足球比赛。他所从事的是一种极度紧张的职业，这意味着星期五夜里大部分时间都要用来驱车赶路。但每逢重大的足球比赛，我朝边线一瞥，就可以看见那顶熟悉的软呢帽。天哪，对方队长是否对坚定有力的握手和坚定的目光感到永生难忘？

后来，学校里讲授的一个事实与他所说的相矛盾。他竟会错了，简直不可思议，可那是白纸黑字写在书上的。随着时间的推移，随着我个人阅历的增加。这种错误也越积越多，这促使我发展自己的价值观念。而且，我能看出我们俩已各自走上既不相同而又极其正常的生活道路。

我也开始觉察到他的盲点，他的偏见和弱点。但我从未向他提起过这些事，因为他也没对我这样，不管怎样，他似乎需要保护。我遇事也不再征求他的意见；他的经验与我必须作出的决定似乎毫不相干。有时他在电话上谈论政治，谈论他为什么要那样投票，或谈论为什么某一政府官员是一蠢蛋。而我听了之后则两眼望望天花板，微微一笑，尽管我在话音中从不流露。

有一时期，他主动提出忠告。但后来，近几年来，政治和有争议的问题都让位于日常琐事，抱怨跑空趟啦，抱怨生病啦——他朋友的病，我母亲的病以及他自己的病。他的病确实不轻，其中有心脏病。他床边就有一个氧气瓶，每当我去看望他时，他常常故意要上床休息，并要我扶他一把。

"你的臂力真大。"有一次，他特别提到这一点。

他在床上向我显示他畸形躯体上众多的伤痕和痛处，还有所有的药瓶。他谈起自己的病痛，渴望得到同情。他也确实得到了一些同情。但此情此景使我感到心烦意乱。他告诉我，正如医生所说的，他的状况只会恶化。"有时候，"他透露自己的真实想法说，"我真想躺下，长眠不醒。"

去年冬天的一个夜晚，我经过再三考虑，连怎么跟他说都考虑过了，最后下了决心在他床边坐下，一瞬间，我回想起三十五年前在另一座房子里那些吓人的黑黝黝的大洞。我告诉他我是多么爱他，并对他讲述了人们正在为他所做的一切。可是，我说，他一直吃得很差，深居简出，违背医嘱。无论多少爱也无法使另一个人热爱生活，我说，这是一条双向的通道。他没有竭尽全力。决定得由他作出。

他说他知道我讲这些话该有多难，而他为我感到多么自豪。"以前我有一位最好的老师。"我说，"凡是你必须做的，你都能做到。"他微微一笑。于是，我们最后一次坚定有力地握手。

几天之后，大约在清晨四点左右，我母亲听见他摸黑在他们的房里拖着脚走路。

"我有些事必须要做。"他说。他偿付了一大把账单。他为我母亲开列了"在紧急情况下"如何处置法律和财政问题的一个长长的单子。他还给我写了一张便条。

然后，他回到自己的床上躺下。他睡着了，显得十分自然。于是，他再也没有醒来。

鲜花中的爱

父亲头一次送我鲜花是我9岁那年。那时，我参加了5个月的踢踏舞学习班，准备迎接一年一度的音乐会。作为新生合唱队的一员，我感到激动、兴奋，但我也知道，自己貌不出众，毫无动人之处。

真叫人大吃一惊，就在表演结束来到舞台边上时，我听见有人喊我的名字，而且往我怀里放了一束芬芳的长梗红玫瑰。我默默地望着那朵朵红得像滴血似的玫瑰，它们在一枝洁白的满天星衬托下，静静地绽放着独特的美丽和清香。我的脸儿通红通红的，注视着脚灯的另一边。那儿，我父母笑吟吟地望着我，使劲儿鼓掌。

一束束鲜花伴随着我跨过人生的一个个里程碑，而这些花是所有花中的第一束。

快到我16岁生日了。但这对我来说并不是一件值得快乐的事，我身材肥胖，没有男朋友。可是我好心的父母要给我办一个生日晚会，这给我的心情越发增加了痛苦。当我走进餐厅时，桌上的生日蛋糕旁边有一大束鲜花，比以前任何一束都大。

我想躲起来。由于我没有男朋友送花，所以我父亲送了我这些花。16岁是迷人的，可我却想哭。我最要好的朋友弗丽在一边小声说："呃，有这样的好父亲，真运气！"我情不自禁地捧起了那一束玫瑰，整个身心都沉浸在那怡人的馥郁中，花香弥漫成一团透明的雾气，细细密密地浸润着我的心田。我真就哭了。

时光荏苒，父亲的鲜花陪伴着我的生日，音乐会、授奖仪式，毕业典礼。

大学毕业了，我将从事一项新的事业，并且马上就要做新娘，父亲的鲜花标志着他的自豪，标志着我的成功。这些花带给我的不仅是欢乐和喜悦。父亲在感恩节送来艳丽的黄菊花，圣诞节送来茂盛的百合，生日送来鲜红的玫瑰。后来有一次父亲将四季鲜花扎成一束，祝贺我孩子的生日和我们搬进自己的新居。

我的好运与日俱增，父亲的健康却每况愈下，但直到因心脏病与世长辞。他的鲜花礼物从不曾间断过。终于有一天，父亲从我的生活中逝去了，我将我买的最大最红的一束玫瑰花放在他的灵柩上。

在以后的十几年里，我时常感到有一股力量催促我去买一大束花来装点客厅，然而我终于没去买。我想，这花再也没有过去的那种意义了。

爸爸软化了

如果有人认为小女孩温柔娇嫩，甜蜜可爱，那是因为他自己没有女儿。

我有五个，包括一对孪生姐妹。她们有时惹我生气，却从来不曾忘记我的生日，但也从来不记得把马桶座圈掀起。

我本来无意写这篇女儿颂，直到后来有一天早晨，我那六个月大的女儿哭着要我抱。这可不得了，是不是？

当然是！尤其当时她还是妈妈抱着。女儿的这种行为大大伤害了妻的母亲尊严，不过后来她想起了有些儿童专家说过，婴儿要爸爸是因为她想玩。

我的太太，那是胡说啦！孩子要我，是因为她知道她是女儿，我是她的爸爸。软化爸爸的过程就在那时开始了。

在她那只能以月而非以年计算的年纪，她不会有足够的人际接触和时间让她辨识谁会帮她做什么。所以这也许是小女婴的先天本能。我认为男女两性之间，除去生理差异外，一定还有别的不同。

举例来说，儿子也有泪管，女儿有的却似乎是水渠。至少，女儿的泪水好像特别多。泪水，泪水，不知有多少泪水，直教你担心女儿会就那样在眼前缺水干枯。但是，这种水可以随时开关，收发自如。女人有这种本领，却很少当水管匠，真是怪事。

女儿的眼睛又似乎是两个小球，不停地在眼窝里转。她们眼眉的肌肉也协调得特别好。

女儿和大象一样，记忆力极强。她们装作没有听见，却记得你的每一句话。对女儿的诺言是极重要的口头合约。爸爸如果忘记他的诺言，那就糟糕！

我是在五十年代长大的。那时妈妈围着旧式的围裙，使用直立式吸尘器。子女放学回家，她分给他们饼干牛奶吃。晚饭后，她在厨房里洗碗碟，爸爸和儿子们到外面打球，一同做男人的事。妈妈是操纵其他厨房工具的另一件厨房工具。我父亲做个花生酱三明治也不会，一定要妈妈服侍。在那个未开明的时代，"大男人主义"一词的意义，只有上帝和文学教授知道。

因此，我和其他男人一样，自己是个长大了的男孩，一心只想着怎样教养男孩子。打球，放爆仗，打拳，打猎，钓鱼。总之是做些出汗的事情，反正男孩子就喜欢满身大汗。他们从来不知道袜子有多臭。

那么，一个喜欢运动的爸爸怎样教养女儿呢？买足球运动用的护肩给她们吗？不，他要教她们打高尔夫球、游泳之类一辈子都可以做的运动。

爸爸还应该教女儿做什么呢？他不用教她们照镜子。也不用教她们穿衣服。一个小女孩自会看得出爸爸一只脚上的袜子是棕色，另一只脚的袜子是黑色。儿子却只能看出爸爸少了一只脚。我认为爸爸最需要做的，是教导女儿将来想做怎样的人便一定能做怎样的人。

女儿们很早就有社交常识。我一个女儿在两岁时对我说："爸爸，你没有衣裙，你是男孩子。"她的口吻满含宽恕，像是在说："爸爸，你没有办法。"

另一个女儿说："爸爸比妈妈有趣。但是他不如妈妈整齐清洁。"

她的孪生妹妹说："妈妈天天发脾气。你大概一星期发一次。可是你发脾气时，真的是大发脾气。"

我的一个同事有两个念大学的女儿。有年夏季，他的两个女儿都回家来。那时他的眼睛有毛病，不能开车，也不能看书，这两个自告奋勇的护士无微不至地照料他。过了一阵子，这个独立成性的人有点受不了她们的好意看护，说他希望她们照管自己的钱能像照管他那样周到。她们听后马上哭了起来。他对我说："两个女儿一个就要做医生，一个就要做律师了，但只要我向她们皱皱眉头，她们就哭。"他有个成年的儿子，很少和他通消息。他说："终究是女儿好，值得忍受这些麻烦。她们似乎自然就懂得怎样去爱人，不需勉强着力。"

我的大女儿刚升读我任教的那所中学时，时常带新结交的朋友到我的办公室来，拿我向她朋友炫示。至少我想是那个原因。我很难想象儿子会在他的朋友面前做这种事。十几岁的儿子如果有爸爸在他的学校教书，会觉得挺难为情的。

但是，为什么我们做爸爸的会深怕女儿长大成人呢？那是因为自私。在她的生命中，将有比我更重要的男人。把咯咯发笑的女儿抬在肩头，送她上床睡觉的年月，实在太少；用蜡笔画的儿童画的颜色褪得太快；晚间携手散步的时间也太短了。和爸爸玩拼字板游戏，怎能和校队队长的约会相比？

我只希望我女儿没有那种以灰姑娘自居的情绪，以为自会有完美的意中人出现，一生无忧无虑，永远快乐。只要她们能够爱男人而不完全依赖男人，我就认为我这个做父亲的很成功。世界上没有任何人比一个坚强而温柔的女人更美。

当然，只有年幼的女儿除外。

告别

我常试图想象我的母亲和父亲究竟是什么样子，并且总是以一种好恶参半的心理去进行思考。但我从来把握不住，也永远说不清楚我生活中这两个重要人物的性格特征到底是什么。当他俩几乎同时去世时，我发现，我同他们之间有着多么深的隔阂。我并不为他们而悲哀，因为我几乎不认识他们。使我悲哀的倒是无可挽回地失去的那一切。由于这个缘故，我的童年和青年时代几乎像一片空白。

我感到悲哀，因为我认识到，一种共同生活的尝试已彻底失败：一个家庭的成员数十年之久只是勉强地生活在一起而已。我悲哀，还因为我认识到我们兄弟姐妹们聚集在坟墓旁已为时过晚，我们匆匆相遇，又匆匆分手，每个人都各奔前程。

母亲去世后，毕生都在孜孜不倦地工作并因此而为人称道的父亲，试图再次唤起从头开始的假象。他独自前往比利时，据他说，是为了建立业务上的关系。但实际上，他是准备像一只受伤的野兽那样在隐匿中孤独地死去。他出门时已经老态龙钟，走路很吃力，离不开两只拐杖。

接到他在根特去世的通知后，我乘飞机到了布鲁塞尔。在机场，怀着抑郁的心情踏上了一条漫长的路。我父亲也曾走过这条路，并且不得不拖着他那两条因血脉不通而行动艰难的腿，在楼梯上爬上爬下，穿过一个个大厅，一条条走廊。

那是三月初，天空晴朗，阳光灿烂，一阵阵寒风刮过根特的上空。我沿着铁路旁的一条街道向医院走去，父亲的灵柩就安放在医院的小教堂里。在一排光秃秃的、经过修剪的树木后面，一列列货车正在调轨，一节节车厢呼啸着飞驰而过。我来到那个形同车库的小教堂前，一位护士替我打开门。

父亲就躺在一个蒙着帆布的担架上，身旁放着一口覆盖着花束和花圈的棺材。他穿着那身过于肥大的黑色西装，套着黑袜子，两只手叠放在胸前。怀里，是一张镶有黑框的母亲的遗照。他那瘦削的脸庞十分安详，几乎还没有变白的稀疏的头发鬈曲地贴在额上，表情里有一种我以前未曾看到过的高傲和果敢。那两只匀称的手上，指甲闪着淡青色的光芒。当我抚摸这冰冷、发黄、发肤绷紧的手时，那个护士就站在几步远的门外，在太阳地里等我。

我回想着我最后一次看见父亲时的情景：在埋葬了母亲之后，他躺在卧室的沙发上，身上盖着毯子，泪水模糊的脸显得发灰，嘴里不停地小声念叨着母亲的名字……我久久地站立着，任凭凛冽的寒风吹拂着我冻僵的身体，耳边响着从铁路那边传来的汽笛声和机车喷出蒸气时短促的响声。

我面前这个人的生命之火完全熄灭了，他那旺盛的精力已化成了彻底的虚无。在我面前，在异乡一间靠近铁路的车库里，躺着一个人的尸体，他将长眠地下，再也不可企及。这个人在他的一生中，曾拥有过许多营业所和工厂，曾作过无数次旅行，住过无数家旅馆；在他的一生中，他有过规模宏大的房屋和豪华的住宅，有过许多间摆满家具的房间；在这个人的一生中，他的妻子总是陪伴着他，在共同的家里等待着他；这个人的一生中也有过许多孩子，他总是避开他们，从来不会和他们谈点什么。但是，当他外出旅行时，他也会感到对孩子们温存的爱，希望见到他们。他总是把他们的相片带在身边，在旅途中，在夜晚住宿的旅馆里，他常常端详这些已经揉皱、磨损的照片，并且相信，在他回家后他们会对他报以信赖。可是，每当他回到家，发现的却总是失望和相互间的隔膜。

这个人在他的一生中，曾作过不懈的努力来维护他的家庭，使它不至于崩溃，即使在忧虑和疾病中，他也同妻子一道勉为其难地维护这个家庭的产业，自己却从未从这份产业中获得过一丝幸福。

这个人现在就躺在我面前，永远地安息了。他从未动摇过对于现有这个家的信念，然而却孤独地死在远离这个家的一间病房里。在他离开人世的那一瞬间，当他伸手按电铃时，他也许突然感到了一阵寒冷和空虚，想唤来某种东西，得到哪种帮助或是宽慰。

我端详着父亲的脸，还活在人世的我，心中保留着对他的纪念。这张被阴影笼罩的脸变得陌生了，他正带着满足的神情躺在这里，永远脱离了尘世，而与此同时，他的最后一幢大厦还矗立在某个地方，里面铺满了地毯，摆满了家具、盆栽花卉和绘画。这是一个失去了生命力的家，是他经历了多年的流亡和频繁的迁徙，克服了种种不适应的困难，饱尝了战争忧患拯救下来的家。

这天的晚些时候，父亲被殓进了我从殡仪馆买来的一口普通褐色棺材。在那位护士的关照下，他妻子的相片仍留在他的怀里。在货运列车驶过的隆隆声中，两名杂役旋紧了棺材盖并将父亲的灵柩抬到灵车上，我则乘坐一辆出租汽车跟在后面。

在通往布鲁塞尔的公路上，过路的农民和工人在夕阳的映照下向那辆黑色的灵车脱帽致意，这是父亲在一个陌生的国家里所作的最后一次旅行。在市郊的一块高地上，坐落着设有火葬场的一座公墓，寒风吹拂着墓碑和光秃秃的树木。父亲的棺材被抬进了礼拜堂的一间圆形大厅里，安放在一个台基上。我站在一边等待着。壁龛里的管风琴旁，坐着一个面带醉意的老人，他开始演奏一支安魂曲。此时，墙壁正中的一扇门突然开了，载有棺木的台基开始微微移动，沿着嵌在地板上几乎察觉不到的轨道缓缓地向门后一间空荡荡的四方形房间滑去，然后，门又无声地关上了。

两个小时后，我拿到了父亲的骨灰盒。我捧着这只嵌有十字架、上宽下窄的盒子，在工作人员和客人陌生的目光下走过，父亲的骨灰随着我的脚步在盒中发出轻微的响声。我回到旅馆，先是把骨灰盒放在桌上，然后移到窗台上，接着又放在地板上，放进大橱里，最后，放到了衣帽间。我下楼进了城，到百货店买了些纸和绳子，将盒子包好。当天，我陪伴着衣帽间里父亲的骨灰在那家旅馆里过了夜。第二天，我来到父母住过的房子，同我的同父异母兄弟及其妻子、我的亲哥嫂以及我的姐姐、姐夫一道商量了送葬、执行遗嘱和分配遗产等事宜。在以后的几天里，我们这个家终于解体了。

（瑞典）彼得·魏斯

我的父亲和犹太人

我的父亲对犹太人评价很高。

他常说所有由人类智慧产生的伟大成就都是犹太人创造的。

父亲生来就喜欢下断言。"世上没有好的战争，也不存在不好的罢工。""报刊和传教士是工人最可恶的敌人。"这些话都是父亲说的。他最得意的断言是他认定马克思、弗洛伊德和爱因斯坦是我们时代三个最伟大的人物。可是据我所知，他从未读过他们之中任何一个人所写的哪怕是一个字，但他却坚称他那些最得意的格言都出自于这几个伟人，比如他常对我母亲说的"宗教是人民的鸦片"一语就出自西格蒙德·弗洛伊德之口。

记得在大萧条时期本森山谷一个冬日的夜晚，父亲侧身靠在壁炉架上，大声谈论着卡尔·马克思、西格蒙德·弗洛伊德和艾尔伯特·爱因斯坦。

"你们知道吗，这些伟人属哪个民族？"他挑战性地问道。

"德国人！"我的哥哥迈克尔说。迈克尔因为参加了坎皮恩研究会，学了不少有关宗教和政治的动听字眼。

"他们是犹太人，聪明的阿历克！"我的父亲回答说，"希特勒那个大浑蛋倒是德国人——他烧了他们的书。"

"希特勒是奥地利人。"迈克尔坚持说。他是我们家中除母亲外唯一可以顶撞父亲的人。

父亲花了不少时间所研究的人物是列宁和亨利·劳森。他声称列宁是犹太人，虽然像往常一样，他的断言是毫无根据的。他从来不承认劳森是上帝特选的人种——犹太人中的一员，理由是劳森写过几首反犹太人的诗。其实，劳森也写过攻击不信犹太教人的诗，当然他对此一无所知，那些诗句他从未读过。

"他们是德国人！"迈克尔继续坚持着，全不顾有吃巴掌的危险，"犹太人不是一个民族。"

"不是一个民族？那好，他们是哪一个种族？"

"他们也不是一个种族，他们是一个宗教。"

"该死的耶稣会已把你的头脑腐蚀掉了。"在争论时，父亲总喜欢骂人。

"犹太人杀了耶稣基督。"母亲大着胆子说。

"耶稣基督自己就是犹太人，犹太人怎么会杀了他？反过来，如果真是他们杀的，那也算不了什么大事。"

"因为犹太人是一种宗教，他们杀了另一个宗教的领袖。"

"耶稣基督是一个该死的犹太人，你别忘了这一点！"父亲斩钉截铁地说。说罢，怒气冲冲地去睡了。

迈克尔对我说："老头子只会空谈。"

"不要那样谈论你们的父亲，"母亲提醒我们。在绝大多数时候，她是特别维护父亲的，自从一个爱尔兰天主教徒和一个威尔士无神论者之间产生爱情之后，他俩就一直相爱着。

迈克尔起了个爱尔兰名字，是因为母亲在家庭圣战获胜时，他来到了人世间。说真的，母亲在家里大多是很顺心的，这从她八个孩子中有六个取了爱尔兰一天主教名字就可以看清楚。

另外两个，一个是我唯一的姐姐雷切尔，另一个是我的大哥，他叫所罗门。爹死后，大哥把名字改为帕特里克，因为管理公共服务部的基督教徒认为所罗门是犹太人，因而不能在那里谋职。

尽管七个儿子中有六个起了爱尔兰名字，父亲还是要他们受割礼，我想，这是宗教或者是种族战胜了母亲。（直到不少年后，我还听到父亲在本地的酒店中说："如果受了割礼，就能预防天花。"）我母亲也有她的得胜之时，所有的孩子都上天主教第一教派教堂，即使那两个起了犹太名字的孩子也去。父亲自嘲地说："不慌，这好像一个犹太教的法庭诫命仪式，或者像黑色土著人举行的仪式，都是该死的迷信。可是，只要能使莫琳高兴……"

有时候，圣战的形式是以移动客厅里的肖像而进行的。我的父亲只要一生气或者一不高兴就搬掉圣心、圣母和教皇的画像；而我母亲在不开心时就移掉马克思、弗洛伊德和爱因斯坦的画像。一旦他们最终和解，画像就恢复原位，孩子们的焦虑之情也随之消失了。

我们墙上唯一从没有被移走的画像是澳大利亚丛林好汉奈特·凯利和爱尔兰革命者詹姆士·康纳利的画像：他们是圣战双方公认的烈士。

有些迹象表明父亲曾经是"世产工"的成员，即世界产业工人协会，所谓的不安分者。迈克尔哥哥认为父亲准是受了犹太人的影响才加入的。尽管父亲喜欢引证大联合会的各种口号，甚至为布赖恩特和梅的章程辩护（指1916年不安分者在悉尼所定的罚款条例），还讲了那些不安分者企图用散发五英镑的假钞使澳大利亚货币贬值的引人发笑的故事，可是他却从来不承认自己是"世产工"的正式成员。在他离家外出打工或寻找工作时，他是会去为他们干活的。即使迈克尔说父亲曾毫无疑问地为"世产工"干过散发非法的五英镑假钞的活儿时，父亲也供认不讳。对这种指控，母亲倒竭力为父亲辩护。

"你们的父亲辛苦劳累了一辈子，把挣到的钱带回家来。要是他经手过这些五英镑假钞的话，他准会拿一些回家来的。"对于什么会构成犯罪行为，她的看法有一些爱尔兰人的色彩，她并不认为仅仅由于有几张"世产工"制作的五英镑的假钞就会倒霉。

"同真钞票相比，你根本无法看出哪几张是假的。"父亲心情矛盾地说。

在我长到十多岁时，父亲的政治智慧给我极深的影响，我成了他最宠爱的儿子。有时，他还带我去参加一些政治活动，比如参加保守党和工党的竞选集会，他会在会上突然插话发问。

他把这些政党视为半斤八两。他又断定工党更糟一些：那些没脑子的工人知道在哪些地方应和保守党人站在一起。

"当然，这些杂种不把自己叫做保守党人，他们自称是自由党人，这是那位伟大的犹太思想家弗拉基米尔·列宁自己说的，我只是引证而已，澳大利亚的党派起错了名儿：工党实在是自由党，自由党人倒是他妈的保守党人。"

在三十年代大萧条时期，父亲对反对法西斯分子的活动和反犹太人的活动特别感兴趣，他对埃利克·伯特勒恨之入骨。伯特勒当时还年轻，但已经在鼓吹反犹太主义和道格拉斯信义，并且到处兜售《古代犹太人的礼仪》一书。

父亲不时前往墨尔本，到伯特勒的会议上去据理诘问。第一次去时，他带上了我。我们先搭乘一辆送牛奶的卡车，走了三十英里，然后再从日光铁路站出口处起步行七英里来到城里。

我们一到那里，发现大厅里挤满了人，有衣冠楚楚的职员、店主和一些凶汉，也有一些衣衫破烂的失业者，从这些失业者绝望的眼神中可以看出他们是来寻找种种问题的答案的。伯特勒所给的答案是犹太人银行家们密谋制造世界性的经济危机。事实上，犹太人银行家以某种无法解释的方式和共产党人合谋以达到此种卑怯的目的。

我跟随着父亲被赶出各种会议，这些痛苦的经历难以忘却，并感觉到这种苦楚将会与日俱增。我暗自祈祷，但愿父亲一言不发——可是，他还是讲了。伯特勒话音刚落，父亲头一个站了起来发问，他满头银丝，双眉乌黑，身穿硬领深色套装，有力地伸出了一个手指。但他的上衣袖子太短了，衣服穿了近二十年，袖口磨损，剪短了一些，衣袖刚刚盖过手肘，多少有点杀风景。他开始发言了，仅仅是发问的开场白：希特勒那个狗杂种是工人阶级最大的敌人，他发明了犹太人——共产党人合谋的说法，这些说法只是一堆生锈的捕兔笼子；人人都知道《古代犹太人的礼仪》所写的纯属捏造……

这时候，会议的主席，一个腮留板刷胡子、目光无神、一副好斗姿态的人过来劝告我父亲，说权力同盟有对付共产主义宣传的方法和手段，并要我父亲只限于提一个问题。

"那好，"我父亲说着，拿出他通常有的蛮干勇气，"我提一个问题：演讲人是否意识到在澳大利亚没有犹太人银行家？"（大厅内一片喧闹——这是来自伯特勒的那些既坚定而又急躁的支持者。）"这是事实，"父亲继续说——这时候我看着我们周围的恶棍们。"我从1931年4月的《墨尔本先驱报》上看到了一张澳大利亚主要银行的行长名单……"

法西斯分子围了上来，但是我父亲仍从一份剪报上读出一家银行的那些拥有人的名字。这些都是苏格兰名字，如麦克福逊，罗宾逊。然而他的话还没说完，六个法西斯分子抓住了他，把他往大门方向拖去。我父亲身强力壮，年轻时曾经是冠军足球队队员，还学过他自称的拳斗术，他顽强地抵抗着，我虽然不够强壮，也不是冠军足球队的队员，更没有学过拳斗术，可是出于一个子女应该忠于父母的奇怪理论，我尽力护着父亲。

在大门口，他设法从那些压在他身上要残害他的人手里挣扎了出来，他转向了听众中惊呆了的、衣衫褴褛的那部分人。"别听伯特勒的，澳大利亚的银行家都是该死的苏格兰人，你们会因为你们的困难而埋怨一个苏格兰人吗？不，那么同样也不应该埋怨犹太人，因为犹太人对伟大的思想感兴趣。像马克思、弗洛伊德、爱因斯坦那些人都是地道的犹太人。实际的情况是，造成问题的，既不是苏格兰人，也不是犹太人或者其他什么民族——而是腐朽的资本主义剥削制度……"

在这当儿，他那启发大家的讲话突然停了下来，那是因为他被七八个法西斯分子用力抓住了，他们把他往台阶下推去，推到门外的人行道上。其中一人一把抓住我的耳朵，拖着我走，拖到街沟我父亲的身旁。一个法西斯分子正踢着他的腹部，我抗议着，为此我的肋骨上也挨了一脚。

他在地上静躺了一会儿，他后来解释说，他假装死了，这样他们再也不会踢他。父亲站了起来，再扶起了我。

他擦掉了嘴角边上的血，"儿子，你没事吧？啊，我进去过了，我把他妈的信息带进去了！"

"是的，爹，你是把信息带进去了。"我一边摸着酸痛的肋骨，一边应付着。

"来吧，孩子，我们得快走，否则我们便赶不上回山谷的牛奶卡车了。"

不久以后，我父亲决定要和一个更高层次的资本主义反动派中心打打交道：这就是每周的3DB电台举办的星期日晚间辩论会。他在《墨尔本先驱报》上看到一则邀请公众参加关于马克思主义的辩论会的广告。

我们又一次搭乘送牛奶的卡车，再步行了一程来到了弗林特思大街。在先驱报大楼的播音室里的后排找到了位子。一个胖胖的主席坐在三只大麦克风前，两旁坐着两个瘦瘦的似乎很有学者风度的文人。

现在回忆起来，辩论中的两位发言人都是反马克思主义的，那位主席也是反马克思主义的。

这使我父亲坐立不安，他很快站了起来，高举手臂以吸引主席的注意。我等待着他发言，心想，那些人反对的正是父亲最喜爱的犹太人的理论，他怎么来击败这些学问高深的争辩者呢？

一个头戴耳机的年轻人把一个长柄话筒送到了他的鼻子下面。

"主席先生，我想对两位演讲人提个问题，"他开始说道，"这两位演讲人是否想到卡尔·马克思改写了日耳曼语？"

面对这种奇怪的说法，两位演讲人躲在主席背后乱作一团，而那位主席却在看着阿库布拉帽子的广告。

两位演讲人和主席耳语了几句后，主席对我父亲说："先生，两位演讲人对马克思改写了日耳曼语太了解了，他们要我说，在批评他的无神论和暴力论时，他们不希望否认他的智力才能。"

我父亲总是把那个夜晚看成他最得意的时刻。我丝毫不怪他——因为自从作为马克思的信徒和马克思主义者的一员至今三十五年中，我从未发现有任何细小的迹象，说是那位老卡尔曾经改写，或者以任何方式改动过日耳曼语；我也从来没有碰到过一个相信这种说法的马克思的支持者。

我的父亲一直活到看见1948年以色列犹太国家的建立。我把这一消息告诉了他，期望他会对此感到满意。

然而，他沉思着说（我还记得当时我不同意他的看法）："嗯，我不知道，我想他们正在犯错误，当然，每个民族如果想要，都可以有资格成为一个国家。但是，你知道我是怎么想的？犹太人是世界上最伟大的思想家——因为他们一直没有一个国家。他们没有什么国王、王后或者政客，也没有将军或者任何其他官僚浑蛋；他们也没有什么爱国主义或者任何那类无用的东西，因此他们只能为自己着想。另外一件事是，他们居住在不同的国家，从每个国家中吸收了最优秀的思想。他们是伟大的读者，读了每个国家最好的书籍，他们也写出了最好的书籍，他们是他妈的最好的提琴手，最好的哲学家，最好的作曲家……"

我的哥哥迈克尔说："还是最好的放债人。"

我父亲顿了一下，右手食指指向空中，既挖苦又粗暴地说："真希望你这么说，那些该死的耶稣会会士把你的头脑变成了一罐蛆虫了。不少犹太人成了银行家和商人——因为他们被整个欧洲赶走了，但是你绝不是指马克思、弗洛伊德和爱因斯坦，哦，当然不是。"

他又转过身面对着我："也许犹太人又成了农民，现在那些在巴勒斯坦的移民已建立了一个国家——但是希望他们没有害处，我想弄不好他们要犯错误，开始向别人宣战，也像我们这个笨蛋国家一样，开始建立庆祝宗教和军事胜利周年的节日。当然，小伙子，我们这儿没有那些卡尔们、西格蒙德们和艾尔伯特们。"

在我们父亲的影响下，我的兄弟帕蒂·所罗门和我参加了共产党。然而所罗门刚愎自用，在1941年希特勒侵犯俄国后，特别是在党支持战争时，他仍持强烈的保留态度。

"世上没有诸如正义的战争和不好的罢工这类东西，"他在本森山谷饭店对我们说。当时他对在座的大吃一惊的喝酒人宣布（其中有些像我一样身穿着制服，而其余大部分人是第一次世界大战时的爱国老战士）。"我是一名五流报刊专栏作家，我更要说的是我他妈的为此而感到自豪。"

我的父亲在一所天主教的老人公寓里因患癌症拖了一段时间后痛苦地死去。他十分不情愿地搬到了天主教公寓，以为是我母亲暗自希望在他最后的日子里把他改变成一个天主教徒。事实上他的确接受了天主教的临终仪式——但是所罗门（帕蒂）认为在大伙儿来到他面前时，他已完全失去了知觉。

在他临终前的几天，我们去看他，他回家的缆车里，我们都一致认为我们在共产党内所碰到的犹太人都是聪明而又热心的人。

"他说到犹太人是世界上最伟大的人民，他是对的。"帕蒂说，"奇怪的是他究竟是在什么地方接触过犹太人的呢？"

我们对这个问题纳闷过好一阵子，因为无论是本森山谷还是我们去墨尔本以前曾住过的其他镇子，都没有犹太人居住过。我们最后推断，他准是年轻时经常离家外出在旅行中碰到过犹太人。

在家庭医院（一种为垂死病人办的收容院）里，我们发现他的身体垮得很快，他脸上的一个皮肤癌，长期被忽视了，只是用从邻居和朋友那里借来的油膏涂抹一下，结果极严重地侵蚀了他的身体，使他强健的身体瘦成了皮包骨，他的右脸枯瘦不堪。

我们在他的床边呆了一段时间，心里很不是滋味，此时我们还要问他第二天要举行的赛马他要赌哪一匹马，他没能活到知道打赌的结果。我向他提到我们结交的犹太人新朋友，并小心地打探他是怎么认识犹太人的。

"嗯，"他的嘴歪着，说话十分吃力，"我不能确切地说我曾经碰到过一个犹太人。但是他们是世上最伟大的思想家……马克思……弗洛伊德……爱因斯坦……"

我的爸爸

没有人比我爸爸更有力气了。他只要挥动几下斧子就能砍倒林子里的树木；只要在我的手上吹一下就能使我暖和起来；只要对那些牛吆喝一声，它们便摇着尾巴站起来。

他什么都行。我站在他的身影里，幻想有一天我能变得像他一样有力气，像他一样英勇无畏，战无不胜。

我看着爸爸用斧子砍树，那些树伴随着咔嚓咔嚓的声响倒在雪地上，在山谷里回荡着伐树的咔嚓声。我全身颤抖，感到整个森林都在爸爸的斧子下呻吟、震撼。他把砍下的树毫不费力地装在雪橇上，用绳子把它们紧紧地捆在一起，像捆麦秸一样。然后套上两头牛——像祖母讲的神话中嘴里喷火的龙一样。但是雪橇的滑板冻住了，它们拉不动。于是，爸爸使劲用肩一推，冻住的雪块发出震耳的响声，牛轻快地拉着雪橇向前走去。

我坐在雪橇上面，身上裹着爸爸的旧皮袄，看着他手里牵着牛的缰绳艰难地朝前走着。那两头大黑牛像两只小狗一样驯顺地跟在他身后。我真不明白爸爸哪儿来的这么大劲，他能够摆布周围的一切。

太阳不慌不忙、稳稳当当地在天空中滚动。爸爸点上一支烟，牵着牛，不慌不忙、稳稳当当地在雪地上走着。突然，他的脚滑了一下，跌倒在雪地上，像我在冰场滑倒摔跤一样，见了这场面，我感到难为情，臊得我都想哭了，因为我亲眼看见爸爸摔倒了，在那一瞬间，他是那么无可奈何。

至今我仍不愿相信这是真的，虽然我还清清楚楚地记得当时的情景：他从雪地上爬起来，用帽子扑打着沾在身上的雪，气恼而尴尬地朝我笑笑。我同样也感到尴尬和气恼，因为摔倒的不是别人，正是我的爸爸。对于我，他简直就是一切。

（保加利亚）约尔丹·拉迪奇科夫

父亲

母亲死于1973年，而父亲是1959年、我五十二岁时辞世的。那时候我最忙，正在写作《敦煌》《洪水》和《苍狼》等小说。

关于母亲，我写过《花下》《月光》和《雪面》三篇作品。写完这些，我感到彼此再没有可说的话了。然而关于父亲，我未曾写过一行文字。

为父亲举行葬礼的那天晚上，在故乡老家的楼上，我写了一个短篇《风》，是记叙同父亲的一段对话的。虽说对话，对方已成为死者，只是我一个人在说话。父亲的回答由我代替。只能采取这样的形式了。

现将《风》的一部分抄录如下：

我在这座房子里同父亲说了一会儿话。因为父亲不在，必须由我一个人担当父亲和我两个角色。奇怪的是，居然很顺利地有了这样的会话。

——"安息啦，安息啦。"大伙儿都这么说呢。——八十一岁的人啦，也只好任人这么说。依我自己看，也不一定是这样。

——是的。尽管如此，今天大家离开墓地回来后，您觉得很孤独吧？

——哎，是啊。大伙儿都回去了，剩下我一个人时，我很吃惊。我想发脾气；怎么好把我一人留在这里？但终于没有发。活着的时候，我就很少发牢骚。

——可不是吗，我仿佛听到了您的声音。

——那是你的耳朵有问题。

——寂寞吗，一个人？

——要说寂寞，该是留下我一个的你们啊。

——也许是这样。土葬我本来就不赞成，总感到很冷，到家后老觉着把您落在这里了。

——因为确实把我留下了，才会有这样的心情吧。所以，过去都在村边野外举行告别式热热闹闹的，就是为了驱除这种寂寞啊！

——您说得很对。不热闹怎么受得了？如今在这里虽然谈不上什么热闹，倒也相差不大。

——好啦，让我休息吧，就到这儿，我要安静了，再不想和你说话了。我想进入永恒的休息。

——父亲，最终您不是正希望如此吗？您活得够累的了，您很早以前就想休息，不是吗？

——是的，你说得对。我生前你未曾向我提起过这事儿。

——我不能说呀。与其说不能，倒是您不让我说呀。

——即便不让说，也是互相的。但并非互相不让说才不说，的确不能呀。对于结局，你我都一无所知。不是吗？我早说过，我活了八十年了，有乐也有悲，你一点儿也不知道。

——是的，作为小孩子，父亲的幸福与不幸，和我毫无关系，这样怎么行啊？

——其实也没有必要这样神秘。对于你，我也是一无所知。

——如今已经迟了。父亲活着的时候，就应该进行这样一次对话啊。

——那怎么成？没有这样的对话就告别而去，这才叫父子亲情嘛！

——不过，现在可以说您已经去世了吧？有什么事您就说吧。难道没有话留给我吗？

——没有。如果硬说有，倒也有一件。你老觉得自己还年轻，是吗？我死了，下边就该轮到你了。我过去是一堵墙，挡着你，叫你看不到死亡。如今我没有了，你再也不能认为你的父亲仍然活着了。

——我感觉到了。眼前一片明净，我和死亡之海风云相通呢。

——母亲也遮挡着你的半面。父母只能起到这种作用。如今死后才明白这样的道理。其他，我没有为你做过任何事。在这一点上，你也一样。你为你的孩子们充当的只是某个时期的一堵墙。你庇护着不让他们看到死亡之海。仅此而已。

我无休止地继续着同父亲的对话。父亲生前，我从未同他有过任何的对话。现在要补上这一课。在我心中，同父亲进行一番这样的对话，可以说是自然而然的事。

如果说父亲和我作为一对父子，确实有过这种对话，那也许就在这样的夜晚吧。父亲消失了，从遥远的地方传来了热热闹闹的声响。这声响伴着奇怪的静谧和喧嚣。这种热闹一旦低弱下来，随即听到了风的声音。

——听见风声了没有？

我问。这时已经听不到父亲的声息了。

我之所以没有写父亲，是因为写起来太难了。父亲做了军医后，又很快退出了陆军，不到五十，就归隐伊豆乡里，直到八十一岁去世，未曾看过一个病人。连村子都很少出，整天在田里劳动。

父亲没有丝毫的自我表现，默默地度过了八十年的岁月。作为他的儿子，又是作家，理应成为父亲的代言人。我之所以没有执笔，是因为写父亲实在太难了。

写父亲就是站在孩子的立场上写出父亲这个人来。在父与子之间，有个确定二人关系的特殊的空间。没有设定这一空间，就无法写好。而设定这种特殊的空间是困难的。可以说，这既是一个非常巩固的空间，又是个极易打碎的空间。一不小心，这个空间就会消失，父与子的关系也就变成单纯的一个人同另一个人的关系了。就是说，父亲是父亲，儿子是儿子，这种关系很难处理得好。

然而，在一生中，父亲是父亲，儿子是儿子，这种关系总该有好几回吧。要写好父亲，只能站在儿子的立场上，这是个很大的难题。

还是战争时代的事。回乡务农的父亲，有一天忽然接到陆军部的信。原来当地新建成了一家陆军医院，信中想请父亲担任院长一职。这事是我从妹妹的来信中知道的。战时每天都过着艰苦的生活，我想父亲准会答应的。这样一来，父母亲那种黯淡的生活，在物质和精神两方面，多少可以增添些亮色。

我向供职的大阪新闻社请了两三天假，回到故乡的山村。但是，在家中呆了两天，看到父亲穿着劳动服到屋后田里干活的身影，本来在大阪想好的话，此时面对父亲再也说不出口了。

他那清瘦的背影，具有使你有口难言的抑制力。

结束了毫无意义的探亲假，第三天早晨，我离开了故乡的老家。当时，我到屋后向父亲辞别，站在田里的父亲向我走近几步，简短地对我讲了讲他种的蔬菜以及他的孙女——我的小女儿的事。我说："我走啦！"父亲说："好，路上当心。"说罢，脸上露出凄然的微笑。父亲应该明白我此次回乡的目的，可他一字也未提及。

单凭这一点，每想起父亲，我总是记起那时候的他来。我想，那时候的父亲才是我的父亲，我才是父亲的儿子。至少在那时候，我们两个之间确确实实存在着确定父子关系的空间。

父亲是养子，死时没有耗费养父家一件东西，也没有增添一件东西。这正是作为父亲的他的长处。

（日本）井上靖

父亲的形象

父亲去世时，我才八岁。在此之前不久，我刚能借助母亲或祖父的讲解，一知半解地读读父亲写的童话。不过，我并不是对故事本身有什么兴趣，而是出于孩子的好奇心理，想了解了解父亲在我颇为陌生的范围里是什么形象。寄给父亲的《赤鸟》和《金星》等杂志，都用牛皮纸紧卷成筒状，撕去外面的牛皮纸时，总得留神别把其中的杂志一起撕破。杂志被卷后，纸张不能平舒，当我一页一页翻弄着这些不易翻过去的书页时，突然会现出"芥川龙之介作"的字样，这使我兴奋不已；而故事本身给我的感受，就相形见绌，像水一样淡而无味了。

因为我当时还没有能力欣赏这些故事。

此外，在我溜进父亲的书房时，心里也会出现这类兴奋。父亲的书房在二楼，有八铺席大，我基本上是不去的。我从昏暗的楼梯口向上看，只能看到拉门上的半个圆窗。我感到可亲的，也就是这半个圆窗而已。有时候，我见父亲不在家，便不让任何人察觉，轻手轻脚地溜上楼去，悄悄潜入父亲的书房。这书房与家中的其他房间迥然不同。在这间书房内，有一种特别的秩序井然的感觉。一跨进书房，会感到自己也变得不同寻常了。书房的墙边虽然也放着柜子，但不像其他房间那样总是收拾得整整齐齐，而是堆着各种书籍，书籍成了房间的中心。书房中央的明亮地方铺着青色的地毯，互为直角地放着紫檀木做的小桌几和长火盆，背后的两侧堆着一些作废的草稿、炭笼、书堆、置放信件的木盒和藤的字纸篓。桌几对面放坐垫的地方，很自然地形成低洼状，它给人留下了父亲已外出的气氛。墙壁处的书架上，排满了书籍，略高处的壁龛前，放着壶和盆。我记得自己总是不胜惊奇地望着这书房里丰富多彩的内容。我也总是感到这里有一种令人心旷神怡的香味，这是烟草香、书香以及另外什么香味的混合体。为了品尝一下阳光透过拉窗沐浴在地毯上的暖气，我有意把脚紧擦着地毯，拖行了一阵。

父亲去世后，我更加喜爱看书了。随着年龄的增长，我也渐渐能看懂父亲所写的作品了。比如那篇童话《白》，无非是一则奇妙的故事，说一只白狗变成黑狗，后来又变回白狗。但是不知不觉中，我发现这是一则悲壮的故事，它是写一只胆怯的狗不拯救朋友，后来遇到了一系列痛苦的事情（当然，我领会故事的真正含义，是很久以后的事了）。除了童话之外，我也渐渐接触父亲的其他作品。我读《孩子的病》和《蜃气楼》之类的小说，为时相当早呢。这大概是因为这些小说中写到了我所熟悉的母亲、弟弟、祖母等人物的关系吧。同时也说明我依然是想听听父亲在我所熟悉的范围里讲了些什么吧。

我小时候在圣学院附属的幼儿园里待过。对一个孩子来说，幼儿园是相当远的，我总是由祖父或女仆接送。在孩子们的接送者中，有的是坐等孩子们唱歌、游戏等活动结束后一起回家的；有的是先回家、到时再来接的；而在等着接孩子的时候，人们往往待在院子里织毛线或看书，也有人爱走到教室外的走廊上，透过玻璃窗户观看孩子们上课的情形。每到将要放学的时候，走廊上的人会越聚越多。这时，孩子们总是忍不住要往窗户外瞅瞅，于是，时常遭到老师的训斥。

圣诞节那天，我们要演圣诞剧，我饰牧羊人。我的台词只有一段："啊，瞧那圣光，听那圣乐！大家跪下来听神的教导吧。"为了能大声地背诵出来，我努力地练习着。

一天，我们像平时一样排练着圣诞剧——五个牧羊人同羊群一起献丑、天使们翩翩起舞、三位博士登场、合唱团唱起赞美歌……排练顺次往下进行，最后，大家跟随着高声奏出的管风琴声，围成一个大圆圈，载歌载舞地前进。这时，司空见惯的教室也好像在以一定的程度旋转，总给人一种新鲜的感觉。

这天，我沉醉在这种像玩旋转木马似的兴奋中，眼前晃过弹管风琴的老师、选贴在墙上的图画、走廊上的人群、火炉、滑梯、枯了的藤蔓棚架、留声机、白色的窗帘、管风琴……这些景物随着歌声一一进入我的视线，继而一一逝去，然后再度出现。突然，父亲的身影出现在这些景物中，使我不胜吃惊。歌声仍在继续，我一面随着歌声前进一面努力回头朝窗户外的院子方向张望，但是光线不对头，玻璃窗外的景物一点看不清楚。不一会儿，我又转到了管风琴旁，能够瞧见玻璃窗外的情况了——果然是父亲！

父亲夹杂在三四个像是畏寒而挤成一排的接送者中，身子略向前倾，透过玻璃窗户望着我。

在那些接送孩子的妇女中，父亲的高身材犹如鹤立鸡群，这使我感到纳闷：从前我怎么会没有发现这一点呢！父亲身穿黑色的和服外套，没有戴帽子。在我俩的目光碰到一起时，他轻轻地点点头，脸上露出了微笑。当我又转往远离院子的方向去时，我已没有什么不安，不但没有回头探望，反而有力地挥舞着手臂，大声地唱着赞美歌向前舞去。转到管风琴前，我见父亲仍在微笑，仍在向我轻轻地点头示意。

父亲的这一形象之所以会特别清晰地铭刻在我的脑际，看来是由于发生的地点和情况都很特殊的缘故吧。在平时见惯的多为妇女聚集的窗外走廊上，突然看到了父亲的身影，这是我做梦也没有想到过的事。在我的思想里，父亲到幼儿园来这件事本是属于不可能发生的。看来，父亲是把我在幼儿园里的形象视作他的未知世界里的儿子的形象，正如我把二楼书房里的父亲视作我的未知世界里的父亲一样。

不过仔细想想，在父亲去世后，我也屡屡经历过与此极相似的感受。我在中学求学时，从教科书上读到了父亲写的《戏作三昧》（当然，教科书上只是选录了一些章节），简直没有兴趣读第二遍。后来，我把这篇小说的全文读了，还是没有多大的感受。不料几年之后，当我第三次读它时，我总算、而且是突然在其中辨出了父亲的形象。这种情况并不限于《戏作三昧》，也并不限于学生时代。时至如今，我也会在读父亲的作品中顿时领悟到他那出乎我意料的心境。特别是读他的晚年作品，这种现象所在多有。

父亲的形象是客观存在的，问题是自己尚没有看到而已。

我曾同父亲一起上街散步。黄昏时的大街上，有不少衣着华丽的西洋人在漫步。父亲曾给我买过蓝色、黄色的洋蜡烛。

但是，我同父亲在轻井泽的那段没有任何家人在场的生活，父亲基本上把我丢在一旁了。而我也没有感到特别的不满，每天清晨望望笼罩着山壁并缓缓飘动的雾气，也是新鲜而有味的事。

有一天晚上，父亲对我说："爸爸今晚有点儿事，得出去一下。"

"到哪儿去呀？"

"同别人家的叔叔一起吃晚饭，你要听话，乖乖地待在屋里。"

我伫立在楼下房间里垂着厚质窗帘的地方。不远处有一张台球桌，三四个客人在打台球，不时传来台球撞击时发出的清脆响声。我不由得害怕起来，把已经旧了的大窗帘裹在身上，望着黑的窗外。窗外的常春藤在风中摇曳。这时，身后的台球盘那儿突然爆发出一阵笑声，使我联想起在别人家的屋子里听众多来客喧哗、大笑的情景，这同外国电影中的宴会场面十分相像。我觉得父亲也夹杂在其中大笑，不禁悲从中来，裹着窗帘，放声哭起来。因为我感到父亲离我是那样的远，我感到他同那些我根本不认识的人在一起。

当时，父亲的朋友堀辰雄闻声跑来，不放心地问我："怎么啦？你怎么啦？"

也不知过了多长时间，我看到父亲走进屋来。

父亲走近我身边，说道："是爸爸不好，是爸爸不好。喏，爸爸回来了，不要再哭啦。"

父亲轻轻地拍着我的脊背，反复地说着这些话。他的脸上露着微笑。

后门被猛力推开，住在附近的叔叔直奔中庭。踏脚石绊了他的脚，他踉跄着撞在松树上，水珠像雨点似的摇落下来。叔叔踢掉脚上的木屐，性急慌忙地奔进来，一眼看到祖父从吃饭间里出来，便抱着拉门，放声大哭了。这是父亲去世的那天早晨，我首先看到的情况。

当时，我还不清楚死究竟意味着什么，我没有怎么悲恸。

从鸪沼来的外祖母在走廊上看到我，把我紧紧搂在怀里，她的脸贴近我的肩膀，说着："小比吕，你爸爸……死了呀。"她哽噎地哭了。我感到胸中像压着一块硬东西，也不明情由地泪水汪汪了。我真想说："我难受，我要走。"于是，我推开外祖母搭上来的手，独自藏到库房的阴暗处，不准自己流泪。说真的，我并没为父亲的死感到悲恸，而是长辈的悲恸感染和影响了我。当我听到有人对我说："你爸爸还在睡觉，你要听话呀。"我是完全信以为真的。接着，他又对别人说："过些日子，还是把孩子带到鹄沼去吧。"

父亲躺在我的眼前（不是躺在二楼的书房里，而是躺在楼下的也是八铺席大的书房里，这间书房是后来增设的，比二楼的书房暗得多）。他安静地闭着眼，挺直身子仰卧着，不过，嘴巴张得有点儿异常。我觉得父亲这样躺着，真像个孩子。

我觉得，自己从来没有这么近地看过父亲，简直是纤毫无遗。父亲呢，他也不会因为我的仔细观察而产生任何反应。当时，我见父亲胸部的衣服往上高高鼓起，心里不胜诧异。边上的人告诉我，这是因为父亲把手交叉着放在胸前的缘故。这时，我见一位身穿和服的长辈坐在父亲身边，俯首哭泣，还屡屡用手指擦拭泪水，加之父亲胸部高高鼓起的异常形态没有一丝改变，这不得不使我感到：父亲是有些不同寻常了，父亲身上是发生什么变故了。

时间过得真快，父亲去世已有十九年了。七月二十四日又将来临。父亲要是活着的话，今年是五十五岁。但我无法描绘出五十五岁的父亲该是什么模样，再说，追求这种形象又有什么用呢？田端町的老家已经不复存在，位于鹄沼的旧居，从前是："院子角落的铁丝网里侧有好几只白色的莱克亨鸡在静静地散步"、"可以望见远处墙篱外的松树林"，现在呢，周围的房屋纷纷拔地而起，院子里种有各种蔬菜；屋内的桌儿上放着父亲写下的那不会再改变的全集。

（日本）芥川比吕志

父亲与我

记得是一个星期天的下午，那时我快满十岁，父亲搀着我的手，一块儿去森林，去那里听鸟的歌声。我们挥手同母亲告别，她留在家里，因为要做晚饭，不能与我们同去。太阳暖暖地照着，我们精神抖擞地上了路。其实，我们并不把去森林、听鸟鸣看做一件了不起的大事，好像有多么稀奇或怎么的。父亲和我都是在大自然的怀抱中长大的，熟悉了它的一切，去不去森林，是并不打紧的。当然，我们也不是今天非去不可，只是乘礼拜天，父亲休息在家罢了。我们走在铁路线上，这里一般是不让走的，但父亲在铁路工作，便享受了这份权利。这样，我们也就可以直接去森林，无顺绕圈子、走弯路了。

我们刚走入森林，四周便响起了鸟雀的啁啾和其他动物的鸣叫。燕雀、柳莺、山雀和歌鸫在灌木丛里欢唱，它们悦耳的歌声在我们的身边飘荡。地面上铺满了一层厚厚的银莲花，白桦树刚绽出淡黄的叶子，松树吐出了新鲜的嫩芽，四周弥漫着树木的气息。在太阳的照射下，泥土腾起缕缕蒸气。这里处处充满了生机。野蜂正从它们的洞穴里钻出；昆虫在沼泽地里飞舞，一只鸟突然像子弹似的从灌木丛中穿出，去捕捉那些虫类，而后，又用同样速度拍翼而下。

正当万物欢跃的时候，一列火车呼啸着向我们驶来，我们跨到路基旁，父亲把两指对着礼帽，朝车上的司机行礼，司机也舞动一只手向我们回敬。这一切都是在瞬间完成的。我们继续踏着枕木往前走，枕木上的沥青在烈日的暴晒下正在溶化。这里交杂着各种气味，有汽油的，有杏花的，有沥青的，也有石楠树的。我们迈着大步，尽量踩在枕木上，因为轨道上的石子太尖，会把鞋底磨坏的。路轨两旁竖着一根根的电线杆，人从旁边擦过时，它们会发出歌一般的声音。

这真是一个迷人的日子！天空晶蓝透明，不挂一丝云彩。父亲说，这种天气是不多见的。过了不久，我们来到铁轨右侧的燕麦地里。我们在这里认识的那个佃户，有一块种地。燕麦长得又整齐又稠密，父亲带着行家的表情观察着它们，随后脸上露出满意的神态。那时，我对农家之事不怎么懂，因为我长时间住在城里。我们走过一座桥，桥下的小河很少有过这么多的水，河水在欢腾着流动。我们手拉着手，以免从枕木间掉下去。过桥一会儿，便到了护路工的小屋，小屋掩映在浓密的翠绿之中，四周是苹果树和醋栗。我们走进去，和里面的人打招呼，他们请我们喝牛奶。然后，我们去看他们养的猪、鸡和盛开着鲜花的果树。看完了，又继续赶路。我们想去那条大河，那里的风景比哪儿都好，而且很别致。

河流蜿蜒着北去，流经父亲童年的家乡。我们通常得走好长的路才返回，今天也一样。走了很久，几乎到了下一个车站，我们才收住脚。父亲只想看看信号牌是否放在不适当的位置，他真细心。我们在河边停了下来，河水在烈日下轻缓地拍击着两岸，发出悠扬的声音。沿岸苍苍的落叶林把影子投在波光潋潋的河面上。这里，所有的一切都明亮、新鲜。微风从前面的湖上吹来。我们走下坡，顺着河岸走了一阵，父亲指点着钓鱼的地方。小时候，他常常一整天地坐在石上，垂着鱼竿静候鲈鱼，但往往连鱼的影子都见不着。不过，这种生活是很悠闲快活的。但现在没时间钓鱼了。我们在河边闲逛着，大声笑闹着，把树皮抛入河里，水波立刻将它们带走，又向河里扔小石块，看谁扔得远。父亲和我都快活极了。最后，我们感到有点累，觉得已经尽兴，便开始往家里走。

这时，暮色降临了，森林起了变化，几乎快变成一片黑色。我们加快了脚步，母亲现在一定焦虑地等待我们回家吃饭。她总是提心吊胆，怕有什么事会发生。这自然是不会的。在这样好的日子里，一切都应该安然无事，一切都会叫人称心如意的。天空越变越暗，树的模样也变得奇怪，它们伫立着静听我们的脚步声，好像我们是奇异的陌生人。在一棵树上，有只萤火虫在闪动，它趴着，盯视黑暗中的我们。

我紧紧抓着父亲的手，但他根本不看这奇怪的光亮，只是走着。天完全黑了，我们走上那座桥，桥下可怕的声响仿佛要把我们一口吞掉，黑色的缝隙在我们的脚下张着大嘴，我们小心地跨着每道枕木，使劲拉着手，怕从上面坠下去。我原以为父亲会背我走的，但他什么也不说。也许，他想让我和他一样，对眼前的一切置之不理。我们继续走着。黑暗中的父亲神态自若，步履匀稳，他沉默着，在想自己的事。我真不懂，在黑暗中，他怎会如此镇定。我害怕地环顾四周，心扑通扑通地狂跳着。四下一片黑暗，我使劲地憋着呼吸。那时，我的肚里早已填满了黑暗。我暗想：好险啊，一定要死了。我清楚地记得那时我确实是这样想的。

铁轨徒然地斜着，好像陷入了黑暗无底的深渊。电线杆魔鬼似的伸向天空，发出沉闷的声音，仿佛有人在地底下喁语，它上面的白色瓷帽惊恐地缩成一团，静听着这些可怕的声音。一切都叫人毛骨悚然，一切都像是奇迹，一切都变得如梦如幻，飘忽不定。我挨近父亲，轻声说：

"爸爸，为什么黑暗中，一切都这样可怕呀？"

"不，孩子，没什么可怕的。"他说着，拉住我的手。

"是的，爸爸，真可怕。"

"不，孩子，不要这样想，我们知道上帝就在世上。"

我突然感到我是多么孤独，仿佛是个弃儿。奇怪呀，怎么就我害怕，父亲一点也没什么，而且，我们想得不一样。真怪，他也不说帮助我，好叫我不再担惊受怕，他只字不提上帝会庇护我。在我心里，上帝也是可怕的。嘀，多么可怕！在这茫茫黑暗中，到处有他的影子。他在树下，在不停絮语的电话线杆里——对，肯定是他——他无处不在，所以我们才总看不到的。

我们默默地走着，各自想着心事。我的心紧缩成一团，好像黑暗闯了进去，并开始抱住了它。

我们刚走到铁轨转弯处，一阵沉闷的轰隆声猛地从我们的背后扑来，我们从沉思中惊醒，父亲蓦地将我拉到路基上，拉入深渊，他牢牢地拉着我。

这时，火车轰鸣着奔来，这是一辆乌黑的火车，所有的车厢都暗着，它飞也似的从我们身旁掠过。这是什么火车？现在照理是没有火车的！我们惊惧地望着它，只见它那燃烧着的煤在车头里腾扬着火焰，火星在夜色里四处飞蹿，司机脸色惨白，站着一动不动，犹如一尊雕像，被火光清晰地映照着。父亲认不出他是谁，也不认识他。那人两眼直愣愣地盯视前方。似乎要径直向黑暗开去，深深扎入这无边的黑暗里。

恐惧和不安使我呼吸急促，我站着，望着眼前神奇的情景，火车被黑夜的巨喉吞掉了，父亲重新把我拉上铁轨，我们加快了回家的脚步。他说："奇怪，这是哪辆火车，那司机我怎么不认识？"说完，一路没再开口。

我的整个身子都在战栗，这话自然是对我说的，是为了我的缘故。我猜到这话的含义，料到了这欲来的恐惧，这陌生的一切和那些父亲茫然无知、更不能保护我的东西。世界和生活将如此在我的面前出现！它们与父亲那时安乐平安的世界截然不同。啊，这不是真正的世界，不是真正的生活，它们只是在无边的黑暗中冲撞、燃烧。

我和父亲的战争

第一次世界大战期间，父亲一直在军队里。那时我刚刚5岁。

我走进母亲的房间，爬上那张大床，在她身边睡着了。直至听到她在厨房里做早饭的声响时，我才醒过来。

早饭后我们到镇上去，在圣奥古斯汀教堂做弥撒，为父亲做一次祷告，我请求上帝把父亲安全地从战争中给我们送来。说真的，我简直不知道自己为了什么而这样祈祷。

一天早晨，我又像往常那样爬上那大床，嗬，那儿确确实实是父亲！母亲微笑着解释说，我们的祈祷已经应验了。然后我们做弥撒感谢上帝，因为他把父亲从战场上安全地给我们带了回来。

真是滑稽，那天吃过晚饭，父亲跷起二郎腿和母亲严肃地谈话。而她显得急不可耐的样子。

我当然不喜欢她那副样子，因为那使她变得很不好看，于是我便打断了父亲。

"等一会儿，拉瑞！"她温和地说。

这句话只有在当我们有了讨厌的拜访者时她才会说的，因此我并没有把它看得很重要，而继续说下去。

"安静点儿，拉瑞！"她不耐烦地说，"难道你听不见我在同你父亲谈话吗？"

这是我第一次听见的不吉祥的"同你父亲谈话"。我不禁想到，如果这就是上帝对我的祈祷的允诺的话，那他一定是没有专心地听我们的祈祷。

"你为什么要跟父亲谈话呢？"

我用我所能表现的漠不关心的态度问。

"因为父亲和我有事情要商量，现在，不要再打断我们的谈话了。"

父亲告诉母亲一些报上的新鲜事儿。我觉得那简直是做作。

一个对一个，我准备在任何时候为了母亲的注意而同他争个高低。但他牢牢地掌握了主动权。

我没有一点机会，好几次我准备改变话题，但都没有成功。

"妈妈，"那天夜里我问母亲，"如果我使劲儿地祈祷，上帝会把父亲送回战争中去吗？"

她笑着说："不，亲爱的，我想他不会的。"

"为什么不会？"

"因为不再有战争了，亲爱的。"

"可是如果上帝愿意那么做，他不能再制造一次战争吗？"

"他不会愿意的，亲爱的，不是上帝制造了战争，是坏人。"

"噢！"我叫道。

当然我很失望，原来上帝并不像人们所说的那样神通广大。

第二天早晨我醒来后，跑到另一间屋子，在幽暗中爬上大床。母亲这边没有空地方，因此我必须挤到她和父亲之间，父亲在床上已经占据了太多的地盘，这使我很不舒服，我踢了他几下，他咕噜了一声，翻过身去又睡，正好给我挪出了一块地方。母亲醒了，察觉到我躺在温暖的床上。

"妈妈。"我大声哼哼着，非常惬意。

"嘘！宝贝儿！"她轻轻说，"别弄醒你爸爸！"

这是一个新情况！比"同你父亲谈话"更具有威胁性。而在我的生活中如果没有清晨同母亲的商谈，简直是不可思议的事。

"为什么？"我问。

"因为可怜的爸爸累了。"

对我来说这理由并不充分，并且由于她那声柔情蜜意的"可怜的爸爸"而感到很不舒服。我不喜欢那种过分热情的话，它总使我感到不真实。

"噢！"我用我最乐意的声调说，"你知道今天我想跟你去哪儿吗？妈妈？"

"不知道，宝贝儿。"她叹了口气。

"我想到格楞去，用我的新网捞鱼，然后再……"

"不要——吵醒——父亲！"

她有些生气地用手拍拍我的嘴巴。

"然后，我想去纳斯可尼路！"我大声地说，唯恐在这些间隔中忘掉一些什么。

"立刻去睡觉，拉瑞！"她尖声说。

我开始啜泣了，我感觉到一种屈辱。我认为这是不公平的，甚至有些不好的兆头在里面。好多次我向她指出当我们俩能够睡一张床却非要睡两张床是一种浪费时，她却告诉我各人睡各人的会更有益于健康。可是现在呢？这个陌生人却同她睡在一起，她可一点也不考虑她自己的健康了。

"妈妈，"我坚定地说，"我认为爸爸睡他自己的床会更健康一些。"

这句话看来使她很震惊，因为她好长时间不说话。

"现在，要么你安安静静地呆着，要么你回自己的床上去。"她说。

这种不公平把我惹火了。我怨恨地踢了父亲一脚，父亲咕噜了一声，并且很惊慌地睁开了眼睛。

"几点了？"他问。

"还早呢。"她带着安慰的声音回答。

"你已经吵醒了父亲，你必须回自己床上去。"母亲起床后对我厉声说。

这回，从她说话的口气里，我知道她确实要赶我回去了。我也知道，如果我不立刻维护的话，我的特权就将丧失。她一抱起我，我立刻尖叫了一声。

"他怎么老不睡觉？"父亲问母亲。

"这已经成习惯了，亲爱的。"母亲轻轻地说。

"哼，该让他改了这习惯。"

父亲嚷道，并裹起被子转向墙去睡。我看见他充满愤恨的黑眼睛，他看起来真是个邪恶的人。

为了打开卧室的门，母亲必须把我从怀里放下来才行。我一得到自由，便跑到最里边的角落尖叫着。父亲一下子就从床上坐了起来。

"闭嘴，你这个小狗！"他喊道。

我吃惊以至于都停止了尖叫。从来没有人那样对我说话。我不相信地看着他，他的脸因为激怒而痉挛。直到这个时候，我才认识到上帝给我开了一个多么大的玩笑，他听了我的祈祷却给我安全地送回了这样一个怪物。

"闭住你的嘴！"我侧着身子也大叫起来。

"你说什么？"父亲一下子从床上跳了下来。

"麦克，麦克。"母亲哭叫起来，"你难道看不出这孩子还不习惯你吗？"

"我看他是有娘养没娘教！"父亲咆哮着，疯狂地挥舞着巴掌，"他屁股发痒了！"

先前所有的叫嚷同这句脏话比起来都算不了什么，这回真使我气得发疯了。

"你的屁股才发痒了！"我歇斯底里地尖叫起来，"闭住你的臭嘴！"

这下终于使他失去了最后的耐心，他打了我。看到母亲那恐怖的眼神，可以想象父亲是怎样地缺少一种力量和支持。到最后，只不过是在轻轻地拍我而已。但是，被一个完全陌生的人所打，愤怒使我完全疯了。我尖声叫喊着，光着脚在地上跳。父亲这时看起来很笨拙，站在那里用谋杀者的眼光盯着我。母亲站在那儿，看上去好像她的心已经因为我们两个而破碎了。倒希望她的感觉是这样的，在我看来，我们两个她都需要。

从那天早晨开始，我的生活便是一个地狱。父亲是我公开宣战的敌人，我们相互发动了一系列小的战争。他妄图偷去我和母亲在一起的时间，而我也想偷他的。当母亲坐在床上给我讲故事时，他就去找那些旧靴子，而这些旧靴子在战争前他就宣称不再穿了。当他同母亲说话时，我就把玩具弄得很响，以表示对他们的谈话一点都不关心。一天晚上，他下班回来发现我正在他的长盒子边玩着他的东西时，妈妈立即把盒子从我身边夺过去。

"你不能玩父亲的东西，除非他允许你玩，拉瑞。"她严肃地说。

不知为什么，父亲看看她，就像她打了他似的，皱了皱眉头，转过身，再把盒子拿过来说："其中的一些古董是稀罕而值钱的。"

随着时间的延续，我知道了他是怎样越来越多地在我和母亲之间挑拨离间的。更糟的是我弄不清楚他究竟对母亲有什么吸引力。最后使我终于迷惑了，看起来得指望到长大成人并且给人送订婚戒指的时候了。我意识到我必须等待。

不过，同时我想使他知道我只是在等待而已，并不是已经放弃了战斗。

"妈妈，"我说，"当我长大后，你知道我要干什么吗？"

"不知道，宝贝，"她回答："你要干什么？"

"我要娶你。"我平静地说。

父亲一下子笑起来，但这唬不了我，我想他是装的，而母亲居然很高兴，我感到她也许很宽慰地知道父亲对她的控制终有一天要破灭的。

"那样真的好吗？"她微笑着问。

"一定很好！"我自信地说，"因为我要有人给我做伴。"

弟弟桑尼随着可怕的喧嚣来到了。从一开始我就不喜欢他。他整天睡着，而我却必须踮起脚来走路以免把他弄醒了。我简直弄不明白这孩子为什么不在该睡觉的时间睡觉。因此，只要妈妈一转身我就把他弄醒，有时为了使他醒着，我还掐他一把。有一天母亲把我逮住了，顿时给了我一顿最无怜悯的饱打。

一天晚上，我很惊慌地醒来，有一个人睡在我身边。我想一定是妈妈，她已经恢复了理智，重新来到我身边而不再理会父亲了。但我听到桑尼在隔壁房间里笑，妈妈在说着："好啦，乖乖，好啦，乖乖。"我便知道这不是她，是父亲。他喘着粗气，显然他气坏了。

过了一会儿我就知道了他为什么生气。这回轮到他了，把我赶出那张大床以后，他也被赶了出来。妈妈现在除了那个可恶的小桑尼以外谁也不考虑了。我禁不住为他感到难过，我已经完全地经历过了这一切。即使那时很小，我也还是宽宏大量的。我开始抚摸他并且也说着："好啦，乖乖，好啦，乖乖。"他没有明确的反应。

"你也没有睡着吗？"他瓮声瓮气地问。

"呵，来吧，抱着我睡，好吗？"我说，他就那样做了。可他的骨头很硌人，但总比没有东西要好。

圣诞节时，他出去给我买了一个真正的铁轨模型。

有关洞察力的问题

在我家那本有些年头的"家庭圣经"里，有一页是用来专门记载特别的日子的，多半有说明，不是婚丧，就是生日。也有些日子未加注明，好像写的人不忍心把所发生的事记录下来。这样的日子当中，有一个是墨水已经褪了色的，日期是1926年10月18日。

那天早晨，和往常一样，我和我的路姐为了该轮到谁洗碗，吵了一架。我们讨厌洗碗，因为这活儿太没意思了。但是这样的争吵并不影响我们互相之间以及家人之间的深厚感情。我们的家人当中还有爷爷和奶奶。

那天，在上学的路上，经过齐默太太家时，她兴冲冲地对我们说道："你们放学后，到我这里来一下，我给你们一瓶我自己做的苹果黄油酱。"

学校里的过道很挤，学生们吵吵嚷嚷、推推搡搡。我听到一个老师很气愤地对另外一个老师发牢骚：孩子们都是些以自我为中心，不知好歹，没有良心的人。他们对别人的需要麻木不仁，视而不见。她那气愤的言语，有几个字眼儿对我来说是陌生的，但我可以肯定，他们不是赞美的词。后来我把它们记在生字本子里，又过了一阵，我查了查这些词的意思。有一个"Preception"，真使我神往。它的意思是一种洞察力，理解力或是通过感官得到的直接的判断。无疑地，我们都缺乏这种"Preception"。

放学后回到家，正准备吃晚饭，传来了敲门声。原来是和父亲一起在矿上做工的哈里先生。他的脸色刷白，双手在发抖，问我："你母亲在家吗？"

"什么事情？"已经站在门口的妈妈把我推到一边，问道。

"出事了，比尔太太。"哈里先生轻声说道。

"是威尔逊吗？"妈妈用近乎耳语的声音问。

哈里先生点点头，接着说："还算运气，我们拦住了一辆快车，把他送到圣路易一个设备良好的医院里去了。他的胳膊被皮带缠住了，正在对他进行全力抢救。"

母亲已经解下了围裙，用手整一整头发，对围在门口的我们几个孩子说："现在，我要出去几天，你们要和平常一样，乖乖地上学，帮助爷爷、奶奶做些家务活。一切都不会有问题的。"

但是一切都有问题。几天后，爷爷去了趟圣路易，回来后告诉我们，父亲的一只胳膊恐怕保不住了。实际上，父亲的一只胳膊已被截掉了，只不过爷爷认为，像这样的坏消息，不要一下子，而要一点一点地告诉我们。

母亲回来后，我们知道了事情的真相。但是这个真相太残酷了，使我们小小的脑袋瓜接受不了。

一定的，每天都有可能，我们会听说这不是真的。

一定的，我们会听说，这个抱着、甩着我们玩的肌肉发达的胳膊已经接好了。

母亲告诫我们："当爸爸回来时，你们不要在他面前哭，也不要表现出好像发生了什么大事的样子。日子要像平常一样过下去。你们知道，生活就是这样的，这才是爸爸的愿望。"

像平常一样过日子！是不是母亲受的刺激太大了，她这些话都有些语无伦次了。

爸爸是在夜里被人送回家的。我们什么都听见了，但是假装睡觉。妈妈说过："爸爸一路上回来会很累的，你们最好在早上见他。"

这一夜真长。明天，我们将做什么？说什么？

父亲将会是什么样子？

第二天早晨，父亲坐在厨房壁炉旁的椅子里。

他看上去白了，也瘦了。炉火照着他那长长的瘪瘪的袖子。到了一定的时候，我和姐姐可能会习惯被他用一只手拥抱，但那第一次，那可怕的空缺，那少了一只手的拥抱，只能使人感到心如刀割。我喉咙口噎住了。

当我们站在爸爸身边，好像问候一个陌生人好的时候，奶奶去食品贮藏室干什么去了。母亲背对着我们，把已摆好的面包又摆弄了一遍。爷爷则提着桶去井边打水。

一切都不对头！奶奶从贮藏室里出来时，是踮着脚尖走路的。爷爷从井边回来，连常说的关于早晨空气好的话都没说。在早饭桌上，妈妈把苹果黄油酱递给我们时说："这是齐默太太送的。"但是她的声音太高了。

我和路姐勉强吃了夹心饼干。往常我们很浪费，喜欢把夹心挖出来，只吃外面的那层皮。但这次我们把夹心也吃了，没有浪费，我们觉得做的很对。唉！什么东西又堵在嗓子眼里了。日子要像平常一样过下去！可怎么过得下去！？

最后，路姐把椅子往后一推，对我说："今天该轮到你洗碗了。"我明明记得，不该轮到我，昨天晚饭后是我洗的碗，还打碎了一只奶奶喜爱的盘子。我憋着气什么也没有说。哼！在刚刚回到家，只有一只胳膊的爸爸面前，第一件事就是吵架，那我不就是那个、那个什么词儿来着，噢，是"不知好歹"，"没有良心"的人。

"就该轮到你啦！"路姐说，好像我已经说了不肯洗似的，她用的是平常吵架的那种调调。我吃惊地望着她，她是不是，哪个叫什么词儿啦？噢，她是不是"麻木不仁"！

然后，她的眼睛微微地闪了一下，把我要开口说的话挡了回来。还有一个词叫什么？Perception，是的，洞察力！我在她的眼神里看到了这个词。

"不该轮到我！"我像平常一样火了。

"就该是你！"

……

"孩子们！孩子们！"母亲用安详、自然、带点欣慰的口气阻止了我们。

我们走到母亲的身旁，眼睛扫过父亲的脸。他在微笑，那是一切都好、心满意足、总算到了家的微笑。

在很多年以后，我再看"家庭圣经"里的这个日期，问我自己，我是否应该补写上：威尔逊失去胳膊的一天。不，不要这么写，我要写下我对那天老师意见的回答，我的回答是：你错了，孩子们也是有洞察力的。

我还要加上一句：请你们务必不要忘记这一点。

拿破仑的帽子

在巴黎近郊，在枫丹白露离宫里，在一个玻璃柜里边的一个绣花缎子垫子上面，放着拿破仑的帽子。拿破仑从厄尔巴岛溜回来跟他的闻风而集的部队相见的时候戴的就是这顶帽子，后来他就带着这支部队走上滑铁卢战场。可是这都是多年以前的事情了，一百多年以前了，向导们对一拨又一拨参观离宫的游客们这样说。

在这个陈列着这么一个历史文物的玻璃柜子的跟前，现在站着一对从乡下来的新婚夫妻。她是一个玫瑰色脸儿的、农民的女儿，他是一个农民的儿子。他们是从法国南方来巴黎度蜜月的。

他们站在玻璃柜子跟前。她用手指头摩挲她的彩色丝带，他凝视着柜子里的黑色呢帽。他们的红彤彤的脸和红彤彤的手都反映在玻璃上。他们的身体在摇摆，像几天前站在乡间神甫面前听神甫念结婚誓言的时候那样摇摆。

"他是世界上最伟大的人物。"她说。

"对了，他是个大人物。他是差不多整个世界的皇帝。"

"愿他的灵魂安息。"

"皇帝一定不好当啊。我想我不会喜欢干这一行，要看的文件太多，看不过来，而且一切都……像一年之中的秋天，人们只能关上门坐在家里，树叶都干了，脆了。当皇帝很不自然，对不对？"

"对，爱弥尔。一定很难当。可是我想，你这个人是想干个什么就能干个什么的。谁也没想到你今年夏天就把养鸡房给盖好了，尤其是咱们还得同时对付那些个漏酒的酒桶，对付那些个糟蹋蔬菜的虫子。可是当皇帝不一定得看好多文件。人家告诉他文件里说些什么。他的事儿就是签上个名字。这，你是干得了的，对不对，爱弥尔？"

"对。"

"可是我的麻烦就大了，爱弥尔。这个地方住住倒不坏。可是这些佣人一天到晚盯着你。

我不要陌生人一天到晚盯着我。可是你要当上皇帝，我就不能不干我的事儿，不能说什么。

"干什么事儿，玛利？"

"啊，要干的事儿多了。盯着厨房，别让那些坏蛋偷东西。还要做太太们做的事儿，像铺床啊，缝新衣裳啊。还得照料整个房子。"

"皇帝一定不好当。我想我不会喜欢干这个。"

"要是你当皇帝，我相信你不管什么都干得成。你能干着呢——我真爱你。"

他们终于从装着拿破仑的帽子的玻璃柜子眼前走开，走进了花园。他们在花园里吃了中午饭，彼此对瞅着。

他们好久不说话，然后她抬起头来说："爱弥尔，你看，咱们得在离宫关门之前再进去看看那帽子。"

"可怜的拿破仑。"爱弥尔说。

"是啊！怪可怜的。他一度是整个世界的皇帝，差不离，可现在呢，死了。"

他们走回去又看了看那帽子。第二天早晨，借口到火车站去是顺路，他们又去了一趟，对着玻璃柜子里的拿破仑的帽子看了最后一眼。

在火车上，她叹口气说："这个蜜月太美了，爱弥尔，你说对不对？"

"对极了。"

然后她悄悄地对着他的耳朵说："我爱你，爱弥尔。"

他坐正了，抓住她的红彤彤的手。"我——还当是你也许爱上了拿破仑呢。"

"啊，那也对，可是不一样，爱弥尔。"

"怎么不一样？"

"唉，他早已死了，我为他伤心——太凄惨了。他是那么个大人物，当皇帝又有那么多的麻烦。你自己就是这么说的——你该记得你说过。"

"我说过，可是我是说我自己，不是说拿破仑。他一点儿不为难，因为他一直……啊，他一直在干大事……他是个将军。一个将军干什么都不为难。"

"他很勇敢，所以……"

"所以你爱上了他。"

"我也爱你呢，爱弥尔。我要你也成为大人物，让人们保藏你的帽子……但是别当皇帝。"

爱弥尔还是吃拿破仑的醋。他老盯着车窗外边，看那一片绿油油的田地和一排排高高的白杨。

那天傍晚他们回到家里。碧绿的矮树丛和松软潮湿的泥土的香味儿钻进他们的鼻孔。有几处地方，在他们离开的这几天里，草也长高了。这是个第二次收割的机会，他们赶紧脱下他们的节日的衣服，穿上他们的宽大舒适的木屐。那种木屐踩在法国的土地上几千年了。太阳落山以前只有一两个小时了。

那天夜里他们躺在床上喘气，她悄悄地说："啊，爱弥尔，回到家里多好啊！"

他捏一下她的手。

"住在皇宫里一定不好受。"她又说。

他又捏一下她的手。

"而且怪可怜的。"

"你在想那死皇帝的帽子！"他放开她的手。

"不，爱弥尔，我刚才想的是蠢事。我爱你，爱弥尔。"

她伸开她的胳臂抱住他，他亲她的眼睛，亲她的胖胖的脸蛋儿，亲她的潮润的朱红的嘴唇——潮润来自田间的露水。

拿破仑没有再闯进他们中间，只有一次他又出现在他们面前。这是大约一年之后的事情，爱弥尔得了个胖小子，成了个骄傲的爸爸。

"他是个顶呱呱的孩子。"做父亲的说。

她逗弄着孩子的下巴颏儿，说："咱们要把他陈列出来……放在玻璃柜子里。"

然后他们把他们想得起来的古来的国王和皇帝的名字一个个念了一遍，可是在他们的乡下耳朵里这些名字听起来全都不亲切，有点儿凄凉。

葡萄熟了，地里的活挺忙，可是他们得空也还在想给孩子起名字的事，也常常想到陈列在柜子里的拿破仑的帽子。但是最后他们给他们的儿子取名为约翰。

凯赛娅

在小女孩眼里，他这个人教人望而生畏，不敢接近。每天早晨上班之前，他走进小女孩卧室，漫不经心地吻她一下，于是她就说一声"爸爸再见"。听着马车在长街上渐渐远去，啊，她感到好不轻松宽慰！

晚上，她倚着楼梯扶栏，听到他下班回家时从门厅传来的粗大嗓音。"把茶送到吸烟室来……报纸还没来吗？是不是又让他们拿到厨房里去了？孩子妈，去看看报纸是不是在那边——把我的便鞋拿来。"

"凯赛娅，"母亲于是就喊，"要是你乖的话，就来给爸爸脱靴子。"小姑娘一只手紧紧抓住扶栏，慢吞吞地挪下楼梯；穿过门厅时，她脚步更慢，然后推开吸烟室的门。

这时，他已戴上眼镜，两眼从镜架上方望着她。这样看她，小女孩觉得十分害怕。

"别呆着，凯赛娅，过来把靴子脱下，拿到外面去。今天听话吗？"

"我不——不——不知道，爸爸。"

"你不——不——知道？你这样结巴，你妈要带你去看医生了。"

她在别人跟前从不结巴——都快改掉了——但在爸爸面前不行，因为她总想竭力把话讲好。

"怎么啦？干吗一副可怜相？孩子妈，你要管教管教这孩子，别让她看上去这么一副可怜相。

……来，凯赛娅，把茶杯放回桌上去——当心点，你的手抖得像个老太婆。把手帕放进衣袋里，不要放在袖子里。"

"知——知——知道了，爸爸。"

星期天她和爸爸同坐在教堂的长椅上，听着他粗大响亮的嗓门唱赞美诗，看着他在牧师讲道时用一小截蓝铅笔在信封背面记下三言两语——他的眼睛眯成一条缝——一只手轻声地在椅架上不停敲击。他做祷告时声如洪钟，她心想上帝肯定听见了他的声音，比牧师的还清楚。

他身材魁梧——大手，粗脖子，尤其是打呵欠时的那张大嘴。独自呆在小孩卧室里想起他，就像想起巨人一样。

每逢星期天下午，外祖母让她穿上那套棕色丝绒衣服，送她到楼下客厅，"同爸爸妈妈好好聊聊。"但是小女孩总发现母亲在看《简报》，父亲脸上盖块手帕，脚搁在最好的沙发枕垫上，躺在卧榻上酣睡，鼾声大作。

她高高坐在钢琴凳上，心事重重地望着他，等到他醒来，伸了伸懒腰，问几点了——然后看着她。

"别这样瞪着，凯赛娅，你简直像只棕色的猫头鹰。"

一天，她得感冒呆在屋里。外祖母告诉她，下星期是父亲的生日，并建议让她用一块漂亮的黄绸子做个针插，作为父亲的生日礼物。

小女孩用双股棉线费力地缝好三边，但里面填塞些什么东西呢？她心中无数。外祖母在外面院子里，于是她走进了母亲的卧室，想找些"碎片什么的"。她发现床边桌上有一些优质纸张，拿来撕成小碎片，塞进布套，然后缝上第四道边。

那天晚上家里像炸开了锅。父亲为港务局准备的重要讲稿不见了。每个房间都翻遍了，每个佣人都查问了。最后，母亲走进孩子卧室。

"凯赛娅，我们房间里一些纸你没见过吧？"

"哦，见过，"她说，"我撕碎了做了一件爸爸想不到的生日礼物。"

"你说什么！"母亲尖叫着说，"马上快到楼下餐室去。"

她被拖下楼梯，父亲双手倒背着，正来回踱步。

"怎么样？"他劈脸问道。

母亲作了解释。

他收住步子，像傻了似的瞪着孩子。

"是你干的？"

"我没——没——没——"她声如蚊蝇。

"孩子妈，到孩子房里把那该死的东西拿下来——马上让孩子上床睡觉。"

她不知为什么哭得那么伤心，躺在幽暗的房间里，望着夜光从软百叶帘中渗进，在地板上拼成一幅凄惨的小图案。

接着父亲手拿尺子走进房间。

"这件事该揍你一顿。"

"呀，别，别！"她尖叫着，抖抖索索地躲到被子下面。

他把被子掀到一边。

"坐起来，"他命令说，"把手伸出来。得让你记住以后再也不许碰不属于你的东西。"

"可这是为你做生——生——生日的。"

尺子打在她粉红的小手心上。

几个小时后，外祖母用披巾裹着她，坐在摇椅上晃着，小女孩紧紧地依偎着她温柔的身子。

"上帝干吗要造出些父亲来？"她抽泣着说。

"拿着这条干净手帕，宝贝，上面还洒过我的香水呢。乖乖，早上起来会忘记的。我跟你爸爸解释了，但今天晚上他心里太乱，听不进去。"

但小女孩永远忘不了。她又见到他时，刷地把两手藏到背后，脸涨得通红。

麦克唐纳一家住在隔壁一幢房子里，共有五个孩子。小女孩透过菜园篱墙的洞，看到他们傍晚玩着"捉强盗"游戏。他们爸爸的肩上驮着娃娃，两个小女孩扯着他的衣角，沿着花坛一圈圈地跑，笑得前俯后仰。有一次她看到他家两个男孩用水管浇他，竟然用水管浇他——他一把抓住他们，挠他们的痒，直到他们笑得打嗝才住手。

这时她心里明白了，世上的父亲不尽相同。

一天，母亲突然病了，外祖母陪她一起乘马车进城。

小女孩一个人留在家里，只有"打杂的"艾丽斯陪着她。白天还好，但晚上艾丽斯让她上床睡觉时，她突然感到心里害怕。

"我做噩梦了怎么办？"她问，"我常常做噩梦，姥姥就把我抱到她床上去——我不敢呆在黑暗里，东西会发出响声的……我真做噩梦了怎么办？"

"你只管睡吧，孩子。"艾丽斯说着，帮她脱下长袜，用力甩在床杆上。"不要喊叫，别吵醒你可怜的爸爸。"

但是从前的那个噩梦又来了——那个屠夫手执刀子和绳索，越走越近，狞狞地笑着，而她却动弹不得，只能直愣愣地站着，大喊："姥姥！姥姥！"她浑身颤抖着醒来，睁眼看到父亲手里拿着蜡烛，站在她的床边。

"怎么啦？"他说。

"呃，一个屠夫——刀子——我要姥姥。"他吹灭蜡烛，弯腰把孩子抱在怀里，抱着她穿过走廊到他的大卧室。床上摊着一份报纸，一支吸了一半的雪茄搁在台灯上。他把报纸扔在地上，把雪茄丢进壁炉，然后小心地替孩子盖好被子，在她身边躺下。她似醒似睡，屠夫的狞笑仍在她四周浮现。她不知不觉挨近了他，把头钻在他的胳膊下，紧紧拉住他的睡衣。

于是，黑暗再也不使人害怕了，她静静地躺着。

"来，把脚在我腿上擦擦，会暖和的。"父亲说。

他精疲力竭，比小女孩先入睡。她突然有一种奇怪的感觉。可怜的爸爸！其实个子并不那么大——也没有人照料他……他的身子比姥姥的硬实，但这种硬实很可爱……他每天都得去上班，太累了，不能像麦克唐纳先生那样……她还把他漂亮的演讲稿给撕了……她突然一阵抽动，叹了声气。

"怎么啦？"父亲问，"又做梦了？"

"啊，"小女孩说，"我把头贴在你胸口上，听得见心在跳，你的心可真大，爸爸，亲爱的。"

"爸爸，谢谢你来捧场！"

他告诉坐在旁边板凳上的妇人说，他的孩子们一个个正在长大．这倒不是什么特别新闻，孩子们都如此，这是自然现象。

不过，他面对着棒球场说，他从前以为这种长大过程是一步一步来的。但事实上，他的孩子们却似乎突然从一个年龄阶段跳到另一个年龄阶段，就像他的老大学开汽车时转弯一样，换排挡会发出令人胆战心惊的声音。

他记得，他的老大还是3岁时，牵着他的手在街上行走，碰到一个人竟然会打招呼。这个儿子怎么会认识一个他父亲不认识的人呢？即使在那个时候，他对儿子的这种独立个性已经有点感到震惊了。

现在，孩子们又在经历人生的一些必然里程了。老大在准备他的驾驶执照考试，最小的一个即将报考初中。

现大，球场上轮到13岁的儿子上场搏击了。在短短的几个月甚至几个星期里，这孩子就已经掌握了打球时如何运用眼睛、姿势、腕部动作等取胜的要诀。

这位父亲看球的神情，只有父母望着自己孩子时的神情可以比拟。一会儿过分洋洋得意，一会儿又过分吹毛求疵。做一个称职的父亲或母亲，就是要能了解什么是过分。不过，今天这位父亲所感受到的却是另一种东西，是介乎赞叹与哀愁、慈爱与失落的某种东西。

他记起了历年来的一些小事。孩子们从学校带回来的作业一直在变。起初是一个粗糙的木制烛台，后来的是一张厚板桌子；开头是一幅蜡笔画，最后是一篇较长的论文。

也许，他说，他自己正经历一种青春期。也许，所有父母都会跟他们的孩子一起度过第二个青春期，一方面看见他们长大而欣喜，一方面又要放手让他们离开而心痛。

就在这男人和那妇人边谈边看球的时候，比赛的两队互换攻守。那个13岁的孩子一阵风似的在他们旁边跑过，捡起一只手套后便跑向第三垒。有人击出一个平飞球正对着他飞过去，但男孩却接漏了。

这位父亲突然一跃而起，接着又坐了下来。他告诉那妇人说：两年以前，这男孩一定会流眼泪；可是现在，他很快就恢复常态了。妇人告诉他：两年前，你一定会情不自禁地要去教导他；但现在你只是个观众。

是的，他说，我们父子俩都在成长。这男人从前以为他对为父之道懂得很多。毕竟，他自己也做过孩子，也有过一个父亲。他以往把自己看做导师，引导他的子女避开他自己年轻时的陷阱。他把自己的一生视作子女们继往开来的发展基础，就像建造摩天大楼一样。

可是，他的孩子们却更像他年轻时一样。

因此，现在他已慢慢接受英国一位小说家在书中所写的话："他的儿子也许要经历他自己和他同时代的人所经历过的同样途径，吸取教训就像以前从没有人得过这种教训似的。"

现在，轮到他领会到他父亲在他之前所领会过的事情了：对自己子女的关注和期望虽然热切，但始终要放手让他们离开。

球赛终于结束。男孩大步跑了过来，把一只手套和一个棒球交给他，然后跟队友一起走了。走到球场中央时，男孩喊道："爸爸，谢谢你来捧场！"

他挥手目送男孩离开。没有关系，事情就是这样的，他们都长大了。

（美国）艾伦·古曼

父亲的歌 | STORY

昔为人子，今为人父

去年冬天的一个傍晚，我正坐着看报，小儿子路克悄悄走近我椅旁，他刚好站在那盏我十分珍惜的旧黄铜台灯所照成的半圆形光圈外，那盏灯原是我做医生的父亲办公桌上的台灯。

近来，路克总喜欢在我看书或看报时提出他最关心的问题。不久之前，每当我在花园莳花时，他总是问这问那，也许我做的事正是他想学的，因而觉得一切难题都会迎刃而解吧。他学会了下种，并且不再等第二天就挖出来看看是不是不长出芽来了。

我停止看报，抬起头来，他对我咧着嘴笑。随后表情突然严肃起来——在学我神态严肃时的表情，并不漂亮。

"我把锯子弄断了，"他说，一面从背后抽出那把玩具锯。他相信我一定能修好，这就一个小男孩儿对会修理脚踏车、货车和各式各样玩具的万能博士所表示的敬意。

"还少几块碎片，在你那儿吗？"

路克伸开紧攥的拳头，给我看所缺的那几块碎片。我真不知道怎样能把它修好。

他凝神望着我，脸上的表情显示出他绝对相信我无所不能。这神情唤起了我的回忆。我仔细看着锯子，翻弄着手中那些碎片，往事不由得涌上心头。

我七岁时，一个冬天的下午，放学后去父亲的诊所。父亲无疑是我们方圆一千里内最高明的医生。他不仅能治愈任何人的疑难病症，也能驯服烈马，雕刻陀螺，站在我的雪橇上滑下长坡！我喜欢在他的候诊室里来回走动，听人们喊我一声"小大夫"，看他的病人离开诊所时，总像是病势减轻了似的，也使我很快活。

不过那天我是找我最好的朋友吉米·哈德斯岱去的。吉米已经三天没上学了。她母亲告诉爸爸的护士说，也许今天就带他来看医生。

已近七点了，吉米还没有来。我们正要起身回家，父亲突然说："我们去看看吉米吧。"我心里感激，相信父亲是为了令我高兴才去的。

快到吉米家古旧的住宅时，我们瞧见楼上后窗角一盏灯，后门廊也有一盏——这是古老的告急信号。

父亲把车子一直驶进前院。吉米的姐姐爱丽丝跑了出来，双臂搂住我父亲，呜咽着说："啊，医生，吉米快死啦！爸爸到处找你呢，谢天谢地，你可来了。吉米本来不过着了点凉，可是到下午他的汗多得像河水似的。刚刚合上眼。"她不断地这样诉说，拉着父亲不放。

父亲从来不跑，他常说没有什么事值得匆忙。如果到了你必须抓紧的时候，也许就已经太晚了。不过这次他却一反常态，松开爱丽丝的手，撒腿就跑。

我随着他们穿过厨房，登上走廊狭窄黑暗的楼梯。吉米呼吸非常急促，发出尖锐的嘘气声。身上的被子堆积如山，在摇晃的煤油灯光下，几乎看不清他的脸。他的样子疲惫不堪，皮肤湿而发光。

她母亲一言不发。我在她家见她没扎围裙，这还是第一次。父亲听吉米的胸腔时，她站在我身后，双手搭在我肩上。父亲装好皮下注射器。哈德斯岱太太、爱丽丝和我，都在注视着一滴清澈透明的液体从针尖滚落。我深信我们期待出现的奇迹，就在那滴液体里。

父亲给吉米打了针，又从黑色手提包中取出一块纱布垫子盖在吉米的嘴上，弯下腰凑近他，口对口呼吸。屋里没有人动弹，也没有别的声音。突然，只剩下父亲独自呼吸的声音了。我感觉哈德斯岱太太双手用劲抓紧我的肩头，我知道，就像她所知道的，有样东西突然中断了。不过父亲还是继续向吉米的肺中呼吸。过了很久，哈德斯岱太太走到床前，用手搭着父亲的肩头，非常平静地说："医生，他已经去了，再呼吸也没有用。走吧。我儿子已经离开我们啦。"可是我父亲仍不肯移动。

哈德斯岱太太牵着我的手走到厨房，她坐在摇椅上，爱丽丝带着一副我从来没见过的绝望神情，扑到她母亲的膝上。我走到门廊去，在冷冰冰的黑暗中坐在最高一级台阶上，不要人看见我，听见我。

哈德斯岱先生回家时，看见我们的车子就奔进屋里。不久，我听见说话的声音。一会儿又停止了，一会儿又是说话的声音。最后听见楼上有男人沉重的脚步声，父亲出来了。我跟着他向车子走去。在返回镇里的寂寞途中，一路上我们默默无语。我自以为熟识的这个世界在我心中已经破碎了。

我们没有回家，去了父亲的诊所。屋里黑漆漆的。他叫我扭亮台灯，开始一本又一本地翻阅医书，拼命地寻找是否有什么他没有做到的。

我想阻止他，但不知怎么做才好。我想象不出怎样可以度过这漫漫长夜，尽管自己不愿意。还是忍不住哭了起来。

终于，我听见有人敲门。不管是谁，我都感激不尽。我跑出去开门，原来是母亲来找我们。

她屈膝拥抱我，抚摸我的头。我也紧紧地搂着她。"噢，妈妈，爸爸怎么救不了他，怎么救不了他？"我的头枕在妈妈肩上哭泣起来。

她抚摸着我的背，直到我不做声了才停下然后说："爸爸虽然比你大，可是比生命小。我们因为他能做到的事而爱他，不要因为他做不到的事而减少对他的爱。不论什么，爱总能包涵。"

我虽然不能确切明白她的意思，可是能感觉到她对我说的话很重要。

很久以前的那年冬天似乎永远过不完，不过那是很久以前的事了，可是当我坐着，翻弄路克的玩具碎片时，那段回忆映入脑海。我对他说："这玩具恐怕是破碎了。"

"这个我知道。请你把它修好行吗？"他带着显然不耐烦的口气说。

"我不会修。"

"你当然会修。"

"不，我不会。对不起。"

他望着我——那种无限信赖的表情消失了。他的下唇震颤，竭力忍住涌出的眼泪。

我把他拉到膝上，尽力排解他因玩具破碎和平素崇拜的偶像崩溃而引起的悲哀，他渐渐不哭了。我发现自己在他眼中不过是一个平凡的人物，不觉感到凄惨，他一定也知道我的感受，所以在我怀里依偎了好久，又用手臂搂住我的颈项。

他离开那房间时，对我投以坦白而和善的注视，于是我仿佛又听见我母亲的声音，用她肯定的声音告诉我：爱是无条件的。昔为人子，今为人父，我知道这个醒悟带来的悲痛，是明理的萌芽。

客厅里的花瓶

我正在家里踢球玩，忽然"砰"的一声，我把客厅里的粉红花瓶砸碎了。妈妈跑了进来，我"哇"地哭了。

"尼古拉！"妈妈嚷着："告诉过你不要在家里踢皮球！看看你干的，你把客厅的粉红花瓶打碎了，那是你爸爸最喜欢的。等他回来以后，你把这件事告诉他，他会罚你的。这对你来说倒是个好教训。"

妈妈从地毯上拾起花瓶碎片，然后就到厨房里去了。我还在哭着：爸爸肯定会为花瓶发脾气。

爸爸从办公室回来了。他坐在沙发里，打开报纸读了起来。妈妈把我叫到厨房里，问道："怎么样？和爸爸说过了？"

"可是我不想说！"说着，我大哭了起来。

"啊，尼古拉，你知道我不喜欢你这个样子。生活就是要有勇气。你现在已经是个小伙子了。快去到客厅里把一切都告诉爸爸。

　　每当说我已经是小伙子的时候，就一定有麻烦，这次也一样。看着妈妈一副严肃的样子，我只好到客厅里去了。

　　"爸爸……"我叫了一声。

　　"唔？"爸爸"唔"了一声，还在看报纸。

　　"我把客厅里的粉红花瓶打碎了。"我飞快地把这句话说完，喉咙里像塞着一团棉花。

　　"唔？好极了，亲爱的，去玩吧。"爸爸说。

　　我回到厨房里，心里高兴极了。妈妈问我：

　　"和爸爸说过了没有？"

　　"说过了，妈妈。"我答道。

　　"他对你说什么？"

　　"他说，好极了，亲爱的。还说让我去玩。"

　　这下子，妈妈生气了，说："真是岂有此理！"然后就冲进客厅去了。

　　"喂，你难道就这样教育孩子吗？"妈妈对爸爸说。爸爸吃惊地从报纸上抬起头来，问道："你在说些什么呀？"

　　"啊，得了吧，别装蒜了。"妈妈嚷道，"当然啦，你只想安安静静地读你的报纸。而我呢，我却在管教孩子！"

　　"我是挺喜欢安安静静地读报纸。可看起来，在这个家里是办不到了。"

　　"噢，当然啦，先生喜欢享清福，穿着拖鞋看报纸。而我却只配干脏活。等将来儿子不走正道，你就该傻眼了。"

　　"你到底想让我怎么样？"爸爸也叫起来，"难道让我一进门就带孩子吗？"

　　"你不干该干的事。这个家对你来说一点也不重要。"

　　"见鬼，是我在拼命工作，是我在受老板的窝囊气。为了你和尼古拉能过好日子，我放弃了所有爱好……"

　　"我说了，不要在孩子面前谈钱的事。"妈妈说。

　　"在这个家里，人都快疯了。不过，就会变的，对，会变的！"爸爸嚷道。

　　"我母亲早就警告过我，当时真该听她的。"妈妈说。

　　"哈，你母亲，我早知道你要提起她，你母亲！"

　　"少提我母亲，不许你说我母亲。"

"难道是我……"爸爸正说着，忽听有人敲门。原来是住在隔壁的布莱迪先生。

"我来看看你想不想玩一盘象棋。"布莱迪先生对爸爸说。

"您来得正好，布莱迪先生。"妈妈说："您给当个裁判。您说说看，一个父亲该不该关心儿子的教育？"

"他知道个什么，他又没有小孩。"爸爸说。

"这不是理由。"妈妈反驳说，"牙科医生从来不牙疼，可他们还是牙科医生。"

"谁告诉你牙科医生从来不牙疼？真有意思。"爸爸笑了起来。

"您看见了吧？您看见了吧？布莱迪先生，他笑话我。"妈妈嚷着："你不去管儿子，却在这儿寻开心。您说说看，布莱迪先生？"

"看来象棋是玩不成了，我走啦。"布莱迪先生说。

"啊，不行，您不能袖手旁观，您要待到底。"妈妈不依不饶。

"别胡扯。谁也没叫这个笨蛋来，他在这儿干什么，回他的窝去吧。"爸爸说。

"听着……"布莱迪先生说。

"噢，你们这些男人都是一个样。你们要好得很！行了您还是回去吧，别在邻居门口偷听！"妈妈说。

"那好吧，象棋下次再玩。"布莱迪先生说，"晚上好，再见了，尼古拉。"说完就走了。

我可不喜欢看到爸爸和妈妈吵嘴，不过我倒是挺喜欢看他们讲和的。这次也一样。妈妈哭了。爸爸不知该怎么办，一个劲儿说："好啦，好啦，好啦……"然后，他走过去拥抱妈妈，说他是个十足的野蛮人。妈妈承认是自己不好，爸爸却说是他的错。说完他们都笑了。他们互相拥抱，也抱了我。他们对我说，刚才只不过是在闹着玩。接着，妈妈说她该去做炸土豆了。

晚饭可真好吃，每个人都笑得很开心。爸爸说："亲爱的，我想我们刚才对布莱迪这个老好人太过火了。我想打个电话给他，请他过来喝杯咖啡，再下盘象棋。"

布莱迪先生来了，可还是很小心。他问道："你们总不会再吵吧？"爸爸和妈妈都笑了。他俩一人拉住布莱迪先生的一只胳膊，把他带到客厅去了。

爸爸把棋盘铺在茶几上。妈妈端来了咖啡。我呢，有鸭子吃。

忽然，爸爸抬起头，很惊讶地问："啊，真见鬼，客厅里的花瓶到什么地方去啦？"

父亲的手

父亲的手粗壮、有力，能不费力气地修剪果树，也能把一匹不驯服的骡子稳稳地套进挽具。他这双手还能灵巧、精确地画一个正方形。使我最难忘的是每当这双手抓着我的肩膀，我就感到一股特殊的温暖。这双手几乎能干一切活儿。然而，只在一件事上，这双手令人失望了：它永远没学会写字。

父亲是个文盲。美国的文盲人数现在已经逐渐减少了。但是，只要还有一个文盲，我就会想到我的父亲，想到他那双不会写字的手和这双手给他带来的痛苦。

父亲六岁时，开始在小学一年级读书。那时，课上答错一题，手掌上就要挨十下打。不知什么原因，父亲那淡色头发下面的脑袋怎么也装不进课上讲的数字、图形或要背的课文。在学校才待了几个月，我爷爷就领他回家了，让他留在农场干成年男人干的农活儿。

若干年后，只受过四年教育的母亲试图教父亲识字。又过了若干年，我用一双小手握着他的一只大拳头，教他写自己的名字。开始，父亲倒是甘心忍受这种磨炼，但不久，他就变得烦躁起来。他活动一下指头和手掌，说他已经练够了，要自己一人到外边散散步。

终于，一天夜里，他以为没人看见，就拿出他儿子小学二年级的课本，准备下工夫学些单字。但是，不一会儿，父亲不得不放弃了。他趴在书上痛哭道："耶稣——耶稣，我甚至连毛孩子的课本都读不了！"打那以后，无论人们怎么劝他学习，都不能使他坐在笔和纸面前了。

父亲当过农场主、修路工和工厂工人。干活时，他那双手从未使他失望过。他脑子好使，有一股要干好活的超人意志。第二次世界大战时，他在一家造船厂当管道安装工，安装巨型军舰里复杂、重要的零件。由于他工作劲头大、效率高，他的上司指望提拔他。然而，由于他未能通过合格考试而落空了。他脑子里可以想象出通到船的关键部位的条条管道；同时，他手指可以在蓝图上找出一条条线路。他能清楚地回忆出管道上的每一个拐角、转弯。然而，他却什么都读不懂、写不出。

造船厂倒闭后，他到一家棉纺织厂工作。他夜里在那儿上班。白天抽出些睡觉时间来管理自己的农场。棉纺织厂倒闭后，他每天上午到外头找工作，晚上对我母亲说："通不过考试的人，他们就是不要。"

最后，他在另一家棉纺织厂找到了工作。我们搬进了城。父亲总是不习惯城里的生活，他那双蓝眼睛褪色了，脸颊上的皮肤有些松弛了。但是那双手还是很有劲儿。他常让我坐在他膝上，给他读《圣经》。对我的朗读，他感到很自豪。

一次，母亲去看我姨妈，父亲到食品店买水果。晚饭后，他说，他给我准备了一些意想不到的水果。我听到他在厨房里撬铁皮罐头的声音。然后，屋里一片寂静。我走到门口，看见他手拿着空罐头，嘴里咕哝道："这上面的画太像梨子了！"他走出门，坐在屋外的台阶上，默不做声。我进屋看到罐头上写着"大白土豆罐头"。但是那上面画的的确像梨，难怪父亲把它当梨买来了。

几年后，妈妈去世了。我劝父亲来和我们一起住，他不肯。他的身体越来越差了，因为轻微的心脏病发作，他常常住医院。老格林医生每星期都来看他，给他进行治疗。医生给了他一瓶硝酸甘油片。万一他心脏病发作，让他把药片放在舌头底部。

我最后一次见到父亲时，他那双又大又温暖的手放在我的两个孩子的肩上。那天晚上，我们全家乘飞机离开父亲到新城市里居住。三个星期后，他心脏病发作与世长辞了。

我只身一人回来参加葬礼。格林医生说他很难过。实际上，他觉得有点不可思议，因为他刚给父亲开了一瓶硝酸甘油。然而，他在父亲身上却没找到这个药瓶。他觉得，如果父亲用了这药，大概还能等到急救医生的到来。

在小教堂举行葬礼的前一小时，我不由自主地来到父亲的花园门口。一个邻居就在这儿发现的他。我感到十分悲痛，蹲下身，看着父亲生前劳动过的地方。我的手无目的地挖着泥土时，碰到一块砖头。我把砖头翻出来，扔到一边。这时，跳入我眼帘的是一只被扭歪、砸坏、摔进松土里的塑料药瓶。

我手里拿着这瓶硝酸甘油片，眼前浮现出这样一幕情景：父亲拼命想拧开这个瓶盖儿，但拧不开；他在绝望中，企图用砖头砸开这个塑料瓶。我感到极端痛苦，知道父亲至死也没能拧开这个药瓶。因为药瓶盖上写着："防止小孩拧开——按下去，左拧，拔"。目不识丁的父亲看不懂这一切。

尽管我知道这样做是完全不理智的，但我还是进城买了一支金笔和一本皮革包的袖珍字典。在向父亲遗体告别时，我把这两件东西放在他手里，这双曾经是温暖、灵巧、能干，但永远没学会写字的手。

（美国）加尔文·渥星顿

父亲的信

父亲生前只给我写过一封信。那时我正在念大学，我写信要求他给我二十五美元的课外活动费。

他的回信写得言简意赅，现在我还能背出来："亲爱的儿子：你妈说戴西近日产奶较多。"信末的签名像签发文件那样把他的全名写上。信没封口，里面附寄了十美元。戴西是我家那头泽西种奶牛的名字，它刚产下第二头犊子。

父亲一生中，也只给母亲写过一张字条，那还是我们住在克里克镇时的事。那时，为了摆脱饥荒的困扰，父亲带我们离开了奥萨斯克，到科罗拉多州的克里克镇谋生。他在镇上一间汽车修理厂做工，准备赚些钱后返回奥萨斯克。

父亲一周要工作六十小时才得到二十美元工资。当时我才两岁，妹妹刚出生，姨妈来帮我们照料家务、护理妈妈。我母亲叫默特尔。姨妈不喜欢父亲，情况就是这样。

一晚，父亲见姨妈的脾气比平日发得更大，便借口出门买明天的肉食去了。路上，他经过汽车修理厂。

一个驾驶货车的顾客独自在厂门前，夜班修理工都外出拖车去了。顾客要求帮忙修理一辆在镇外山路上抛锚的汽车。父亲同意设法把汽车开回来修理。

父亲几经努力，终于开动了那辆汽车，并朝修理厂开，顾客驾驶货车远远尾随。父亲驾车过一座桥时，方向盘系统的一根螺栓突然折断，失控的车子撞断桥上的木栏杆，掉到河底深处。

父亲发现自己仍在驾驶室里，毫不惊慌。他打破一扇玻璃窗，让水灌进驾驶室，使内外水压平衡，然后轻松地把门推开，并向河岸游去。

然而，急湍的水流将他直往下游的镇上冲去，这就省得他走那段漆黑的山路回镇。嘿！祸中有福哩。

父亲回到镇上时感到又冷又累。他在修理厂把工作服弄干，那时夜班修理工仍未回来。他回到家里，家里没有人。

原来我们全家都跑到桥上去了。当时，顾客眼见父亲的汽车掉进河里，便急忙回镇上报警。母亲知道后放声大哭。姨妈拉着我，也极力抑制着悲痛。不过，姨妈事后无意中说，当时她曾为母亲考虑过那个鳏夫——平时对母亲怀有好感的有钱人。

她们在下游发现父亲的上衣，大家都认为父亲的尸体一定被冲到镇外的沙滩去了。我们只好回家。

一到家，父亲那双湿漉漉的鞋首先扑入她们的眼帘，然后从虚掩的一扇门的门缝里看见父亲在床上酣睡着。厨房的桌上放着父亲写给母亲的那张字条：

"默特尔，我忘了买肉。"

（美国）拉里·巴特森

我的儿子是一个艺术家

爸爸从来也不明白我对职业的选择，现在我知道为什么了。

每个家庭都有它自己不为外人所知的可笑之处。我们家逗乐的事是：爸爸不知道为了生活，我究竟做什么工作才合适。

爸爸是一个卖肉的。他的父亲、叔叔和哥哥也都是卖肉的。他自己娶了一个从前在那儿工作过的肉店的出纳员，她的哥哥也全都卖肉。我出生时，妈妈发誓说我可以做任何我想做的工作，但就是不能去卖肉。

我还是个孩子时，整天画画。像所有别的男孩子一样，我画的大多是飞机，就因为我喜欢瞎画，妈妈决定让我上艺术学校。连我自己还未弄清是怎么回事，就被送进了曼哈顿艺术学校。从此每天早晨，我都要乘一个半小时的火车去上学。

"我的儿子是个艺术家！"我爸爸每每自豪地向他的顾客们介绍我。上高中时，我每个星期天都在他的肉店里帮忙。因此，我爸爸理所当然地想：等我将来毕了业，他就把这个肉店让给我。当我宣布我获得库珀联合艺术学校的奖学金，并且要继续我的艺术训练时，爸爸大吃了一惊，他突然意识到我把艺术这个东西看得很重。他告诉我说："卖肉、卖杂货、补鞋，这些都是谋生的好办法。尤其是卖肉，因为人人都要吃才能活下去。艺术家会——会挨饿的！"

我给他解释说，我不准备做一个画家，而是要做一个商业艺术家。但这无济于事。"艺术家就是艺术家，他总要挨饿。"他嘟嘟囔囔地说。

10年之后，爸爸把肉店卖了，退休了。我那时是《生活》杂志的艺术指导。我结了婚，而且有了两个孩子，于是就搬到郊区我新购置的房子里去住。爸爸来看房子时，我注意到他脸上有一种困惑不解的感情。他不懂，一个艺术家怎么能让他的两个孙孙吃饱穿暖。

我知道他为我感到自豪。每个星期，爸爸总要买一份《生活》杂志。每个星期，他都要打电话问我："这个星期你在杂志里画了些什么？"我告诉他我什么都不画，我只设计版面，摆照片，挑出铅字样。听了我的回答，爸爸总是自言自语，我不知说了些什么。

1972年，《生活》杂志停刊了，当我正在家里看关于这家杂志倒闭的新闻报道时，电话铃响了。我知道是爸爸打来的。费了好大的劲，他终于说出来了："如果你是个卖肉的，你现在就不会没有工作做。"他设法说得很轻，但我知道他的意思；而且，实际上我很高兴听到这样的话。我从来也没有像此时这样爱我的爸爸，不知为何，它意味着我的世界仍完好无损。

"你记得怎么割肉吗？"他问我。

"记得，爸爸。"

"你知道，人人都要吃肉。"

以后12年，我一直担任一家出版公司的艺术指导。每个月我爸爸都接到我寄去的我们公司出版的二十几本书。他打电话告诉我，他多么喜欢封面上我画的画。我没有再向他解释我只设计封面，然后把它交给别人去画。我接受他对我的赞扬，感谢他对我的关心。他有可以向邻居们展示和炫耀的图书就行了。

以前，是爸爸不知道为了生活要我做什么工作才好。几个月前，我们家这个逗乐的事又尖锐地摆在我的面前，我28岁的儿子从洛杉矶给我打电话。在那儿，他是一家大新闻社的代理人。他刚刚从和他们新闻社竞争的一家公司得到一份俸禄优厚的聘请。他想听一下我的意见。但我认识到我对他所做的工作并没有足够的了解，不能给他提什么建议。

我记起8年前他从学校给我打电话，说他想干服装表演这一行。我像通常一样咕哝地说："这是你的生活，由你决定。"但等我挂了电话，我转过身对我妻子说："服装表演？难道那是谋生的方法吗？为什么他没有选择医学、法律或机械呢？"

"或者去卖肉。"我妻子说，"人人都要吃呀！"

我儿子的选择一定很正确。我第一次参观他的办公室时，我所看到的给我留下了极深的印象。他的秘书打扰他，问他是否能回这个人或那个人的电话，她说的名字都是任何人听到之后马上能想起来的。当时，我曾想这个小家伙只不过是给我装装样子。这时我发现我儿子盯着我，而且我肯定他也看到了我曾在我爸爸脸上看到过的同样的困惑不解的表情。

那种强烈的、处于痛苦之中的爱，使一个人对他的孩子多少有些害怕。这个孩子连自己的袜子都捡不起来，怎么能把那么重要的事情委托给他呢？

将来有一天，我的儿子的儿子会告诉他爸爸，他一生中要选择一种职业。我知道我儿子会这么想："那难道是谋生的办法吗？"

他会给我打电话，那我就对他说："告诉他当一个卖肉的，人人都要吃。"

父亲的盒子

大四那年的圣诞节，我兴冲冲地搭车返乡，准备和两个弟弟度过两个星期的开心假期。由于父母亲计划到波士顿玩一天，我们姐弟便自告奋勇地表示愿意照顾店面，好让两老能安心地玩。出发的前一天，父亲悄悄地带我到店后面的一间小仓库。这里十分狭窄，只摆一架钢琴和一张折叠式的沙发就塞满了。只要将沙发拉出，便可坐在沙发边上弹钢琴。父亲走到钢琴旁，弯下腰，一只手从钢琴背后探出了一个冰激凌盒子。他将盒子打开，里面装满了一大叠剪报。大概是侦探小说读多了吧，我睁大双眼盯着这堆剪报，心想这里面到底暗藏了什么玄机。

"这些是什么？"我好奇地问。

父亲一脸严肃地回答我："这些是我过去投稿到报社被刊登出来的文章。"

读完第一篇后，我发觉文章后所登的作者名叫华特·柴普曼，父亲显然是用笔名投稿。

"你从来没提过你投过稿。"我惊讶地表示。

"我不想让你妈妈知道。她老是告诉我，我没读过书，最好不要提笔，免得惹人笑话。我一度想出来竞选公职，但她也劝我打消念头。她大概是怕我选不上丢脸吧，其实我只是想过过选举的瘾。后来我瞒着她，偷偷寄稿子到报社。只要刊登出来，我便把文章剪下，藏到这盒子里。你是第一个知道这事的人。"

他看着我读完其他文章，当我抬起头时，我发觉父亲的眼有微湿。"我想我上次投的那篇稿子有些失败。"他解释道。

"你最近有再投稿吗？"

"有呀，我投了篇稿子到教派杂志去。对于全国提名委员会的选举方法，我提出了几点建议。稿子寄出三个月了都没消息。我想我写的内容太过肤浅了。"

我从来没看过父亲这个样子，一时之间也不知该说什么，只得安慰他说："也许过一阵子就登出来了。"

"也许吧，但我看希望不大。"父亲对我笑了笑，他把盒盖盖上，然后将盒子放回钢琴后面。

第二天早上，父母亲两人搭巴士到火车站，然后转车到波士顿。我和弟弟看店时，脑中不断想着那个盒子。我从不知道父亲喜欢提笔写作。我没将这件事告诉两个弟弟，这是我和父亲之间的秘密——盒子之谜。

那晚我从窗外望去，见到母亲下了公车，但只有她一个。她快速地穿过马路，走进店里。

"爸呢？"我们齐声问道。

"你爸去世了。"母亲表情木然地回答。

无法置信的我们跟着母亲到了厨房，她说就在他们经过人潮汹涌的公园街地铁站时，父亲突然倒地不起，旁边经过的一位护士，蹲了下去听父亲的心跳，她只说了一句："他没气了。"

车站的人潮一波接一波，但大家却对这位倒地的老人视若无睹，母亲惊惶失措地站在一旁，完全失去了主张。后来有位牧师帮母亲报了警，经过近一小时漫长的等待，一辆救护车才来到现场，将父亲的遗体载到附近唯一的一家殡仪馆。在取下父亲身上的遗物后，母亲孤零零地一个人搭火车回到家里，母亲未滴一颗眼泪地讲完这段经过，不轻易表露情绪一向是妈的原则。而我们也强打起精神，轮流照料店里的生意。

那晚来了一个老顾客，他问道："老头儿今晚不在呀？"

"他去世了。"我回答。

"哦，真是不幸！"他说完便转身离开了。

虽然父亲已70岁，而母亲只有50岁，但我从不认为父亲有任何老态，也不爱别人称他老头。他一向神情愉快，身体硬朗，而且毫无怨言地照顾体弱的母亲，结果现在却这样地走了。以后再也听不到他看店时吹着口哨，整理存货时哼着小调，他真的离我们而去了。

葬礼结束的那个上午，我坐在店里，整理着亲友们送来的慰问卡。就在此时，我瞥到了旁边书堆上有一本宗教性的杂志。如果是平时，我绝不会翻阅这种我自认为"内容枯燥"的刊物，但抱着一丝希望，我打开了目录页，果然发现了父亲最后一次投稿的文章。

我抱着杂志，跑进后面的小仓库。一关上门，泪水立刻爬满脸上。我一直忍着伤悲，但看见父亲生前最后一篇作品被刊登出来，我再也克制不住自己的情感。我哭着把这篇文章读完，然后拿出藏在钢琴背后的盒子。翻着盒中的剪报，结果发现其中夹了一封参议员洛奇写来的信函，感谢父亲在竞选期间给他提供宝贵意见。

我一直没和任何人提起盒子的事，它是我和父亲之间的秘密。

最后的再见

"我要回丹麦的家去，儿子，而且我要告诉你我爱你。"

在我爸打给我的最后一个电话中，他在半个小时内把上述的话重复了7次。我并没有真正听出他要传达的意思。我听到他说的话，但并没有收到讯息，更甭说它深刻的内涵。我相信我爸会活过100岁，像我那个活到107岁的叔公一样。我并没有感觉他对妈的去世很自责。

也不了解他深深的寂寞，不知道他绝大多数的好友已经离开这个星球。他淡淡地要求我和我家兄弟为他生下下一代，这样他才能来得及当个有所贡献的祖父。

"爸过世了。"我弟弟布莱恩在1973年7月4日说。

我的小弟是个聪明伶俐的律师，反应敏捷，有幽默感。我以为他在开我玩笑，所以我等着他自己辟谣，但他没有。

"爸在他出生的那张床上去世了——在罗兹凯蒂。"布莱恩继续说，"殡仪馆的人把他放进棺木里，明天会把他的遗体运到我们这儿来，我们该准备举行葬礼了。"

我无言以对。这件事不该是这样的。如果我知道那是爸生命中最后的几天，我应该和他一起到丹麦去才对，我相信那些宗教慈善团体所强调的话——"没有人该孤独地死去。"

当他过渡到另一个世界去，在他生命的最后时刻，我应该给他慰藉，就像我真正在倾听、思考一样。爸已经向我预告了他要离开这世界，而我却错过了这个讯息。我感到忧伤、痛苦和自责。为什么那时我不在他身旁呢？当我需要他时，他却总在我身边。

在9岁那年的早晨，在自己的面包店工作了18个小时的他会在5点回家，用他强壮有力的手搔我的背、叫醒我，并轻声说："该起床了，儿子。"在我梳洗好准备送报以前，他会把我的报纸折好，装在我的自行车篮子里。当再度想起他的慈爱与宽大，泪水又盈满了我的眼睛。

当我参加自行车比赛时，每周二他会开50里的车送我到威斯康星州的康诺夏，让我在晚上参加比赛，而他则在一旁观战。我输时他为我打气，我赢的时候他则和我共享殊荣。

之后，他陪伴我参加芝加哥地方性的演说，当我在21世纪公司、玫琳凯、公正公司和不同的教会演说时，他总是微笑倾听，并骄傲地对他的邻座说："那是我儿子！"

想及这些往事，我因父亲总是陪伴我，而我却没能在他身旁而痛苦。我的小小忠告，是要告诉你，你一定要和你爱的人分享你的爱。并在他们肉体生死转变的神圣时刻陪伴他们。和你爱的人一起经历死亡，会将你带进更大、更宽广的时空里。

（美国）马克·维克多·汉森

最后的舞步

当我还是一个小男孩的时候，我的一项重要工作就是帮助父亲捡拾柴火。我热爱这项工作，我同父亲一起到树林中砍劈木柴。我们是男人，就像强有力的伐木工人一样在一起干活，做我们分内的事，要让我们的屋子和女人们一起温暖起来。是的，父亲教我要成为一名奉献者，这是一种非常好的感觉。他经常和我打赌，说我不可能在500下之内劈开一块巨大的多结的木头。噢！我是多么卖力呀！大多数都是我赢了，但我想他每次总是给我足够的劈砍次数，因为他喜欢当那块木头在我最后（第499次）全力一击之下，最终被劈开，我是多么的骄傲和兴奋。然后，我们推着装满木柴的雪橇往家走，朝着食物和一个温暖、欢快的火堆前进，鼻子却被冻得直淌鼻涕。

在我上一年级的时候，我和父亲经常在星期二的晚上坐在一起看电视：怀亚特·厄普、切内·马维里克和苏加·劳夫。父亲几乎使我完全相信了他过去曾和这些人一起骑过马，他总是能够在事情发生之前就告诉我接下来会出现什么事，这就是我为什么要相信他的原因。他说这是因为他认识他们，所以就可以预见他们的行动。作为一名男孩，我是多么的骄傲呀！我的父亲竟然会是一名真正的牛仔，竟然曾和最好的骑手一起骑过马。我在学校里把这些告诉了我的朋友们，他们一起嘲笑我并对我说这是我父亲在骗我。为了维护他的尊严，我连续不断地跟人打架。有一天，我被打得很严重。看到了我撕破的裤子和裂开的嘴唇，我的老师把我推到一边，问我到底发生了什么事情。类似事件接踵而至，以至于我父亲不得不告诉了我真相。不用说，我几乎要崩溃了，但我依然深深地爱着他。

在我13岁那年，父亲开始学玩高尔夫球了。我是他的球童，每次在我们走出俱乐部会所之前，他总会让我也打几杆球。我从此迷上了这项运动并逐渐擅长了这门技艺。偶尔，父亲会带他的两位朋友一起来玩，每当父亲和我把他们带入一个骗局并最终赢得了胜利之后，我总会笑得非常开心。我们是一个队的。

除了我们这几个孩子，跳舞是父亲和母亲最爱的。他们跳得都非常好。舞厅里的人给父亲和母亲都起了绰号，马文和马克森，舞场中伟大的马文和马克森。他们浪漫的幻想变成了现实。当他们跳舞时，在父亲和母亲的脸上除了微笑之外，我从未看到过还有别的什么。我的两个姐姐南希和朱丽叶，经常和我一起去参加婚礼舞会。父亲对我们的影响有多大呀！

星期天的早晨，做完礼拜之后，父亲和我负责准备早餐。在我们等待煮好的燕麦粥和葡萄干时，我们总要在母亲擦洗干净并打了蜡的地板上跳踢踏舞，而母亲也从未因此而抱怨过我们。

渐渐地，我长大了。我和父亲之间的关系似乎开始逐渐有些疏远。在我上初中之后，课外活动开始消耗我的时间。我同时成为两个同等重要的角色：运动员和音乐家——我和他们一起参加体育运动，在同一个乐队中演奏，并且追女孩子。我还记得当父亲开始在夜里工作而且不再关心我的任何活动的时候，我那时是多么的痛苦与孤独。我把自己浸没在曲棍球和高尔夫球的运动里，我赌气地想："我要做给你看，即使没有你在场我也是最好的。"我同时是曲棍球和高尔夫球两支球队的队长。但是，他没有关心过我的任何一场比赛。我感到似乎他很少关心我，是为了要让我在生活中锻炼成为一名艰苦的奋斗者。我需要他，他难道不知道？

喝酒对于我来说已经变成了生活的一部分。父亲看起来不再像一个英雄，却更像一个不懂我的感觉以及我正经历着一段非常困难时期的局外人。偶尔，当我们在一起喝酒，并已过量时，我俩似乎更近了一些。但那种对于过去的特殊的感觉却再也没有出现过。从我15岁到26岁期间，我们从未说过爱对方，11年呀！

之后，有件事发生了。一天上午，父亲和我准备好要出去干活。当时，他正在剃须，我突然注意到他的喉咙上有一个肿块。我问他："爸爸，你脖子上长的是什么？"

"我也不知道，我今天正打算到医院去看看。"他说。

那天上午，我是第一次感觉父亲看上去竟是如此的消瘦。

医生诊断出父亲咽喉上的肿块是癌。在以后的4个月当中，我几乎每天都会感觉到父亲正在逐渐地消逝。他好像被所发生的一切搞糊涂了，他一直非常的健康。看着他由165磅的身躯转眼间变成115磅的皮包骨，简直让人无法承受。我尽力地和他接近，但我猜想他当时的思想一定非常混乱，他还不可能会注意到我以及我们彼此之间的感觉。

我的猜想看上去是对的，直到圣诞节前夕的夜晚。

那天夜里，我来到医院，看见母亲和妹妹也都在那里，他们已经在那儿待了有一整天了。为了让她们可以回家去休息一下，我决定留下来继续看护。当我走进父亲的病房时，他正在沉睡，我在他床边的椅子上坐了下来。他也许已经醒了，但他是如此的虚弱，以至于我几乎听不见他要说什么。

大约是夜里11点30分的时候，我感觉睡意袭来，就躺在一张小床上睡下，这张床是早先时候一个护士搬进来的。突然，父亲叫醒了我，他在喊我的名字，"里克！里克！"当我坐起来时，我看见父亲正坐在床上，看上去神色很坚决，"我想跳舞，我想跳舞，就现在。"他说。

开始时，我简直不知道该怎么说或怎么做，所以只是仍旧坐在原地。他再次坚持："我想跳舞，儿子，就让我们最后再跳一次舞。"我走到他的床边，轻轻地弯下腰问他："你是想和我跳舞吗？爸爸。"的确让人吃惊，几乎不用我的帮助，他从床上自己站了起来。他的能量一定是来自上帝的恩惠。手拉着手，搂住对方，我们绕着房子跳了起来。

那天夜里，我们所拥有的精力以及我们所分享的爱是以往任何作家在他们的语言文字中所从未描述过的。我们结成了一个整体，是在真正意义的爱、理解以及相互关怀下结合在了一起。我们所有的生命历程都似乎在那个时刻交织在一起，跳踢踏舞、打猎、钓鱼、打高尔夫球……我们在一刹那间复苏了所有的记忆。时间凝滞了。我们不需要收音机或录音机，因为所有的曲调（无论是已传唱的老歌还是尚未创作的音乐）都在天空中奏响。小小的病房比我所见识过的任何舞场都要宏大。爸爸的双眸闪烁着悲喜交加的光彩，那是我未曾见过的。我们跳着，跳着，相对四目已是泪光莹莹。我们依依道别，在短暂的一刻，我们再一次体会到彼此间坚定的爱。

我们止住了舞步，我扶父亲回到床上，他已经精疲力竭了。他深呼了一口气，握住了我的手，看着我的眼睛说："谢谢你，我的儿子。你来这和我共度长夜，使我很快活。这对于我是如此的有意义。"第二天是圣诞节，他去世了。

那最后的跳舞是上帝在圣诞节前夕赠给我的礼物——一件欢乐和智慧的礼物，因为我发现了父子之间的爱会达到怎样的强烈与明确的程度。

好了，爸爸，我的确爱您，我企盼着我们下一次能够在上帝的舞厅中跳舞。

爸爸

我3岁那年，父亲去世了。7岁的时候，母亲再次结婚，于是我成了世界上最幸运的女孩。你知道吗？是我选的爸爸。妈妈和"爸爸"约会一段时间后，我对妈妈说："他就是我爸爸，我们将接受他。"

我参加了妈妈和爸爸的婚礼，为他撒花，我一直因此而自豪。有多少人敢说他们参加过父亲的婚礼呢（而且是真正地沿着过道走下来）？

父亲为这个家而自豪（两年以后，我家添了一个可爱的小姑娘）。好多人对妈妈说："查理看起来对你的小家伙们感到很满意，很自豪。"那绝不是奉承话。爸爸确实对我们的聪明、诚实和对人们满腔的爱而感到满意和自豪（也包括我那惹人喜爱的微笑）。

我快17岁的时候，可怕的事情发生了，爸爸病了。检查了几天，医生仍找不到病因。"如果我们这些权威人士都找不到病因的话——他一定是健康的。"他们让爸爸回去上班。

第二天，爸爸从班上回到家里，泪流满面。那时我们才知道他得了致命的病。以前，我从没见过父亲哭泣，父亲说哭泣是懦弱的表现（与此有着有趣联系的是，我——一个爱激动的十几岁的孩子——会因每一件事而哭泣）。

终于，我们说服了爸爸让他住进了医院。他被确诊患了胰腺癌。医生说他随时都会有生命危险。但是，我们更了解爸爸，我们知道他至少还能陪我们度过3个星期。因为下周是妹妹的生日，3周以后是我的生日。父亲一定会和病魔作斗争的——祈祷上帝给他力量——一直坚持到我们的生日。因为他不愿我们有令人心碎的生日，更不愿将来有这样的回忆。

一个人将要离去的时候，他会比以往更清楚地认识这样一个现实：生命必须继续。父亲十分希望我们能像原来那样生活，无忧无虑。我们要求父亲像以前那样仍然是我们生命中不可缺少的部分。我们达成了一致。我继续进行我们的"正常"活动，而父亲是这些活动中最积极的因素——尽管是在医院里。

有一次，在我们日常的探望之后，父亲同病房的病友跟着母亲走到走廊。"你们来的时候查理总是平静，很积极，我想你没有意识到他有多么痛苦。他用所有的力气和忍耐力去掩饰他的痛苦。"

母亲回答道："我知道他在掩饰，但那是他要做的。他不愿让我们难过，他知道当我们看到他受煎熬时我们会有多么难受。"

母亲节那天，我们带着礼物去了医院。到医院时，父亲已经在门厅里等着我们了（妹妹太小是不允许进父亲的病房的）。我替爸爸买了一件送给妈妈的礼物。在那个属于我们的门厅角落里，我们举行了一个小型的精彩的晚会。

下周是妹妹的生日。父亲的身体已经不能下楼了，所以我们把生日蛋糕、生日礼物带到了医院，在父亲病房的同层楼的接待区里庆贺了一番。

第二周的周末我举行了舞会。按照惯例我们在家里拍了照，聚会结束之后，我们去了医院。是的，我穿着带裙环的长长舞裙穿过了医院（我的这身衣着不适合乘电梯）。当时我真觉得有点尴尬，可当我看到父亲脸上的微笑时，这种感觉消失了。这么多年来，父亲一直在等着他可爱的女儿举行第一次舞会。

妹妹每年要参加一次舞蹈演出，演出前一天总要进行彩排，彩排那天是全家人照相的日子。很自然，彩排之后我们去了医院。妹妹身着舞裙缓缓地走过走廊。她为爸爸表演了优美的舞蹈。父亲始终都微笑着——尽管每一个动作的拍击声都会引起头部的剧烈疼痛。我的生日到了，我们把妹妹偷偷地带到父亲的病房里，因为父亲不能离开病房（当时护士善意地装作看不见）。我们又庆贺了一番。但父亲的身体支持不住了。已经到了生命的最后时刻，他仍在抗争。

那天夜里，医院来了电话，父亲的病情急剧恶化。几天以后，父亲离开了我们。

从死亡中所得的最深刻的教训之一是：生活必须继续。父亲坚决主张不要让生活停下来。就是到他生命的最后一息，他仍关心着我们，爱护着我们，为我们而骄傲。他的最后愿望是什么？那就是葬他的时候，衣袋里要有一张全家人的合影。

他是我爸爸

以下这封信被放在一家大型教学医院一个门诊部门。虽然作者不明，但它的内容却值得所有从事健康医疗的人借鉴。

给这个机构的每一个人员：

当你今天拿起病历表、翻阅医疗绿卡时，我希望你会记得我要告诉你的话。

昨天我在这儿，和我的父母一起。我们并不知道我们该何去何从，因为从前我们没有接受过你们的服务。我们从没有被盖过"免费"这样的戳记。

昨天我看着我的父亲变成一个病症、一张病历表、一个问诊病号、一个被标示"没有出资者"的免费病人，因为他没有健康保险。

我看见一个虚弱的人在排队，等了5个小时，被一个不耐烦的办公人员、焦头烂额的护理人员、缺乏预算的机构随意搪塞应付，使她连一点尊严与骄傲都荡然无存。我对贵机构人员的没有人性深感诧异。当病人没有按照正确程序做时你们任意咆哮痛骂，在无关的人面前随便谈论其他病人的问题，谈论在中午吃饭时如何逃出这"穷人的地狱"。

我爸爸只是一张绿卡，只是某指定日期在你桌上出现的一个档案号码，一个在你机械化地给予指示后会再问一次的人。但，不是这样的，那真的不是我的父亲。那只是你看到的。

你没看到的是，从14岁以后就自己经营家具制造业的人。他有个很棒的妻子，4个长大成人的孩子（常常碰面），4个孙子（还有两个快要出生了）——他们都认为他们的"老爸"是最棒的。爸爸该具备的，这个男人都具备了——强壮、稳重，但很温柔；他不修边幅，是个乡下人，但被卓越的同行所尊敬。

他是我爸，不辞辛苦地养育我成人，在我当新娘时才让我离家，在孩子们出生时拥抱我的小孩，当我日子难过时把20元塞进我的口袋，在我哭的时候安慰我。现在却有人告诉我们，不久之后癌症会把他的生命带走。

你可能会说，这些话是一个悲哀的女儿在预知会失去所爱的人时无助的申诉，我不同意。但我希望你不要把我的话打折扣。不要看不见病历表后面的那个人。每张病历表都代表一个人——有感情、有历史、有生命的人——在这一天中，你有权利以你的话语和行动去接触他。明天，你有所爱的人——你的亲戚或邻居——也可能变成一个病历号码、一张医疗绿卡、一个像今天一样被盖上土黄戳记的名字。

我祈求你能以仁慈的话语和微笑迎接你工作岗位上的下一个人，因为他可能是某人的父亲、丈夫、妻子、母亲、儿子或女儿抑或只因为他是一个人，被上帝所创造且被上帝所爱，就跟你一样。

世界上最酷的爸爸

当我出生的时候爸爸已经50岁了。在别人有"妈妈先生"这个绰号之前，他已经因这个称呼名闻遐迩。我不知道为什么他代替妈妈而成为持家的人，但是我是我所有小朋友中唯一有爸爸陪在身边的人，从这一点来说我认为自己很幸运。

在我上低年级学校的多年中，爸爸为我做了许多事情。他让学校汽车司机到我家门口接我，而不让我到六街区远的普通汽车站。当我回家的时候，他常常已为我准备好了午餐——花生酱和肉冻三明治。我最喜欢过圣诞节，螺旋形式的三明治周围嵌满绿色的糖块并被剪成树的形状。

随着我渐渐长大，我努力想获得独立，我想摆脱掉这些父爱的"幼稚"的迹象，但是他不打算放弃。我进了高中之后，不能再回家吃午饭了，我便自己带饭，爸爸每天早早起来为我准备好午饭。在饭袋的外表是他自己设计的描绘山景的图画（这成为他的商标），或者一个刻着"爸爸和安吉"的心在饭袋的中央，在里面将有一块印着同一个心或"我爱你"的餐巾。许多次他写上一个笑话或谜语，他经常有一些可笑的话逗我笑并让我体会到他爱我。

我经常把我的午餐藏起来，这样将没有人看到饭袋或餐巾上的话，但这并没有隐瞒多长时间。一天，我的一个朋友看到餐巾，第二天我的所有朋友都等着看这块餐巾。他们也模仿这种方法，我想他们都希望也有人向他们显示那样的爱。我为有这样一位父亲而感到非常自豪。在我以后的几年高中生涯所收藏的那样的餐巾，至今仍大部分保留着。

后来，当我离开家去上大学（我是最后一个离开家的子女）的时候，我想这样表达爱的方式将不能继续了。但是我和我的朋友们为他的爱而感到非常欣喜。

我希望在放学后天天见到父亲，因此我经常给他打电话，我的电话费用因此而扶摇直上。我们说什么并无多大关系，我只是想听到他的声音。第一年这已成为我们之间的一种仪式。每次我说完再见，他常说："安吉？"

"是我，爸爸。"我答道。

"我爱你。"

"我也同样爱你，爸爸。"

几乎每个星期五我都收到信。我前面座位上的同学常常知道这是谁来的信——信封上的姓名地址经常是用蜡笔写的，里面的信经常画上我们家的小狗或猫，并附上他与妈妈的相片。如果我上周末回家的话，还有与朋友们在城镇周围赛跑和把家作为一个小站的描写，还附上他的风景画和一个写着"爸爸和安吉"的心形题字。

信件正好在每天的午饭前送到，因此我能够带着他的信去餐厅。我意识到把信藏起来是没有用的，因为我的室友是知道我爸爸送我餐巾的高中朋友。我在星期五下午读信，画和信封被传阅，已成为室友们的一种"仪式"。

正是在这期间爸爸患了癌症。当信件在星期五不能到来的时候，我意识到他已虚弱得不能写字。他经常在早晨4点起床，这样他能静静地坐在院子里写他的信。如果他误了星期五的邮寄，信将迟到一两天，但信总会到的。我的朋友们经常称他"世界上最酷的爸爸"。一天我的朋友们送给他一张卡片，上面签了所有人的名字，并把那个称号赠给他，我确信他教会我们理解一个父亲的爱。如果我的朋友们开始送给他们的孩子餐巾，我一点也不惊奇。他留给他们一个深刻印象，并将激励他们向自己的孩子表达自己的爱。

在我的4年大学生活的日日夜夜，信件和电话从不曾间断。我决定回家和他待在一起的时间到了，因为他的病情日益恶化，我已认识到我们共处的时光非常少了。那些天是最难挨的日子，眼看着这个曾经充满年轻活力的人已枯槁销蚀。最后他竟认不出我是谁了，把我喊成他曾多年未见的一个亲戚的名字，我知道这是由于病魔在作怪。

在他临死前的几天里，我和他单独待在医院的病房里。我们互相握着手看电视。当我准备离开的时候，他说道："安吉？"

"是我，爸爸。"

"我爱你。"

"我也爱你，爸爸。"

沉重的背袋

那是第一次世界大战期间，杰克的父亲上前线去了，妈妈独自一人带着杰克和妹妹住在沃夫城外的一个小村子里。

当时，杰克和妹妹都小，记不得爸爸的模样了，只从照片上见过。不过，妈妈总是给他们讲起爸爸。

他们的妈妈向来坚强，杰克从未见过她流泪。晚上，妈妈一封接一封地给前线的爸爸写信。爸爸的信也时时从前线寄到家，灰色的信封，信封上盖着式样各异的邮件检察机关和战地邮局的邮戳。每当妈妈接到爸爸的信时，总是一边读，一边随口讲给杰克和妹妹听。

有一次听妈妈说，爸爸负伤住到了野战医院，伤好后不能回前线打仗，就调到了军需机关。这样，爸爸很快就有希望回趟家，还一定会给他们背一袋子好吃的东西。

杰克和妹妹猜想，那袋子里装的是大块大块美味的腌猪肉，在当时，那可是他们最高的奢望。于是，每天晚上睡觉前，他们都盼着爸爸背回满满的一袋子又酥又香的腌猪肉来。

爸爸终于回来了，他把身上的背袋往墙角一放，就过来拥抱他们；袋子比他们设想的还满。他们缠住爸爸不放，和他在一起的快乐无穷无尽。爸爸浑身上下是烟草味和朗姆酒味，他把杰克和妹妹抱在膝上，没完没了地逗他们。

后来，只有墙角的那只又大又满的背袋吸引他们的注意——里面装着神奇诱人的美味，最好吃的当然是腌猪肉。想着想着，杰克口水就禁不住往下流。

杰克和妹妹没有睡着，妈妈进屋时，他俩假装睡熟了，一动不动地躺着，眯缝着眼偷偷往外瞧。妈妈站住了，盯着那个袋子，好像她也终于忍不住了，弯下腰，吃力地搬起背袋一背袋装得太实了——把东西全倒在桌子上。

看着眼前的景象，杰克和妹妹不禁惊呆了。失望、委屈，又感到害怕：桌子上堆的全是信，用绳子捆好的一沓蓝色、白色、灰色、红色的信封，信封上是邮件检察机关和战地邮局的红邮戳。这些信他们太熟悉了。

信，信，从这个大背袋里倒出来的全是信，摆满了整整一张桌子，还几乎往下掉。

此时此刻，从来没有流过泪的妈妈第一次在他们面前哭了。起初，她小声地抽泣，泪水顺着面颊往下流；她用双手捂住眼睛，泪水顺着指缝往下流。

妈妈摇头想止住，但是没用，她最终控制不住自己，随之便放声大哭起来。

爸爸进来了，看到妈妈对着那个空背袋哭成这个样子，他的心里也难过起来。妈妈就这样一直哭着，始终不让爸爸挨近她。

我的父亲爱迪生

爱迪生在新泽西州曼罗园他的实验室里踱来踱去，一撮乱发覆盖着前额，锐利的蓝眼亮亮的，皱了的衣服尽是污痕和被化学品烧破的洞，全不像一位改革家。他也不充什么派头。有一次一位要人来访，问他是否曾获得许多奖章奖状，他答："唔，有的，家里有两瓶酒，是妈妈奖赏的。"

"妈妈"是指他的太太，我的母亲。

可是在我们这些和他日夕相处的人看来，他显得超凡入圣。虽然他对人类的贡献非常伟大（他在世时取得了1093种发明的专利权），但最使我们念念不忘的，并非那些卓越的贡献，而是他无比的勇气、想像力、决心、谦逊和机智。有时候他也很调皮。

父亲通常每天工作十八小时以上。他对我们说："工作有成就，是人生唯一的真正乐趣。"

大家都传说他能每天只睡四小时（另外有时假寐片刻），绝非夸张。他认为："睡眠有如药物，一次服用太多，头脑就不清醒。你会浪费时间，活力减少，错过机会。"

他的成就无人不知。他三十岁发明留声机，把声音录在唱片上；他发明的电灯泡照亮了全世界。扩音器、复印机、医学用的荧光屏、镍铁电池和电影，都是他发明的。他也把别人的发明——电话、电报、打字机——改进为实用的商品。

有些人问："他从来没有失败过吗？"当然失败过。他时常碰到失败。他的第一件专利品是电动投票记录器，用以对低级铁矿做磁性的分离。但是后来因为开发了蕴藏量丰富的高级铁矿，这项设计便完全白费了。

但他从不会因恐惧失败而趑趄不前。在从事一系列艰苦的实验期间，他告诉一位气馁的同事说："我们并未失败。我们现在已晓得有一千种方法是行不通的，有了这些经验，便较易找到行得通的方法。"

他对于金钱得失的态度也是如此。他认为金钱是一种原料，跟金属一样，我们应该加以运用，而不要积聚。因此他不断地利用他的资金，进行新的计划。有好几次，他濒于破产，但他不肯让经济状况操纵他的行动。

有一天，父亲在观察一部矿石压碎机的效能，他对那部机器的运转情形很不满意，吩咐操作工人说："把速度提高。"

"我不敢，"那工人回答，"再提高速度，机器会坏的。"

父亲转过头去问工头："艾德，这部机器要多少钱？"

"两万五。"

"我们银行存款有没有这么多？有的吗？那么把速度再加快一级。"

操作工人把动力加大了，然后再度警告说："机器响声很大，如果爆炸，我们都会没命了！"

"那没关系，"父亲大声喊道，"尽量开动！"

响声越来越大，大家开始往后退避。突然轰隆一声，碎片四射。矿石压碎机垮了。

"怎么样，"工头问父亲，"从这里我们又能学到什么？"

父亲微笑着说："学到，我们可以把制造者所定的动力极限提高百分之四十——只要不超过最大极限就行。现在我可以再造一部机器，增加产量。"

我特别记得1914年12月间的一个严寒冬夜。当时父亲曾把过去十年的大部分时间用于试验制造镍铁电池，未能成功，弄得经济拮据。实验室全靠电影和唱片所获得的利润维持。那个晚上，工厂里忽然传出狂喊声："失火了！"顷刻之间，包装材料、做唱片用的赛璐珞、软片和其他可燃物品，呼啦一声，全部着火。附近八个城镇的消防队都来救火，但是火势太猛，水压又低，消防水管根本没用。

我到处找父亲也找不到，十分担心。他有没有出事？全部财产已经烧光了，他会不会心灰意懒呢？他已经六十七岁，不能再从头做起了。后来我在工厂院子里看见他正朝我跑来。

"妈在哪里？"他大声喊道，"去把她找来！叫她把朋友也都找来！这样的大火，百年难得一见！"

第二天早晨五点半钟，火势刚受到控制的时候，他召集全体职工宣布："我们要重建。"他派一个人去把附近地区所有的工厂都租下来，又派另一个人去借伊利铁路公司的救险吊车。然后他好像忽然想起一件小事似的补充一句："唔，有谁知道可以从哪里弄些钱吗？"

"人往往可以因祸得福，"他说，"旧厂烧了也好，我们可以在废墟上建起更大更好的厂。"

他的新发明层出不穷，仿佛具有法术，所以有人称他为"曼罗园的巫师"。这个称呼令他啼笑皆非。他总是反驳说："巫师吗？胡说八道。我的成就全凭辛苦工作得来的。"也许他会说出他那句常被引述的名言："天才是百分之一的灵感加上百分之九十九的血汗。"他最看不惯人们懒惰，尤其是心智方面的懒惰。他经常把芮诺兹爵士所说的一句话挂在实验室和工厂显眼的地方："人总是千方百计，避免真正用心思索。"

父亲从不改变他的价值观念，也从来不自大。在波士顿，第一家使用电灯的戏院开张时，电力发生故障，他马上除掉领带和燕尾服（他讨厌这种服装），毫不犹豫地跑到地下室去帮助设法修理。在巴黎，他把衣服翻领上的红蔷薇形徽章摘掉，免得朋友们"认为我是花花公子"。

人们谈到爱迪生的时候，有时说他没受过教育。不错，他只受过六个月的正式学校教育，但是他在母亲教导之下，八九岁就已经读过"罗马帝国衰亡史"之类的典籍。他在大干线铁路上做小贩及报童时，时常整天消磨在底特律图书馆里，那里的藏书"由头到尾"他都读过了。在我们家中，他经常备置许多书籍和杂志，还有五六种日报。

这位一生成就极多的人物，从小就几乎是个十足的聋子。只有最大的响声和喊声，他才听得到。但是他对这个缺陷并不在意。他说："从十二岁起，我就没听见过鸟叫。但是耳聋对我不但不是障碍，也许反而有益。"他认为耳聋使他提早读书，还能够专心，不必和人闲聊，省下许多时间。

有人问父亲，为什么他不发明一种助听器，他总是回答说："你在过去二十四小时听到的声音，有多少是非听不可的？"然后他又补充说："一个人如果必须大声喊叫，绝对不会说谎。"

他喜欢音乐。旋律清楚的,他有办法欣赏,用牙齿叼着铅笔,把笔的另一端搭在留声机的匣子上,借以"倾听"。这样他可以领略抑扬顿挫和节奏之美。在他所有的发明中,留声机使他最得意。

虽然他聋,跟他谈话要大声喊叫,或用笔写出,但是新闻记者还是喜欢访问他,因为他的见解十分精辟。他绝对不承认幸福和满足是值得争取的目标。他说:"如果你能为我指出一个完全满足的人,我就可以断言他必定是个失败者"。

他从没退休,也不怕老。在八十岁高龄,他还开始研究一门以前未曾研究过的学科——植物学,想在当地植物中找出橡胶来源。他和助手们把一万七千种植物加以试验和分类之后,终于研究出从紫菀科植物抽取大量胶汁的方法。

八十三岁时他还拉母亲去热闹的纽华克机场"看一个真正飞机场的实际情形"。他第一次看到直升机的时候,笑逐颜开地说:"我一向的想法,就是这个样子。"于是他又开始设计,对于那架不大为世人所知的直升机,提出许多改进的意见。

到了八十四岁,他终因患尿毒症危在旦夕。数十位新闻记者前来探访他的病情,整日守候。

医生每小时向他们宣布一次消息:"灯火仍然在照耀着。"到1931年10月18日午3点24分,噩耗终于传来:"灯灭了。"

举行葬礼之日,当局为了向他表示哀悼和敬意,本来预备把全美国的电流切断一分钟,但是考虑到那样做所付代价太大,而且可能产生危险的后果,所以只把一部分灯光熄掉片刻。

进步之轮是片刻不停的。爱迪生泉下有知,一定也同意这样做。

(美国)查理·爱迪生

善意的谎言

10年前安东尼从巴黎来到纽约闯荡,他是一名音乐制作人,尽管现在已小有成就,但仍孑然一身的他常常感到寂寞和孤单。

这天晚上，安东尼接到一个电话，竟然是他妈妈从巴黎老家打来的，她声音哽咽地说："孩子，你爸爸得了绝症，快不行了，你快回来看他一眼吧。"安东尼感到心被揪痛了：10年了，自从那次和爸爸大吵之后，他再没有回过巴黎。

安东尼望着纽约城迷离而遥远的夜景，多年前的那一幕又浮现在眼前：22岁的安东尼向全家宣布要放弃律师专业，到纽约去追逐他的音乐梦想，结果引起了轩然大波。他爸爸指着大门说："如果你要出去搞那该死的没有前途的音乐。就不要再回来了！"安东尼将长发一甩，头也不回地背着吉他离开了家。多年的时光流逝了，他仍然清楚地记得爸爸当时的那张脸，上面写着深深的不解、愤怒和绝望。

10年中，安东尼在飘零和奔波中尝遍了痛苦和艰辛，每当他撑不下去想放弃的时候，就会想起爸爸那句"音乐没有前途"的话，然后又咬紧牙关做下去。可是，随着岁月的流逝，安东尼已不再是从前的莽撞少年，他逐渐地明白了：那句听似绝情的话里其实蕴涵着爸爸一颗充满期待的心。只是，安东尼拉不下脸来主动同爸爸言归于好。可是，如果他现在再犹豫的话，就可能没有机会见到爸爸了。

在接到妈妈电话的第二天，安东尼登上了前往巴黎的航班。他下飞机后做的头一件事便是直奔一家"雅士"店，买了一套高档西装和一条儒雅的领带。接着，这位音乐制作人开始做自己的"形象设计师"：他摘掉了耳环，剪短了那头多年一直飘扬的长头发，然后穿上新西服，打上领带。去医院前，安东尼站在穿衣镜前细细地看了自己一番，不禁大吃一惊：面前这个温文尔雅、西装革履的男人是自己吗？再仔细一看，千真万确，就是自己，因为两个耳朵上的洞还在。这下，他自信能以一个事业有成的儿子形象站在爸爸面前使他高兴了。

安东尼终于见到了病床上的爸爸。他刚睡着了。这是10年来他第一回见到爸爸。他凝视着爸爸，发现他的大部分头发已经变得灰白，面容苍老了许多，安东尼的心头涌起酸涩与负疚的潮水。不过值得庆幸的是，爸爸的气色似乎还好。仿佛有所感应似的，他眼开了眼睛，安东尼觉得那双湛蓝的眼睛仍然和从前一样慈祥。此刻爸爸也正看着儿子那双同样湛蓝的眼睛，有些艰难地说："噢，孩子，你回来了，多好啊！"

接着，出乎安东尼意料之外的是，爸爸只字不提他的音乐成就，却问安东尼结了婚没有。面对爸爸那充满期待的目光，安东尼实在不忍让不久于人世的老人失望，只好硬着头皮回答说已经结了。爸爸又小声地问："那么，孩子也该有了吧？"安东尼再次违心地点了一下头，说是自己的儿子已经7岁了。看着气宇轩昂，已经成家立

父亲的歌 | STORY

业的儿子，爸爸露出了一丝欣慰的笑容："孩子，你能叫我的儿媳与孙子来巴黎一趟吗？我想在去见上帝之前见到他们。"

"啊？！"安东尼顿时呆了：他本以为能够将病重的爸爸应付过去，但没想到他提出了这个要求。怎么办呢，上哪儿去找老婆和孩子？

这天晚上，骑虎难下的安东尼一夜没有睡觉，他觉得这场戏越演越复杂了。想来想去，最后他决定到演员公司去租一个妻子。第二天上午，一家专门出租家庭的公司给他派来一名叫罗丝曼的女演员。

这是一个端庄秀气的年轻女子，安东尼讲述租借意思的时候，她那褐色的大眼睛一直亲切而温和地看着他，显得特别善解人意，安东尼心中顿时对她产生了莫名的好感。

讲完之后，安东尼突然一拍脑门："糟了，我们还缺一个7岁大的儿子。"罗丝曼想了想说："这样吧，我的女儿朱丽叶正好8岁，可以让她暂时冒充一下您的儿子。"

"那您的丈夫同意吗？"罗丝曼的脸色顿时黯淡了下来，幽幽地说："7年前，女儿刚出世，他就在一次车祸中去世了，从此我就靠干这个养活孩子。"

安东尼见自己勾起了她痛苦的回忆，马上表示歉意，她大度地说没关系，还谢谢安东尼让朱丽叶有机会体验家庭与父爱的感觉。

不知为什么，安东尼心里升腾起一种保护这个女人的想法。他有一个预感：罗丝曼和朱丽叶一定能够很好地配合自己在爸爸面前扮演一个完美的家庭。

下午，罗丝曼带来了女儿朱丽叶。这是一个特别聪明活泼的小姑娘，她显然被母亲精心打扮了一番：穿上了男装，头发剪短了，摇身变为安东尼"7岁的儿子于连"。接着，这"一家三口"在一起操练了一番，一直到安东尼习惯了叫罗丝曼"亲爱的"，叫朱丽叶"宝贝"，而朱丽叶也习惯了叫安东尼"爸爸"。然后，安东尼带着"妻子"与"儿子"去见爸爸。

安东尼介绍说罗丝曼是法裔美国人，所以两人给儿子取了一个法文名，并且教他学会了法语。爸爸紧紧地握了握罗丝曼的手，罗丝曼温柔地说："爸爸，您的病马上就会好起来的，到时候我们把您接到纽约观光。"

老人听了眉开眼笑，又抚摸着"孙子于连"的脸蛋，慈祥地看着"他"，"于连"乖巧地说："爷爷，我们在纽约一直很想念你，因为小伙伴都有爷爷带他们去钓鱼，只有我没有。如今可好了，爷爷，等您的病好了，我们去钓鱼好吗？"

老人连声说："好，好……"

安东尼看到爸爸的眼角红了，不知为什么，他自己的眼睛也湿润了，病房里洋溢着一种浓浓的温情。那一刻，安东尼多么希望自己真的已经成了家，有了孩子啊。

在以后的日子，安东尼常常带"妻儿"陪着他老爸。老人和"孙子于连"已经建立起深厚的祖孙感情了。而安东尼的心中也对罗丝曼悄然生出几丝情愫，不知不觉将"于连"当成了自己的亲生孩子，他体会到了那种为人父的感觉。现在，他完全能理解爸爸当年的那份望子成龙的期盼了。他觉得这一切都像在做梦。

但是，让安东尼迷惑不解的是，爸爸的情况一天好似一天，神清气爽的，一点也不像一个患了绝症、来日无多的病人。不过，他总算安心了。

可是，麻烦来了：自己的这个"家"总不能一直租下去吧，万一哪天被爸爸知道了，老人岂不是要受打击吗？可是不租了吧，马上就要露馅，那对爸爸的病可没什么好处；再说，自己好像也舍不得罗丝曼与朱丽叶。怎么办呢？这天早上，苦恼的安东尼想了很久，决定找"妻子"帮忙想办法。

安东尼与罗丝曼沿着香榭丽舍大街一边慢慢向前走，一边讨论着这场戏如何收场，可是马上就要走到贡古广场了还没想出好办法。安东尼看着已经西下的太阳，一时心急如焚，突然，他发现提起爸爸时罗丝曼很自觉地叫"爸爸"，心中涌起一股热流，调过头瞧着她说："或许，我可以把你和朱丽叶一直'租'下去，如果你感到我能扮演一个好丈夫和爸爸的角色的话。"

罗丝曼开始是吃了一惊，继而她的脸红了，一句话也没说，只是轻轻地点了一下头。安东尼欣喜异常，一把搂住了她的肩。突然，罗丝曼又眉头紧锁地说："但是，爸爸一直以为朱丽叶是个男孩呀。"

安东尼想了想说："那就对爸爸说这是他调皮的孙女与爷爷玩的一个游戏，老人那么喜欢她，是不会生气的。"

最后，爸爸居然没有大碍地从医院出来了，据主治的毕德医生说，病情基本控制住了。他是爸爸的老朋友，医术非常精湛，值得信赖。安东尼为爸爸感到高兴。

这天晚上，爸爸要安东尼到他的房间里去，说是有重要的事情跟他谈。爸爸的神情很凝重，不像平常那般自然和容易接近，一直沉默了好几分钟，安东尼的心缩紧了：该不会是自己的冒牌家庭露了马脚吧。正在他忐忑不安地考虑是不是将事情的真相和盘托出时，爸爸有些艰难地开口了："孩子，我一直没有勇气说出来，其实我没什么要紧的大病，我要你的母亲和毕德叔叔帮我编了这个谎言，把你从纽约骗了回来。因为我想看看你。我一直都很爱你，我为你在音乐上取得的成绩感到骄傲。儿子，你原谅我吗？"

开始，安东尼感到晕晕乎乎的，如在云端，接着他仿佛见到了云雾散去后明媚的阳光。他笑着对爸爸说："噢，爸爸，我当然不会怪您，因为我也爱您，其实，有时候为了让最亲近的人快乐，我们有义务精心编织一点善意的谎言，因为人生中有一种幸福便来自这种谎言啊！"

体谅父母

随着年龄的增长，有一天，我们都忍不住开始抱怨，爸爸怎么变得缩手缩脚，妈妈怎么变得这么迟钝，其实，如果站在父母的角度想想，这时的他们，是多么需要我们的体谅。有一位陪同父母远游的女儿的顿悟，在朋友中引起了共鸣。

一直以为父母也应该跟我们一样能适应这个变化的世界，新的科技、新的信息，新的理财观……直到最近几年才知道他们追得蛮辛苦的，遥控器太多太复杂、听不懂的专业术语、完全陌生的理财工具……直到最近几年才知道怕我们不耐烦，父母经常忍住了想说的话，想做的事……

如果没有这次远游，迟钝的我也不会知道，一向热心打点照顾我们子女无微不至的父母，退休十几年的老爸，竟衰老得如此快速。我们五姊妹只凑足了三个，决定陪爸妈去新加坡玩。在去时的飞机上，老爸四个小时都不愿如厕，任凭我们好说歹说，他依然老僧入定，不肯起身。在每一站观光区，他也是非到万不得已才进男厕。有次我观察到他小解很久才出来，看不到熟悉亲人的身影，先是向东搜寻，继而向西眺望，即使在这节骨眼，他也不愿放声大喊大叫，让我们子女没有颜面。站在陌生人群中，他一副茫然失魂的样子，却安静、耐心地等子女们的出现，我终于了解他出门在外不愿如厕的原因。以前不解事的小儿子常笑他八十几岁的外婆，连纽扣都不会扣，真慢！真笨！好简单的一件事，为什么老人家们就是做不好？我们还未经历到，当然难以理解，年纪大了，有时候手脚会不由自主、不听使唤，我以为老爸和奶奶之间还有一大段差距，谁知他也不知不觉走到这个阶段了。

往后的行程我根本无心玩赏，只要看到老爸的表情稍有异样，便好说歹说强行押解他到男厕，自己则只好守在男厕外头，起初老爸感到万分不自在，后来也就渐渐习惯了。回程飞机上，我陪老爸去洗手间，他忽然低声对我说："其实我不会锁机上厕所的门。"我拍拍他肩膀，告诉他："没关系。"心里却翻涌出一阵心酸。

心里很想告诉同行的妹妹，下次出游，把各自的老公也带来，也可以多尽一份心；也很想告诉没有同来的幺妹，钱财日后都赚得回来，惟有父母健在安康，又能带着远游，这才是为人子女最大的福分；想告诉老爸，如厕问题解决了，我们下次可以飞到更远的地方去旅行。

一趟旅行带给了我许多感触，也让再度离开家、身在火车上的我不禁滴下眼泪……

或许是自己太多愁善感，也或许担心自己父母的状况，只是自己一直没发现，才惊觉原来老爸老妈也变老了，变脆弱了，不再是以前那"强壮的臂膀"、"温暖的避风港"，原来一直帮我扛着头上那片天的巨人，也会变老……

父女情

听到父亲中风的消息，芭芭拉钻进汽车奔向医院。那年，她才13岁。

一进病房，芭芭拉被眼前的情景惊呆了：病床上的父亲显得那么陌生，他的右半边身体已瘫痪；脸上充满恐惧，看起来十分脆弱。芭芭拉走过去拥抱父亲，可他没有丝毫反应。

芭芭拉怎么也接受不了面前的事实，父亲毕竟只有48岁。芭芭拉脑海里又浮现出一个粗壮结实的形象。他教小芭芭拉伐木，帮她建起了自己的小木屋。小芭芭拉坐在他的膝上看他驾驶拖拉机耕地。他的怀抱那么温暖，那里曾是自己的避风港。现在这一切都已不复存在了。他几乎成了个植物人。

3个月后，芭芭拉的父亲出院了，但病状没有任何好转。X光透视证明他的大脑左半球已全部损坏。动脉病变导致失语症，不能讲话，也无法听懂别人的话。

"一定有办法帮助他重新讲话，一定要把他从无声的禁锢中解脱出来。"芭芭拉暗下决心。

这以后，芭芭拉把她的业余时间全部花在图书馆里，钻研语言发育方面的书籍。她对母亲说："如果能更多地了解大脑在语言发育中的作用，我一定能找到办法让爸爸重新回到我们中间。"

一天，芭芭拉发现达特默斯医学院神经专家米切尔教授6年前发表在《科学美国人》杂志上的一篇论文。论文中提到他的研究表明，大脑右半球在某种程度上有简单的思考能力。这种能力平时没有表现机会，因为语言中枢在大脑的左半球。

芭芭拉想起医生说她父亲虽然左脑完全损坏，但右脑完好无损。她想，如果他的右脑还有功能，他完全可以做某种程度的思考推理，只是不能用语言表达而已。但他一定能通过其他途径表达自己的想法。她又记起有一次家里的车坏了，爸爸曾用左手抓起笔画了一个很粗糙的轮廓。

"对！他是想说明车的毛病在哪儿。"芭芭拉十分激动，"爸爸可以用画图来表达想法。"

芭芭拉跑回家，找了一些卡片，用彩笔勾勒出简单的画：一把椅子，父亲的脸，一只正指着什么东西的手指，一只水杯，一张桌子和一张她自己微笑着的面孔。

她拿着卡片走进餐厅。"爸爸，我们来做新的尝试。"她将画着父亲、手指和杯子的3张卡片依次放在父亲面前。父亲看了会儿卡片，指了一下桌上的咖啡杯。

芭芭拉异常兴奋，她将"水杯"卡片换成"椅子"卡片。父亲看了看画片，指向餐厅里的椅子。

芭芭拉做了更多的卡片，每天用几个小时帮助父亲。两星期后，他便可以自己拼图表达意思了。一天午饭前，他把画着自己及汉堡的画片放在一起。看到这些，芭芭拉开车将他带到了一家快餐店。一下车，父亲点点头。每次父亲用画片组成一句话，芭芭拉都读给他听。虽然父亲听不懂她的话，芭芭拉却坚信总有一天父亲会重新说话。

芭芭拉又开始一项新计划。她将这样3张卡片放在父亲面前：一张是他的脸，一张是拿着笔的手，一张是一只水杯。父亲马上领会了她的用意。他用左手拿起笔非常艰难地画了个水杯。画完后，自己还审视一阵儿，然后点头笑了。接着他自己又主动画了一个梯形，下面又画了两个圆圈。芭芭拉看后说："这是一辆小汽车。"她将"车"字写在卡片上，父亲点头。

两个星期过去了，芭芭拉注意到父亲发生了很大变化。他开始变得活泼、自信并充满希望。芭芭拉和母亲画了更多的卡片。父亲学着画，并认真模仿每个词的发音。他用完了一个笔记本，然后是第二本、第三本……

12年后，芭芭拉去了加利福尼亚。又过了两年，一天晚上，芭芭拉接到母亲的电话："你爸爸真的开始讲话了！他正学着说他笔记本里的词。"

芭芭拉马上乘飞机回到家，她发现父亲完全换了模样。"奇迹！"她叫了起来。他微笑着说："奇迹！"泪水禁不住流了下来。"爸爸，"她啜泣着，"这是我听过的最美妙的词语。"

父亲摸索着打开笔记本，指着一张画道："面包。"说得虽不熟练，却非常清晰，"果酱，花生，黄油。"

芭芭拉拥抱、亲吻父亲："您怎么能学会这么多单词！"

"是啊，是啊。"父亲答道，"房子，狗，冰激凌。"

1982年圣诞节，芭芭拉送给父亲一套水彩笔。她再回家时，父亲给她看了很多他用左手画得十分精致的画。"爸爸，"芭芭拉说，"你应为自己感到骄傲！"

"为你而骄傲。"父亲轻声答道。

不久，父亲便可以单独坐公共汽车为家里采购东西了。芭芭拉算了一下，父亲的单词本里已有700多个单词了。

回到加利福尼亚后，芭芭拉开始研究计算机。她决心开发计算机软件，去帮助其他和父亲一样的人。

空中骑兵

这是1861年秋季一个阳光明媚的下午，弗吉尼亚州西部的崇山峻岭之中，弯弯曲曲的山道旁，桂树丛中，静静地躺着一名年轻的士兵。

他那挺直的躯体，交叉的双足，仰在臂弯里的头颅，摊开的右臂，以及软软地搭在步枪上的右手……种种迹象表明：他似乎已经死去了，因为这在战争年代是司空见惯的。等一等，你听，背带上的子弹盒正发出轻微而有节奏的响声——噢，他只是睡着了。可这也糟透了，这儿可是他的哨位！倘若一会儿他遇到什么不测的话，也不会让人感到意外——他毕竟太大意了。

这里的山路蜿蜒曲折，穿过一片茂密的树林，在一块巨石前拐了弯。那石头向北平伸出去，恰似给下面的悬崖戴上了一顶帽子。站到它上面，一千多英尺的深渊便一览无遗。那片桂树丛就长在山崖边上，要是年轻人醒过来，只消往下一看，准会头晕目眩的。

这里的秋天，漫山遍野依旧为浓绿的森林所覆盖，只在山谷的北边，有一小块不过几英亩的开阔地。一条小溪从中间穿过。没有树木的遮掩，那儿的草长得格外茂盛。若不是笼罩在悬崖投下的巨大阴影之中，它倒很像是谁家的一座庭院。事实上，整条山谷都好像被这令人震慑的悬崖吞没了。

此刻，就在那片为密林所环绕的开阔地里，正埋伏着一支小部队，他们约有五十多人，正在养精蓄锐，准备袭击连日行军后已疲惫不堪的北方军步兵团。夜幕一降临，他们就会攀上悬崖，摸到那个贪睡的士兵把守的哨卡，翻过山去，从背后偷袭北方军。他们明白，如果失利，自己的处境将非常危险，为了这次行动能够成功，他们必须密切监视敌人的一举一动。

那个仍在酣睡的年轻人名叫卡特·德鲁斯，出生在弗吉尼亚一个相当富有的家庭，他的家就在附近。几年前的一天早晨，吃过饭后，他从桌旁站起身，走到父亲面前，平静而坚决地说："爸爸，北方兵团已经到了克莱夫特，我想参加。"

父亲慢慢抬起头，默默地注视着儿子。过了一会儿，同样以平静的口吻说道："去吧，孩子。但要记住，无论发生什么情况，都要履行你的职责，尽管你没有站在弗吉尼亚这边，但我想它会起来反抗的。但愿我们都能活到战争结束的那一天。到那时，我们再来争论这一切。至于你妈妈，你也知道，医生说她现在很危险，恐怕只有几个星期了，就让她安静点儿，别去打扰她。"

德鲁斯望着父亲，无言以对，默默地跪了下去，父亲轻轻扶起他，神色凝重地拍了拍他的肩膀……

就这样，德鲁斯离家上了战场。他作战勇猛，忠于职守，很快赢得了上司的信任和同伴的爱戴。这次，由于熟悉这里的一切，又有丰富的作战经验，他被派到这个至关重要的前沿位置担任警戒。可是，连日的行军，极度的疲劳，他终于支持不住，昏然入睡了。不知过了多久，他惊醒了。谁在说话？他迅即从臂弯里抬起头，透过树丛向四周察看，右手同时习惯地抓起了枪。

然而，映入他眼帘的却是一幅美极了的画面——矗立在天空背景下的一动不动的

"塑像"，那是在对面悬崖上，岩石边，骑在马上的一个人，夕阳映衬出他那轮廓清晰的剪影。仿佛是一位大师的精美之作，更像是出自上帝之手的创造：灰色的戎装，笔挺的上身，跨下一匹高大的骏马，马鞍上横放着卡宾枪，一派军人特有的英武之气。看不到他脸的正面，只能看到他的太阳穴和连鬓胡子。他正俯视着悬崖下的山谷。

一瞬间，德鲁斯觉得睡了一觉，战争已经结束，自己正在美术展览厅观赏某位大师的作品。可是，一阵随即传来的清脆的马蹄声立刻把他从蒙眬中拉回到现实里来：一切都是实实在在的，那匹战马动起来了，走到了悬崖边，马的主人注视着下面。德鲁斯睡意顿消，意识到情况严重。他立刻俯下身去，小心地把枪架在灌木丛中，瞄准那骑兵的胸口。好了，现在只要手指动一动，一切就都解决了。

可就在这时，那人忽然转过脸来，望着德鲁斯埋伏的地方。深邃的目光，好像已经看见了德鲁斯的眼睛，并且一直看到了他的心里。

刹那间，卡特·德鲁斯全身一震，随即面色惨白，瘫软下去。慢慢地，已经扣住扳机的手松开了。最后，头也重重地垂下，脸颊贴到草地上，一动也不动了。

然而不久，他的头又缓缓抬起，手指又缓缓扣住了扳机。现在，他显得平静多了。是的，理智不允许他做任何不道德的事情，从情感上来讲，他是多么不愿去伤害那个人。对！可以向他警告一下……不行！要是真的放他逃走，那后果不堪设想……士兵的职责在提醒他：必须把这个人打死，至少不能让他跑掉。

啊，不不，他只是来观赏风景的，一会儿就走，他什么也没看到。是的，还有什么别的办法，用不着开枪的……德鲁斯这样想着，不由自主扭头向山下一望——真是糟糕透顶！在北方军歇息的林中小路上，正蠕动着几个蓝色的影子，肯定是哪个愚蠢的军官命令卫兵出来饮马，可偏偏就没想到从山顶上望去，他们将暴露无遗。

德鲁斯恨恨地收回目光，重又去注视那个沐浴在夕阳里的骑兵。

"记着，无论发生什么情况，都要履行你的职责。"父亲分手时的话闪现在他的脑海里。

他再次端起枪，枪托抵住左腮，这回，他瞄准的是那匹马。他出奇地镇静，没有半点颤抖，慢慢地拉动了枪栓，将子弹推上膛，调整好呼吸，就像平常射击时那样自如。

枪响了……

卡特·德鲁斯重新装好子弹，继续他的巡视。

大约过了10分钟，一名军士小心翼翼地匍匐过来。德鲁斯没有回头。

"你开的枪？"军士小声问道。

"是的。"

"怎么回事？"

"一匹马，它就站在前边的岩石上，——呃，距离不算近，你瞧，它不见了。一定是掉下崖了……"

说着，他的脸渐渐苍白，声音有点哽咽，他扭过头，不再说话了。

"嘿，德鲁斯，"军士像是觉出他的异样，便说，"别这么伤感，到底是怎么回事，你该告诉我，莫非你认识那个骑兵？"

"是的。"

"谁？"

"我父亲……"

军士慢慢站起身，走了。

（美国）爱姆布鲁斯·毕尔斯

受贿缘由

1849年，父亲就任日托米尔县城的法官。城里各界人士的代表都"照老规矩"带着礼物来拜访父亲。父亲起初很客气地辞谢。第二天代表们带着更多的礼物又来拜访，这回父亲对他们的态度就粗暴起来。第三次他竟毫不客气地用拐杖把"代表们"赶了出去。那些人就带着惊骇的表情挤在门口。后来，人们认识了父亲的行为，就都对他怀着深切的敬意。从小商人起直到省长，大家都承认，没有一种力量可以使这位法官违背良心和法律，然而，他们又认为，假使这位法官能够接受适度的"谢意"，那么，在他们看来就更容易理解，更普通，而且"更近人情"了。

县法院里有一件讼事，是一个富裕的地主同他的一个穷亲戚打官司。地主是一个豪绅，交际极广，家产宏富，势力很大，他就大肆运用他这些手腕。那亲戚是他的寡嫂，大家都预言她要失败，因为这案件毕竟是很复杂的，法院方面也受到压迫。那个地主经常到我们家里来。最初两次，地主的态度很威严，然而很谨慎，父亲只是冷淡而严正地撇开他的话头。但是到了第三次，他大概直接提出了，父亲勃然大怒，用一些很不客气的话把那地主骂了一顿，并且边骂边敲手杖。地主满面通红，大为愤怒，带着威胁的态度离开父亲，钻进自己的马车走了。

那寡妇也来拜访父亲，虽然父亲并不喜欢这种访问。这个被压迫而又怯懦的寡妇哭丧着脸，走到我母亲那里，对她讲了些话，哭起来。这个可怜的人总觉得她还应该向法官诉说些话。那大概都是些不必要的话，父亲只是对她挥挥手，说出他在这种时候惯说的一句话："唉！病人请教庸医，一切都照法律办！"结果，那寡妇打赢了官司。大家都知道，她的胜诉全仗父亲的铁面无私。

参议院不知怎的意外迅速地批准了判决，于是那个贫寒的寡妇立刻变成了一个富裕的地主。当她再一次来到我们家里的时候，是坐着马车来的，大家都很难认出她就是从前那个贫穷的请愿者。她的丧服期满了，她竟仿佛年轻了些，满面是欢乐和幸福的光彩。父亲很殷勤地接见她，怀着我们对于受到我们许多恩惠的人通常发生的那种好感。但是，在她请求"密谈"之后，她也立刻红着脸，淌着眼泪从书房里走出来。这个善良的女人知道，她的境况的变更全仗这位贫穷的跛子的铁面无私，或者竟有赖于他在公务上的一种英勇行为，但是她毫无办法用实物对他表示感谢。这使她悲伤，甚至感到委屈。

第二天她来到我们家里，当时父亲办公去了，母亲偶然出门去了，她带来各种衣料和物品，堆满了客堂里的家具。她又叫我的妹妹过去，送给她一个大洋娃娃，洋娃娃穿得很漂亮，有一双淡蓝色的大眼睛，把她放下睡觉的时候，她的眼睛会闭上。

母亲回来看见了这许多礼物，大吃一惊。当父亲从法院回来的时候，家里顿时骚乱起来。父亲骂那寡妇，把衣料丢在地上，埋怨母亲。直到门口出现了一辆车子，所有的礼物都被堆在车子上面送回去了的时候，父亲才安静下来。

然而，轮到要追回洋娃娃的时候，妹妹坚决抗议，她的抗议异常动人，父亲几次试图说服她，都没有成功。他终于让了步，虽然很不满意。

"为了你们，我终于贪污受贿。"他愤怒地说着，走进了自己的房间。

STORY

真正的帮助

真正的帮助

一次8.2级的地震几乎铲平美国的小石镇，在不到4分钟的短短时间里，3万人以上因此丧生！

在一阵破坏与混乱之中，有位父亲将他的妻子安全地安置好了以后，跑到他儿子就读的学校，然而他迎面所见的，却是被夷为平地的校园。

看到这令人伤心的一幕，他想起了曾经对儿子所作的承诺："不论发生什么事，我都会在你身边。"至此，父亲热泪满眶。面对看起来是如此绝望的瓦砾堆，父亲的脑中仍记着他对儿子的诺言。

他开始努力回想儿子每天早上上学必经之路，终于记起儿子的教室应该就在那幢建筑物里，他跑到那儿，开始在碎石砾中挖掘搜寻儿子的下落。

当父亲正在挖掘时，其他悲伤的学生家长赶到现场，悲伤欲绝地叫着："我的儿子呀！""我的女儿呀！"有些好意的家长试着把这位父亲劝离现场，告诉他"一切都太迟了！""无济于事的！""算了吧！"等等。

面对这种劝告，这位父亲只是一一回答他们："你们要帮助我吗？"然后依然继续进行挖掘工作，在瓦砾堆中寻找他的儿子。

不久，消防队队长出现了，也试着把这位父亲劝走，对他说："火灾频传，处处随时可能发生爆炸，你留在这里太危险了，这边的事我们会处理，你快点回家吧！"

而父亲却仍然回答着："你们要帮助我吗？"然而，却没有一个人帮助他。

只为了要知道亲爱的儿子是生是死，父亲独自一人鼓起勇气，继续进行他的工作。

时间一分一秒地流逝，挖掘工作持续了38个小时之后，父亲推开了一块大石头，听到了儿子的声音。父亲尖叫着："阿曼！"

他听到回音："爸爸吗？是我，爸爸，我告诉其他的小朋友说，如果你活着，你会来救我。如果我获救时，他们也获救了。你答应过我的：'不论发生什么事你都会在我身边'，你做到了，爸爸！"

"你那里的情况怎样？"父亲问。

"我们有33个，其中只有14个活着，爸，我们好害怕，又渴又饿，谢天谢地，你在这儿。教室倒塌时，刚好形成一个三角形的洞，救了我们。"

"快出来吧！儿子！"

"不，爸爸，让其他小朋友走出去吧！因为我知道你会接我的！不管发生什么事，我知道你都会在我身边！"

该我付账了

杰克的好友里查德和父母妻儿在一家餐馆共进晚餐，这是把菜名随便写在黑板上的那一类餐馆。

美餐一顿以后，服务员把账单送到了桌子上，可接下来的情形是：他父亲无动于衷，并未像往常一样地掏钱付账。后来，他告诉了杰克对那件事的感受。

席间谈话在继续，杰克心里渐渐明白，杰克已经被指望为支付账单的人啦！常常与父母在餐馆里聚餐，老是以为父亲永远是带着钱的人。如今可不一样，杰克伸手拿过账单，忽然觉得自己已成大人了。

有些人用数年的生活来作为他们为人一世的区间界石，而杰克的生命之长绳却是被一些琐事给打上一个个小结。当年杰克还只是一个地地道道的13岁的孩子时，就已经怯生生地跨进了一家店铺之门，到那里去工作了，有人称杰克"先生"，连呼几遍，直瞪瞪地看杰克。初涉社会竟如同猛然一拳砸蒙了杰克：什么，一转眼杰克就成了先生？

小时候，那些警察在杰克的眼光里似乎总是又高又大，甚至成了庞然大物，当然，他们比杰克年长。忽然有一天，他们不高、不大，也不年长了。事实上，他们中的有些人还是孩子。

忽然有一天，杰克发现那些足球队员都比自己年龄小，他们只不过是些大孩子而已。杰克曾经幻想过有一天会成为一名足球健将，可脚上的功夫还没到家，年龄已经倏忽而去。

杰克从未想到自己会像父亲一样在电视机前酣然入睡，可如今，在电视机前杰克睡得最香。杰克从未想到自己会到了海滩而不下水游泳，可如今，杰克把整个8月都消遣在海滨却没有下过一次海。杰克从未想到会去欣赏什么歌剧，可如今，剧本情节的悲怆哀婉，演员的声调与管弦的效果竟深深地打动了杰克的恻隐之心。杰克从未想过自己会守在家里打发睡觉前的光景，可如今，杰克发现自己竟常常会拒绝出席各式各样的晚会。过去杰克总觉得那些养鸟的人孤僻古怪，不可理解，可今年夏天，杰克发现自己也在照看一群鸟儿，而且说不定还会写一本关于养鸟的书哩！

杰克一直深感愧悔的是，杰克从未在感情上有过亲近远离人世的祖先们的愿望，也没有想到会像父亲一样与自己的儿子发生种种争论，可这些初衷都已经被杰克一一抛弃。

一天，杰克终于买下一套房子。一天——多么伟大的一天！——杰克成了一位父亲，而不久以后的一天，杰克又取代杰克的父亲支付了那份账单。杰克觉得这就是自己成年典礼。又有一天，当杰克又老了些以后，杰克认识到这也是父亲的典礼，一块人生的里程碑。

普通人和好人

一位父亲，苦于自己的女儿对两个追求者难以作出抉择，决定亲自过问这件事。

父亲对女儿说："我已经邀请埃伯尔和凯恩到家里来。我要先了解他们是什么样的人，然后我们再商量挑选哪一个作为你的未婚夫。"

"太好了，爸爸。"女儿回答道。

到了晚上，埃伯尔准时来到，凯恩晚来了几分钟。

"请坐，孩子们。我注意到你们都对我女儿有意思，都想向她求婚是不是？"

两个青年都点点头表示同意。于是父亲就开始问话：

"你是哪一种人？"

"我认为我是好人。"埃伯尔先回答。

"我只是一个普通的人。"

凯恩淡淡地回答。

"噢，有趣。"父亲说，"埃伯尔，你说说看，你好在哪里？"

"嗜！我是一个有好习惯的人：我早睡早起，勤奋工作，不大吃大喝，尽量攒钱。我没有坏嗜好:我既不抽烟喝酒，也不打人骂人，更不追求女人和赌钱。按这些标准来看，我认为我是一个'好人'。"循规蹈矩的埃伯尔谦逊地表白自己。

"凯恩，你呢? 你说你是一个普通的人。怎样才算是一个普通的人呢? "父亲问道。

"人是一种动物，但还有精神生活。作为前者是与大地相结合，作为后者则追求理想，我不认为将生活按习惯分为好坏有什么好处，因为生活是为人所过的，不是为人所实践。当我工作时我就工作，当我休息时我就休息。

"我能够理解'我工作'的意思。"父亲沉思地说道，"但你是如何休息的呢? 你有没有沉溺在埃伯尔所提到的各种坏习惯中? "

"我样样都沾上，但我不认为这些都是不好的习惯。当我与朋友在一起时，我喝上一两杯酒，使我们的交往更愉快。在美餐一顿之后或者在思考什么的时候，我享受我的烟斗。当我心中的怒气憋不住时，我就会骂起来，我不感到这有多坏。至于说到女人，当我还是一个单身汉时，与其说是追逐她们，不如说是爱慕她们，也喜欢与她们做伴。在我结婚以后，我把她们作为我的朋友看待。谈到打赌，我只是逢场作戏，没有想靠打赌来捞钱，但可以在输赢中结交朋友。"

父亲听完后就站起来。

"非常有趣，孩子们。感谢你们的光临，现在我要找我女儿谈谈。我想她会作出决定的。请你们随便坐着等一下。"

说完这些，父亲就走到女儿的房间里。

"女儿，看来埃伯尔是个好人，而凯恩是个普通人。你要选哪一个? "

"爸爸，这我都知道，就是不知道该挑选谁? "

"这很简单。你是想过一种规规矩矩的生活呢，还是想过真正的生活? "父亲笑着说。

这一下女儿明白过来了。亲爱的读者，你认为如何呢?

候补玛丽亚

大约在我12岁时，有个女孩子是我的对头，她总爱挑我的缺点。日久天长，她把我的缺点数了一大串，什么我是皮包骨，我不是个好学生，我是捣蛋姑娘，我讲话声音太大，我自高自大……我尽量克制着自己。最后，我再也忍不住了。含着泪水和愤怒去找爸爸。

爸爸静静地听完我的申诉后，问道："她所讲的这些是否正确？"

"正确？但我想知道的是如何回击！它同正确有什么关系？"

"玛丽亚，难道知道自己实际上是怎样的不好吗？现在你已知道那个女孩子的意见，去把她所讲的都写出来，在正确的地方标上记号，其他的则不必理睬。"

我遵照爸爸的话将那个女孩子的意见列出来，并奇怪地发现，她所讲的有一半是正确的。有一些缺点我不能改变，例如我很瘦；但是大多数我都能改，并愿意马上改掉它们。在我的生平中，我第一次对自己有一个公正清晰的认识。

我把单子送给爸爸，他拒绝收下。爸爸说："留给你自己吧！你现在比任何人都了解自己。当你听到意见时，不要因为生气、伤心而听不进去。正确的批评你会分辨出来，它在你的内心产生反响。"

爸爸是镇子上最有学识的人。他是当地最有名望的律师、法官及校务会的会长。当然，眼下我还很难接受爸爸的话。

"不管怎样，我认为在别人面前议论我是不对的。"我说。

"玛丽亚，只有一条路能不再被人议论、不受别人批评，那就是什么也不说，什么也不做。当然，结果便是你一事无成。你是不愿成为这种人的，对吧？"

"那当然！"我承认道。从那时起，我就立下了雄心。

对于怎样正确地听取意见，我还经历过一个更惨痛的教训。那次我们要参加一个高年级演出，在一个节目里，我将担任主角，多令人兴奋啊！

在演出的前几天，我的朋友们商定要到附近的湖边去野炊，那天天气阴冷，妈妈想让我呆在家免得着凉。我为此大发脾气。最后在我答应不下湖游泳后，妈妈才让步了。

当然，我只遵守允诺的字眼而不是精神。当别人下水时，我也不甘落后，穿上游泳衣上了划艇。

当我最后划向岸边时，几个男同学开始摇晃我的船，我正准备靠岸，船翻了。为了不掉进水里，我一步迈上岸，结果却踩到了一个破瓶子，碎玻璃一直扎到脚跟的骨头上。

在那场演出中，我没有上场。我住院时，我的替角的演出获得了成功。

"但是我遵守了自己的允诺，并没去游泳。"我对父亲说。

"玛丽亚，妈妈讲的话，你只听了一半。她让你答应的是要避免感冒，去游泳仅仅是它的一部分，你只听了一半道理。结果，你自己受到惩罚。"

最后我辩解道："我所有的朋友都认为如果我呆在船里，就不可能出事了。"

"但是他们都错了！"爸爸停了一会儿说，"你会发现世界上有许多人，他们自认为在对你负责。不要拒绝听他们的意见。但只要吸收正确的，并去做你认为是正确的事情。"

在许多关键的时候，我都想起父亲的教导。由于一个偶然的机会，我来到好莱坞闯入电影界。在电影城我试遍了每一家制片厂。时光流逝，两年过去了，我还没有找到工作。有一位导演，讨厌总碰到我。他说："你的鼻子太大，脖子太长，你这副模样永远不能演电影。相信我，我是内行！"我想，假如这是正确的，我对这无能为力。对我的脖子和鼻子我毫无办法，只好不管它们而用加倍的努力来取得成功！我所需要的正确意见，最后来自一位善良、聪慧，名叫杰罗姆·克恩的人。

他跟我说："你必须学会用你自己的方法去唱。"

起初，我很灰心，对他的话也不大在意；事后，我又想了一遍，觉得很对。它鼓励着我，正像父亲常对我讲的那样。假如我一旦成功，这一定是我自己，而不是别人。

几个星期以后，好莱夜总会宣布候补演员演出节目。跟以往一样，"候补玛丽"又登台了。但这次，我不试图模仿他人，我是我自己。我不想施展魅力，只穿上一件普通的镶有黑边的白罩衫，并用我在得克萨斯学到的唱法放开喉咙歌唱。我成功了，并且还找到了一份工作。

真正的帮助 | STORY

父亲，林肯和我

我有一分父亲给的小钱，那是他给我的安慰奖。为了我试图把他斧子上的缺口磨平，我失败了。那一分钱——当时可以用来买两块泡泡糖，或者是一架香油木制的小滑翔机——是个小小的鼓励。我曾希望能得到五分钱，而且在心底里，我已经把它派好了用场——虽然我知道自己干活时并没有竭尽全力。

磨斧子并不纯粹是为了好玩。父亲需要把斧子磨快，用它劈柴生灶。那是1938年，我们家在佛蒙特州租了个年代久远的农场，以远离布鲁克林闷热的街道。当时父亲是那里卫理公会的牧师。

我沮丧地凝视着这一分钱。"别泄气，泰迪，"父亲说，"我看你干得不错。"他对我过奖了。"看你手里的小钱，"他又说道，"你知道那上面是谁的头像？"

"知道，亚伯拉罕·林肯。"

"对。他也碰到过无数的挫折。不过，他没有因此而一蹶不振。"

父亲面带微笑，继续说着，似乎在讲解他的"初级教义"。我的哥哥，8岁的迈克尔坐在一棵白桦树桩上。我站在旁边。

父亲问我们，关于林肯，我们知道些什么。我能说的只有这个伟人出生在一间小木屋里，而且常常爱就着火光读书。迈克尔知道得多一些：林肯解放了奴隶，拯救了合众国，并且为了他的理想，在耶稣被害的同一天——倒霉的星期五，遭人枪杀。

"一点不错，"父亲说，"但是，我们是否知道林肯经营过杂货铺，破了产，并且因此而负债累累？是否知道他两次竞选参议员均遭失败？事实上，他一生坎坷，历经挫折，然而，人的一生又有几个能比他更顺利多少呢？"

"最重要的是，林肯不失为一个有志者。"父亲说，"他有坚韧不拔的毅力。这一点正是你们现在就应该具备的品格，泰迪。毅力，意味着一种沉着而耐心地承受不幸的力量。"

然后，出其不意地，父亲在他的说教中讲了一段令人难以忘怀的话，这段话从此深深地铭刻在我的心里。

"林肯在精神上和体格上都是一个非常伟大的人物，"父亲说，"是呀，你们知道，他身高六英尺四英寸！"他走到后门廊一张他准备讲稿和写信的书桌前，取出一支削尖了的铅笔。"来，孩子们。我给你们看林肯有多高。"

他指着一根门廊柱子。"泰迪，你先来。"6岁的我，把躯干伸直，贴在柱子上。只觉得铅笔在我头上擦过，父亲划了一条线，表示我的高度。他把我名字的首写字母EWZ和日期写在线的上方。同样地，他对迈克尔也画了一条线，注上MSZ。然后，他又划出自己的身高，五英尺八英寸，并且标明VEZ。

接着，他用木工折尺在漆得雪白的柱子上高高地画了一条线，并且用印刷体写上亚·林肯——六英尺四英寸。

一瞬间，我似乎感觉自己能看到亚伯拉罕·林肯就站在那里。

父亲又给我们讲了一些有关林肯的故事：从喜欢逗趣的平底船工、魁梧健壮的锯横木者、土地勘测员，到无师自通的律师、演说家，以及最终成为深谋远虑的美国总统。

所有这些故事都是要告诉我们：林肯的伟大应归功于他积极地利用了他所受到的挫折。父亲说，失败，能比成功给你更多的教益。处逆境，我们日后才会兴旺发达；遭挫折，我们才懂得奋勇向前；苦于懦弱，我们才变得有力坚强。

于是，父亲的说教结束。我不知道哥哥的感觉如何，不过，我觉得自己似乎长高了一些。光阴荏苒，数年弹指间，我们举家瞻仰了伊利诺伊州斯普林费尔德的林肯故居和林肯墓。后来，我又独自到过巍然屹立于华盛顿特区、气势宏大的林肯纪念堂，我被沉思的林肯雕像所具有的那种气氛完全折服了。

作为一名在中学和大学期间都研究历史的学生，我对这个伟人有了更多的了解，并且逐步体会了父亲对林肯那种不怕滚一身泥、沾一手油的精神所怀有的特殊敬意。"要记住体力劳动的尊严，"父亲说，"要坚信人都有从善的可能——'我们每个人心中都有一片善良的天空，'正如林肯自己所说的那样：不要滥施淫威——'要相信正确就是力量'而不是相反。"

一晃又是几年过去了，我也有了自己的儿子。以父亲为表率，我也想试着把林肯的价值观灌输给他们。

8月的一个下午，我和妻子带着两个孩子，一个5岁，一个7岁，到佛蒙特州那间旧农舍去。

那地方看上去比我记忆中的要小一些，却出奇的整洁，当然也很干净。房子刚刚重新油漆过不久。

我们一走上门前的大路，就大声招呼。没有人回答。那地方好像没人住。当我们转到屋子后面时，我感觉到自己的心在怦然跳动。

首先是后门廊，几乎已经无法辨认出它就是当年父亲用做办公室的地方。将近30年前他打的粗制书桌和松木书架，现在已经荡然无存。但是，我看到他挂油布雨衣的钉子还在那里。那雨衣，他常用来遮挡西风吹来的暴雨。

就像在黑洞洞的泥土里蠕动的蚯蚓那样，一个念头悄然爬上我的心头：当年画的那些线还在吗？简直是想入非非，毫无疑问，它们肯定是让新涂的白瓷漆覆盖了。我转过身，面对曾经刻有林肯字样的柱子，顿时感到一种内心深处的如愿以偿。一切都豁然开朗：有人偶然发现了我们的圣地，并对其表示了他本人的敬意。周到的房屋油漆人越过柱子上写字的一侧，没有漆多年前父亲结束他说教的标高。当年写的那些东西依然清晰可辨。

有好一会儿，我们仔细观察那些当年写的东西。我仿佛看到，油漆者一身斑驳地站在那里，既充满好奇，又急欲干完手头的活，一时，竟不知该怎么办。他缓缓地沿着柱子向上看去，名字的首写字母，接着，又是名字的首写字母，直到他的目光停在写得最高的那些字上。

谁会想象得出他脑子里联翩的浮想是什么呢？然而，无论他想的是什么，当时他的心情肯定与原先发生那一幕时的情景十分接近，以至于他情不自禁地停了手。

忽然，昔日里亲身经历的一幕幕往事一起涌现在我的脑海中。我不禁想到，假如今天再叫我磨那把斧子，那该是多么轻而易举的事啊。从当年的失败和父亲的教诲中，我悟出：我们每个人身上都有一种长大成熟的力量，只要有足够的勇气，我们一生中无时无刻不具备这种力量。只要我们用伟人的精神沐浴我们的灵魂，只要我们心胸开阔，永远虚怀若谷，那么，一如我们在生理上必然长大那样，我们在心理上也会逐渐变得成熟起来。林肯的情况是这样，父亲和我是这样，我的儿子也将会是这样。

"想把你们名字的首写字母写上去吗？"我问孩子们。5岁的迈特首先挺直身子，靠在柱子上。于是，我画出他的身高，用铅笔写上MSZ。接着是安帝，他略高几英寸。写完安帝的名字的首写字母ANZ，我后退几步，站在那里，把当时的情景铭记在心中。

那里，经过多年的日晒雨淋之后，依然清晰可见的，是用铅笔精心写就的铭文：在六组名字的首写字母的最上面，是"亚·林肯——六英尺四英寸"。

悬崖上的杀手

"出什么事了，爸爸？"男孩被什么声音弄醒了，问道。他跑出屋去，看见他爸爸手握步枪正站在台阶上。

"孩子，是dingo，一定是它一直在杀我们的羊。"

夜晚的寂静被dingo——一种澳大利亚野狗又长又尖的嚎叫声划破了。嚎叫声是从离屋子大约四分之一英里远的悬崖上传来的。

孩子的父亲举起步枪，朝悬崖的方向开了几枪。"这应该把它吓跑了。"他说。

第二天早晨，孩子骑马出去，沿着旧石崖慢慢骑着，一边寻找着野狗的足迹。突然，他发现了，它正平躺在从峭壁上伸长出去的一棵树的分枝上。它一定是在夜晚的追逐中从悬崖边跌下来的，当它摔下来时一定掉在分枝上，树下是60英尺深的悬崖，这只野狗被逮住了，男孩跑回去告诉他的父亲。

"爸爸，你打算开枪打死它吗？"当他们返回悬崖时男孩问道。

"我想如此，它在那儿只会饿死。"他举起步枪瞄准，男孩等待着射击声——但枪没有响起来，他爸爸已把枪放下了。

"你打算打死它吗？"男孩问道。

"现在不，儿子。"

"你打算放了它吗？"

"儿子，如果我可以帮助它的话，我不会放的。"

"那你干吗不开枪打死它？"

"只是似乎不公平。"

第二天，他们骑马外出，野狗还在那儿。它似乎在测算树和悬崖顶的距离——也许它会跳上去。男孩的爸爸仍没有开枪。

到第三天，野狗开始看上去又瘦又弱。男孩的爸爸几乎伤感地慢慢举起步枪，他射击了。男孩首先看看地面，期待着看到野狗的尸体。当他发现地上什么也没有后，他抬头朝树上望去。

野狗还在那儿，他爸爸以前从未在这么容易的射击中失手过。

受到惊吓的野狗望着地面，然后挪回了它的两条腿。

"爸爸，看，它要跳了，快，开枪！"

突然，野狗一跃而起。男孩看着，等着它摔到地上。相反，他看到它停在悬崖外墙上，并在滑动的岩石上疯狂地挣扎着，它的后腿在往上踢。

"爸爸，快，"男孩催促道，"否则它要跑了。"

他爸爸并没有动。野狗微弱地爬上悬崖顶。他爸爸仍没有举起枪。野狗沿着悬崖边跑远了——慢慢地跑出了视线。

"你放了它。"男孩叫道。

"是的，我放了它。"他爸爸回答道。

"为什么？"

"我猜想我心肠变软了。"

"但让一只野狗跑了！在它吃了所有的羊之后！"

他爸爸望着在微风中摇动的空荡荡的树感慨道："儿子，有些事人们似乎就是不能那么做。"

善待每个人

20世纪30年代大萧条时期。父亲是纽约特洛伊的一位开业医生。他贴在办公室窗上的营业时间是1：00—3：00，6：00—8：00。但这没什么意思，因为他乐意在任何时候接待任何人。

哈得逊河泛滥的那一年，他坐一条划艇到一个病人家去。我想他是特洛伊投入汹涌激流的人中最勇敢的一个。我看着都感到害怕，父亲是不会游泳的。几个小时后船回来了，船上是疲惫不堪的医生和一只刚杀好的鸡——是一位手腕骨折病人支付的医疗费。

除了开业就医外，他还是位狱医。在我12岁生日那天，他邀我一起到监狱去。他挨个进入每一牢房，给一个个犯人就诊。对待那些人——他们大多是酒精中毒或肺炎——他也是非常讲究，每检查好一个病人都用肥皂洗手。在把听诊器贴到病人胸部之前，他用嘴把金属听诊器呵热，仔细地用手掌安放听筒圆盘，以使他的手指和拇指根部能直接贴到病人皮肤上。"你要接触他们。"父亲解释说，"有时候这就是你所能做的，除了所有的需要外，他们需要的是同情。"

面对有难度的诊断，父亲总是微微地说些什么："看上去像是……"或"使我想起……"我当然不会答应这些具有修辞色彩的自言自语。但有一次我却答应了。那是在急诊室里，父亲正在给一位因车祸而致伤的病人检查胸腔。他有几根肋骨折断。

"现在我们这儿有什么？"父亲轻声自言自语道。

"就像撑开的伞，里边的骨支都断了。"我大声说道。

父亲把手按在我的手上："他醒着，你知道，我肯定他听到你说的话了。"如果一个人可以羞愧去死的话，我是宁愿去死的。

父亲曾对我说："许多时候，你什么也不能做，但有一点除外——要多说些同情的话。"他认为，这对病人及他们的家属有着极大的价值。

"为什么每个人都得死呢？"我问道，"这不公平。"

"公平的。"他纠正道，"这是人的一部分。如果不这样，那将更糟。人就像旧画。它们可以暂时得到修复，但总要消失的。此外，人们比你想象的要勇敢得多。"

在我15岁生日前，父亲在诊所里倒了下去，两天后便去世了。

自此以后，我开始了医学生涯。大学毕业后，我到纽黑文的一家医院工作。一次，一个患腿溃疡的病人躺在检查台上。我作了自我介绍。

"过去在特洛伊有个医生。"他说，"和你的名字一样。我还是个孩子的时候——大约20多年前，他治好我的疝气。"

此时此刻，我的眼睛模糊了，我眼前的所有东西似乎都在跳动，在闪光。

"他是我的父亲。"过了一阵后我说道。

"一位很好的医生。"他说，"一个好人。"接着又说："你认为能治好吗，医生？"

"行！"我对他说，"伤一定能治好，我可以保证。"

真正的帮助 | STORY

千万别这样完结

永远记住，爱的时间是短暂的。

一月的一个傍晚，医院里显得不同寻常得宁静，寂静得像暴风雨来临前一样。我注视着护士值班室的大钟，它正指在9点上。我把听诊器挂在脖子上，向712号房间走去。

当我走进房间的时候，密尔斯先生急切地抬起头来，但当他看到仅仅是我——他的护士以后，就闭上了眼睛。我把听诊器压在他的胸口上听着，有力而缓慢，跳动平稳，好像一点也没有几小时前发生过一次心脏病的迹象。

他向上看着，眼睛里充满了泪水。我摸着他的手，等待着。"你能帮我通知我女儿吗？"他终于问道，"你知道，我单独过日子，她是我唯一的亲人。"他的呼吸突然加快。

我给他增加了氧气供应。"当然，我会叫她。"我说。

他抓紧床单，身体前倾，一副因为心情急切而紧张的面孔。"你可以马上打电话给她吗？"他呼吸得很快。

"我一定立刻给她去电话，"我拍着他的肩膀说，"现在你休息一会儿吧。"

他闭上了眼睛。我极不愿离开他，就穿过笼罩着阴影的寂静，走到窗前，窗格玻璃冷冰冰的，窗子下面，一团雾霭在医院停车坪上缭绕着，雪云覆盖着夜晚的天空。

"护士，"他喊道，"能给我支铅笔和纸吗？"

我从口袋里摸索出一张黄色的小纸片和一支笔，放到床边的小桌上。

我对他笑了笑，然后离开了。

作为他的近亲，密尔斯先生的女儿可以听取他的病情。我从询问台查到了她的号码。"珍妮·密尔斯小姐，我是医院护士修·基德。我打电话给你是关于你父亲的病，他今晚心脏病发作了入了院，并且……"

"不！"她在电话里尖叫起来，使我感到吃惊。"他不会死吧！不会吧？"这简直是在恳求而不是发问了。

"此刻他的病情稳定。"我努力说得令人信服……

"你绝不能让他死掉啊！"她说，她的声音是那样恳切，使我握电话的手战栗了起来。

"他将得到最好的看护。"

"可你不知道，"她恳求地说，"将近一年前，爸爸和我发生了一次可怕的争吵，我……我从那以后再没见过他。我一直都想要去见他，求得宽恕，我最不合适的是当时对他说了'我恨你'。"

她的嗓音发哑，我听到她那心碎似的啜泣声，我听着听着，眼眶里充满了泪水。一个父亲和一个女儿，是这样的相互失去了对方！我联想到我自己的父亲，他住在老远的地方，自从上次我对他说"我爱你"以后，已经相隔很久了！

珍妮极力忍住悲咽的时候，我默默地祈祷着："上帝啊，让她得到宽恕吧。"

"我现在就来！30分钟内赶到。"她说着挂上了电话。

我试图使自己忙于桌上的一堆图表，但我无法集中注意力。712号病房，712号……我感到必须回到那儿去！我急忙以近乎奔跑的速度冲下了大厅。

密尔斯先生躺着不动，我伸手去摸他的脉搏，什么也摸不到。

"712病房，99号，712病房，99号。"通知接线员后一瞬间，警报鸣响，传遍了医院。

密尔斯先生心脏已经停跳。我放平病床，弯下腰紧对着他的口，把空气吹进他的肺里，我把双手放在他胸部的适当位置上，按压了起来，1，2，3……到15时，我又俯下身对着他的口，尽量用深呼吸吹气。那有什么用？！我又不断压呀，吹呀，压呀，吹呀。

哎呀，上帝啊！他的女儿就要来了，千万别这样完结掉！我祈祷着。

门突然打开了，医生和护士们推着急救设备进了病房，一个医生接过来对心脏做人工按压，一根管子作为通气孔，插进了病人口中，护士们把注射药物迅速推进了静脉血管。

我看着心电图监视仪，没有一次跳动，什么也没有。"往后站！"一个医生叫喊，我递给他对心脏做电冲击的桨状电棒，他放到了密尔斯先生的胸部，经过三番五次地尝试，但什么也没有，毫无反应。

一名护士关掉了氧气，咕嘟声停止了，他们表情严峻，一个接一个无声地离开了。我呆呆地站在密尔斯先生的病床旁，风吹得窗子咯咯作响，雪花扑打在窗格玻璃上。我还有什么脸见他的女儿？！

当离开病房时，我看见了她。几分钟前曾在712号病房的一名医生搀扶着她，站着和她谈话。然后他走开了，丢下了珍妮，她猛然跌靠在墙上，脸色是那么凄惨，双眼是那么伤感。

我拉起她的手，带她走进护士休息室，我们坐下了，谁都不说一句话，她木然直瞪着前面。

"珍妮，我很抱歉。"我说。说得非常令人遗憾得不恰当。

"你知道，我根本不恨他，我爱他。"她思想纷乱地说："我要看看他。"

我的第一个念头是：为什么要使你自己陷入更大的痛苦呢？但我还是站了起来，用手臂搂着她。我们沿着走廊慢慢来到712号病房，她推开了房门，走到病床旁，把

真正的帮助 | STORY

脸伏到了床单上。

我努力不看这悲哀的告别，转身来到床边的桌子旁，这时，我的手恰恰碰到了一张黄色的小纸片，我捡起来，读道：

最亲爱的珍妮，我原谅你，我祈求你也原谅我。我知道你爱我，我也爱你。——爸爸。当我把字条朝珍妮递过去的时候，字条在我手中颤抖着，她读了一遍，又一遍，安宁的目光开始在她的双眼中闪耀，她把小纸片紧贴在胸口上。

"感谢上帝。"我向上看着窗子低声说。有几颗晶莹的星星在黑暗中闪烁着，一片雪花碰撞在窗子上，逐渐融掉，永远消失了。亲人的关系有时脆弱得像雪花一样，感谢上帝，你使这种关系同时又能重新修复……一刻也不能耽搁了。

我踮着脚走出病房，奔向电话机，我将打电话给我的爸爸，我将说："我爱你。"

（美国）修·基德

父亲的小故事 | STORY

把穷困当做成功的阶梯

拿破仑的父亲是一个很高傲但又穷困潦倒的科西嘉贵族，他把年幼的拿破仑送进了一个布里恩的贵族学校。在这里，拿破仑必须交往的都是一些在他面前夸耀自己的富有，并讥讽他的贫穷的同学。这种讥讽深深地刺伤了小拿破仑的自尊心，引起了他的强烈愤怒，然而对此他却无能为力，只能为这种威势所屈服。

后来他实在受不了了，就写了封信给他父亲："为了忍受这些外国孩子的嘲笑，我实在疲于解释我的贫困了，他们唯一高于我的便是金钱，至于说到高尚的思想，他们是远在我之下的。难道我应当在这些富有而骄傲的人面前永远地谦卑下去吗？"

"我们没有钱，但是你必须在那里把书念完"，这是他父亲的回答。因此，他在那所学校受了整整5年的折磨。但是那里的每一种嘲弄、每一种欺侮、每一种轻视的态度，都使他增加了一种决心，那就是一定要好好地做人，以实际行动让这些愚蠢的富人们看看，他确实要比他们优秀。

那么，他是如何做的呢？这当然不是一件容易的事。他一点也不空口自夸。他只在自己心里暗暗计划，决定利用这些没有头脑而又傲慢的人作为桥梁，使自己达到权力、财富、名誉的巅峰。

在他16岁的时候，他当上了少尉。但就在这一年，他遭受到了一个打击——他父亲去世了。

这样，他不得不从他那本来就少得可怜的薪水中，抽出一部分来帮助他母亲。而且，他第一次接受军事差遣时，就必须徒步走很远的路程到瓦伦斯去加入他的队伍。想想看，还会有谁在事业起步时比他更倒霉呢？

等他赶到部队时，他的同伴们正在用他们多余的时间追求女人和赌博。他那不受人欢迎的体格，使他没有资格得到前者；而他的贫困，也使他失掉了参与后者的资格。于是，他改变了方针，用埋头读书的方法，去努力和他们竞争。读书是和呼吸一样自由和不受限制的事情，而且当时他们享有免费在图书馆借书的权利，这使他得到了很大的收获。

他并不是漫无目的地读些乱七八糟的书，他也不是专以读书来消遣自己的烦闷，而是为自己的将来而读书。他下定决心要向世界表明他有特殊的才能，因此，在选择书的类别上，他就以这种决心为引导。当时，他住在一个狭小而昏暗的房间内，孤寂而又苦闷，在那里他经常是面如土色，但是，他从来没有停止过努力。

这几年的苦读，他所做的读书笔记，后来印刷出来，一共有400多页。在那里，他把自己想象成一个总司令，将科西嘉岛的地图描绘出来，并在地图上标明了哪些地方应当布置防范。

所有的一切他都用数学的方法进行了精确的计算。因此，他的数学才能得到了发展。他的长官看见拿破仑很有学问，便派他到操场上做一些需要极复杂的计算的工作。他把这一工作做得漂亮极了，于是他又有了别的机会。在他以及全世界还不知道将来会变成怎样的情形之前，拿破仑已经走在通往权势的路上了。

一切的情形都因此而改变了。从前嘲笑他的人，现在都围到他周围来，想分一点他得到的奖金；从前轻视他的人，现在都希望成为他的朋友；从前揶揄他矮小、无能、死用功的人，现在都变得尊重他了。他们都变成了他的忠心拥戴者。

一家三口

"我们不是随便哪个孩子都要。"我小时候父亲对我说。他向我吐露:"我们付了两块钱一磅肉把你买了下来。这不是小数目,想想看,一块钱一磅可以买到一架好钢琴。不过你很值得。你是我们最好的投资!"

过了好多年我才会计算,体重七磅,为我花了十四块钱。十块付给了来家接生的医生,四块给了护士。

1926年6月里一个晴朗的星期六,我在新英格兰出世。整条街家家窗户洞开,欢迎明媚的春光。女人都在窗前流连,等着听婴儿初啼。男人都已聚集在我家的门廊,知道大厅桌上有一匣上好雪茄等着他们。

我是正午生的。"是个女孩!"护士大声喊叫,兴奋地把我举起在阳光中摇晃,给大家看。我父亲欢呼,冲出去通知电话接线生贝西。她立刻忙了起来,接线拔线,传播消息,她一再喊出:"是个女孩!"

爷爷奶奶研究清楚我长得像谁之后,表示满意。随后年轻人围绕着我,他们和我母亲一样,是歌唱的跳舞的;或和我父亲一样,是潇洒的新闻记者;有河滨大舞厅乐队的队员;还有几个法院广场剧院的女演员。我是他们圈子里头一个婴儿。他们觉得可爱,都把我当做自己的孩子,非常高兴。

最后这小小的公寓里房间空了,一片寂静。母亲酣睡,日落时醒来。光线相当暗,泛着金黄色。在角落暗处,父亲打开了我的褓褓,抱起我仔细审视我小脚的长度,看得出的心跳,轻微的呼吸。

"她没毛病吧?"母亲问。

"完全正常。"父亲说,把我交给她。抬头一看,在对面的镜子里看到我们好像是笼罩在爱的圈子里。她永远不能忘记这情景,因为自此以后我们就是这个样子:母亲、父亲和我——他们的独生女。

"独一无二的……琼妮!"父亲喜欢这样得意地说,好像我是马戏团中浑身缀亮片的女郎。

由此我就联想到,鼓声隆隆、白马成队、翻筋斗的小丑、戴着滑稽帽子的伶俐小狗——全部魔幻景致围绕着以小小的我为中心的场地中升起。父亲两眼放光地凝望着我。我的眼光和他的交闪，我会撅起小嘴，撅得紧紧的，不许心中的快乐溜失。

我年轻时候独生子女是常有的。二次大战之后，孩子的数目突增。现在情形又反转过来了。

在大家庭中长大的一批人，觉得生活困难，比我们养育他们的时期更为困难。他们要争取基本的生活条件：工作、住处、汽车。生孩子？"也许一个还可以。"他们忧伤地说。他们觉得太少，我听得出来。

事实不然！"我们需要你，"母亲常常提醒我，"夫妻二人可以成为快乐的一对，但是还需要再加一个——只再加一个——才能成为一个家。你一生下来，我们就是一个家了！"

至于我，我知道我不仅是受欢迎。我神秘地成为一家三口中不可缺少的一员，想起来也真觉得非常亲热。我爱"我们"这字眼，因为这字眼确定了我的归属。我父母是爱的泉源，他们掌握了宇宙的神秘。而我和他俩是息息相关的。"我们现在走吧？"父亲说。我就伸出两手，一边一个，光荣地在父母左提右挈之下走出去。我们一家三口，真是美妙无比！

如果我有任何坚强之处，就是从这里开始的。直到今天，毫无疑问我是我父母的孩子，在我所想、所做、所爱、所梦的一切事物之中都充满了回忆。

我可以把我整个的童年的故事告诉你！我母亲一面唱歌一面给我辫辫子的时候，那只黑猫是怎样在梳子刷子中间玩耍；羹匙一排排摆在一个盒子里的哪个抽屉；壁纸的图案；我窗外月亮圆时世界是什么样子。

做独生子女最妙的一件事是时光过得不慌不忙。有的是时间给你用，观察实物也好，玄想神秘也好，听成年人讲话，或是吸取生活经验也好。

母亲和我在花园中秋千椅上面对面坐着，慢慢地吃饼干。夏天的气味环绕着我们。天蓝得我眼里尽是小蓝点在跳跃。我们使秋千微动，阴影在我们皮肤上衣服上不住闪动出不同的花样，我们相对微笑。

"啊，琼妮！"母亲望着我，望着花园，望着天空……说。

"啊，琼妮，我们多么幸运！"

她常说这句话！往馅饼里加糖的时候，生火的时候，隔桌对坐忽然探身对我父亲说："啊，我们多么幸运！"我也禀受了她的习惯，能领略近在手边的幸福。在这一点上我的确幸运。

真正的帮助 | STORY

我记得父亲两眼望着我时那种慈祥严肃的神情，他如何专心地听我说话，他快乐地翘起嘴角，因为有我。他夜晚归家，俯身吻我，我吸到他那一行业的气味：墨水、纸张、糨糊、新削尖铅笔的松柏气息。他和我星期六常一起到市立图书馆，那里也有同样的迷人气味。那是书香和文字的美，使我头昏目眩，因为我爱它们。

他把我们所选的书抱出来，这是我们一星期的财富，他还能空出一只手来拉着我。卖冰淇淋的车子照例等着我们。店铺梦幻般的橱窗是为我们而设。他有时候说："我该买一双新鞋了吧？"

新鞋！多么神气呀！每迈一步，就发出神气的吱吱声，路人不能不注视。我骄傲地瞥了父亲一眼，而父亲当然也是扬扬得意。

母亲读书给我听，用手指字顺着读。有我百听不厌的故事，我能小声背诵出来和她同时讲。

有一天我们忽然发现：我能读！突然间到处都是字！我在家里到处跑，寻字；我把脸贴到车窗上，大声喊出那些字，能读出字音使我非常兴奋，也不管那些字有什么意义。

我是否被逼得太紧，负担太多，管教太严？我从不作如此想。我很感激父母，他们鼓励我利用并享受自己的禀赋，认识自己，表达自己。

孩子常因溺爱而被纵容坏，但绝不会因为爱而被惯坏。因为人小，我把一张凳子拖来拖去当垫脚，去看高处的东西；我每天都在失败中过活——鞋带又松了；豆子从羹匙中滚下去了；毛衣前后穿倒了。但是爱使我知道世界没有什么大问题，我感到安安逸逸。

我九岁时，家搬到波士顿。我长大了，读完了学校，当记者耍了一阵子；结婚，有了自己的三个孩子。

养三个孩子比养一个更吵闹、更好玩、更麻烦、更惊人、更奇异、更令人流泪也更温柔。我三个孩子所发泄的情感与精力，其范围之广是我幼时所不曾见过的。我自己也是一样。有时候看到一些我不曾享受过的游戏，我嫉妒他们；有时候又愿把我所曾享受过的再多给他们一些。

结果我们都很好！我们彼此互相学习，也彼此相爱。在他们身上，我看出世上每个人都需要是"独一无二的"。

啊，只要环顾世人，你会看出来：每个人都是独一无二的！

（美国）乔恩·缪斯

你是我的词典

只要父亲一回到家里，家里就立刻充满了欢笑。他高大、英俊，浓密、卷曲的黑发下掩藏着一双黑亮的、时时刻刻洋溢着笑意的大眼睛。他在一家室内装修公司工作，他的指甲缝里常常嵌着公司里填沙发用的棉绒。

父亲名叫本杰明，然而没有人这么称呼他。在家里我喊他本爸爸，周围的人叫他本尼。

因为父母都失聪，我是在两种不同的世界里长大的——我们家里的"秘密"世界和外面的有声世界，所以我非常熟悉"寂静"的手势语言。

妈妈生来就聋，因此我想父亲也是如此。然而有一天他提起他并不是生来就聋的。

"哦？那你是怎么变聋的呢？"我打着手势问道。

"很久以前，我生了一场病。你还是去问奶奶吧。"

于是我便跑去问奶奶。她告诉我父亲两岁时得了脑膜炎，病情虽然渐渐好转，然而当他快到上学年龄时，他的听觉完全消失了。慢慢地他对声音的记忆也消失了。

他本来是个很聪明的孩子，但他的智慧被病魔锁住了。孩子们已开始"ABC"地学习语言了，他却与声音隔绝开来。听不见，自然也说不出。随着时间的推移，他的其他器官变得越来越敏锐了，但这不能弥补小时候没有学过语言的缺陷。他不能读书。对他来说，那一行行、一段段流畅的文字实在是太难了，学习书面语言比张嘴学说话要困难几倍。

尽管如此，爸爸却从不悲观，他总是把困难转变成幽默。"我们应该笑对生活，"他常说，"这样，艰难困苦也会变得轻松愉快。"不过，我真正开始理解我的爸爸，却是通过一天晚上的一件事情。

那天晚上，妈妈给我一枚硬币，让我去给还在厂里上班的爸爸打个电话。我来到电话亭拨通了电话。

"我想给辛德拉斯基先生带个口信。"我对接电话的人说。

"我不认识什么辛德拉斯基先生。"那人不耐烦地回答。

"他的名字叫本杰明，他是我爸爸。"

"听着，小丫头，我忙得很，没工夫跟你闹着玩。"

"他是聋子。"我解释道。

"噢，你是说那个哑巴呀，你怎么不早说呢？"

我记不清他接下来说了些什么，"哑巴"这两个字占据了我的整个心灵。尽管我早就听人说过聋子必定是哑巴，但我的父母只是聋，他们并不哑，他们会说话呀！

第二天，我问父亲："你为什么允许厂里的人喊你哑巴？"

他耸耸肩说："这样他们更容易记得我。"

我简直被激怒了。"你不是哑巴，你是一个非常聪明的人。告诉他们你的名字叫本杰明。"

他淡淡地笑了笑："我知道我不是哑巴，这就足够了。"爸爸就是这样一个人，他心地善良，能够容忍一切。他能够容忍别人以鄙视的口吻喊他哑巴；他能够容忍别人粗鲁地用手指戳他的背。他把自己锁在他的寂静世界里，自我满足。但是我不能！

哑巴！这可恶的字眼！我用棍子在地上写，又用脚狠狠地擦掉；我把它写在纸上，又撕成碎片，丢得远远的，以发泄我心中的愤怒。

爸爸看出了我的愤怒。"不要着急，"他对我说，"我会坚持每天学习新单词，提高我的语言能力的。露丝，你就是我的老师，我的活字典。"

我拥抱了他。

从那一刻起，一直积压在我心中的愤怒和耻辱便烟消云散了。我下定决心不让任何人再叫爸爸哑巴了。我每天钻研字典，研究句子，然后再一字一句地教给他。他学而不厌，我百教不烦，因为我们有共同的目标，我们的思想已完全融化在学习的海洋中了。

是父亲激发了我对学习的渴望。

有一天，他把椅子拉到我跟前，打着手势对我说："我告诉你，语言是活生生的，就像一个人，一条河，总是在不断地变化，永远也不能说你懂得了语言。"他理解语言比我更深一层，这是从他内心深处跳出的音符。

爸爸对所学一切都力求弄懂弄通，每当我对教他的某个概念有疑问时，他总是说："再去问问老师，一定要弄清楚。"

知识本身并不是爸爸所追求的；是学习的过程，而不是学习的结果在激励着他。他教会了我提问的艺术。如果我不能理解老师的回答，父亲就认为是我提问的方式不对。"换种方式再问，"他说，"你应该确信，老师总是比你懂得多。"

因此，我在语言交际方面变得越来越成熟老练了。我不断地向老师提问，直到把所学的每一个细节都弄得清清楚楚。对于好学者来说，老师是否名家无关紧要，只要你肯钻，就会有收益。随着时间的推移，我掌握了课堂上所学的一切，并且毫无保留地教给了父亲。

然而有一天，父亲突然改变了主意。他说女孩子上大学没什么用，他一生劳累，非常辛苦，我应该去找份工作以维持家庭生活。

我怔怔地望着他，因为我不理解他肩负的家庭重担。我想大声呼喊："我要上大学！"却一句话也说不出来，扭转身跑了。我在我的好朋友朱丽叶家待了一整天，直到夜幕降临。

晚上，妈妈来找我。我对她说："爸爸根本不理解我，我要学习，我想当一名教师。"

她打着手势对我说："我们回去向他解释。他已经感到后悔了。"

我们正沿大街慢慢走着，父亲走了过来。他打着手势，极其庄重地对我说："不要对爸爸生气。我爱你，我的女儿。你可以去上大学，我跟你一起学，你继续教我。"

我的大学生活非常愉快。每次回家，父亲总是问我："你今天向教授提什么问题了？"

一天下午，我兴高采烈地从学院奔回家，"妈妈，"我打着手势对她说，"我获奖了，我获得了金奖。"

妈妈拉过我的手，激动万分地说："这些年来你勤奋学习，终于取得了成就，我为你感到骄傲。"她捧着我的脸亲吻了我。

正在这时，爸爸开门进来了，妈妈抑制不住内心的喜悦，急忙把他拉进卧室："本，我有好消息让你大吃一惊。"

"我把大衣脱了再说。"

"等等，我先告诉你，露丝获得了金奖。"

我插进来说道："这是授予学院最优秀的学生的。"

爸爸把我拉到他的身边，双手按着我的肩膀，一字一顿地发出了沙哑的声音：

"我亲爱的女儿露丝，爸爸向你表示祝贺。"

我们都大笑起来。"现在我可以脱掉大衣了，"他说，"拿酒来，我们好好庆贺一下。"

这时，我突然明白：并不是我在教父亲，而是父亲在教我。是他激励着我克服了学习上的种种困难；是他教会了我如何做一个正直的人；是他教会了我如何观察、思考问题；是他那无声的言语，教我学会了真正的、活生生的、强有力的语言！

（法国）露丝·辛德拉斯基

我父风范

普切是我爸爸的狗——一只硕大、快活、耳朵摇摇摆摆的杂种狗。它的短短的白毛上有几块滑稽的棕斑，而且其个子高得能够舔着我的鼻子。爸爸觉得普切有料想不到的潜力，所以很宠爱它。然而，我却只把它当做累赘。

普切笨重得像头小牛，但又生气勃勃，亲切热情。我不得不左躲右闪以免被它亲吻。它比我重10磅，有时能把我压在身下。那时我才8岁，认为这样很有碍观瞻。

有一年夏天，轮到我照顾普切，因为，爸爸每个星期都得离开家，去加州北海岸俄罗斯河畔他的一块200英亩的红杉和松树的锯木场。由于妈妈不愿让我"孤孤单单地生活和在林子中撒野"，就陪我留在圣约克三角洲的安提约克了。

爸爸头戴一顶斯特森牌旧毡帽，盖住眼睛的帽檐沾着油腻。他有一副严峻而武断的相貌，使我非常怕他。

"你得听你妈的话。"每个星期一早晨临行前，他都警告我。

"遵命，先生。"

"你要给草坪浇水。听着，要每天浇。星期三修剪草坪。"

"是！"

"还有，把后院小杏树上的杏子敲下来。再就是关于普切，给它喂点狗粮，一早一晚带它出去好好遛遛。

可我深切地体会到，和普切"好好遛遛"简直就像被一台蒸汽压路机拖着狂奔似的。

"你是这个家的主人了，明白吗？"

我回答说："明白。"

但我实在不懂：花一个宝贵的夏天拣杏子，喂他的面孔扁平、腹部松弛的狗，怎么就意味着我是这个家的主人了呢？

普切总是把爸爸要带去的许多东西衔出来，绕着他的腿蹦啊跳啊，在殷殷地哀伤地道别时，它的尾巴摇来摇去。爸爸就屈下膝，一面挠挠它的耳朵，一面让它亲吻。我觉得让一只脏兮兮的狗亲吻真够令人生厌的。

那阵子，我和爸爸都感到彼此间有隔阂——男人们由于敬畏心理而互相保持的一种尴尬无言的距离。

爸爸有着顽强的性格。他在世上独自闯荡，从不向人讨一点儿便宜。他从俄克拉何马州的德斯特堡来加州谋生，在20岁上遇到我妈妈并娶了她，随后就应征参战了。

我是当他乘军舰去塞班岛之后的几个月里降生的，一直长在母系家庭，被妈妈、奶奶和6个姨母、舅妈们宠惯了。爸爸在我3岁时回来，结束了这一切。

有些方面，我们不能生活得尽如对方期望。他希望有个会捕鱼、能打猎、身强力壮、敢于跌爬滚打的儿子，而我是个书虫，想要一位可以把我抱在膝盖上念书给我听的父亲。爸爸试图通过照料普切使我壮实起来，并增强责任感。可我对此却满腹牢骚。

爸爸声称：若是他哪天有空儿，就要训练普切。但是有一次，他带普切去逮野鸭，回来时，普切却耷拉着尾巴，满脸愧色。原来，猎枪一响，它便趴下，又是哀叫又是发抖。然而，爸爸仍没死心。

"那狗智力超群，"他骄傲地说，"我要做的，仅仅是教它遵守纪律和自我控制。"

普切住在我家后院的网状栅栏后，爸爸为它用木条搭了个窝。我讨厌去那又臭又脏的地方喂狗。每天早晨，我都企图趁它还没醒，蹑手蹑脚地进去，把盛水的碟子放下。谁料从未得逞，它总是猛地跳出来，摇着尾巴，踩进碟子，再把湿爪子搁到我胸前。

当然，它得被拴住，一直到晚上我来关门，因为再没比普切更热爱自由的了。它至少要在院子里疯跑十来分钟。天哪！它准会逃走的！

普切有时跳过5尺高的栅栏，撞翻了家什，又跳过来。它就这样不停地跳来跳去，舌头伸得老长，尾巴竖得笔直。尽管如此，对一条不会说话的狗也并没什么好恭维的。

爸爸在家时，显得疲惫而焦躁。我模糊意识到：挣钱很成问题，锯木场的效益不佳。星期天晚上，彻底干完了家务，爸爸妈妈忧心忡忡地坐在餐桌边，面前摆着一堆黄颜色的账单和一个黑皮账本。星期一大清早，爸爸就背起军用帆布袋，吻吻妈妈，返回锯木场。

8月下旬，爸爸带我和妈妈上山度两周假。因为没法把普切用小车带那么远，爸爸请了一位叫克拉格特的打猎伙计来照看普切。

克拉格特的家很破旧，没经过油漆的门廊摇摇欲坠，一辆开不动的破车，还有一大群光着脚的孩子。最小的大约只有一岁半，腿有点毛病，躺在门廊前的一只小箱里，别的孩子在他周围玩耍。我尽量不去看他，却忍不住要偷偷瞥上一眼。

克拉格特把拴普切的皮带系到晾衣服的绳子上，这样，它就可以跑得更远。我和爸爸驱车远去时，听着它阵阵哀鸣，心里真不是滋味。

没想到，我在山上玩得很不痛快。爸爸忙得不能带我去游泳和捕鱼。夜里，躺在厚厚的被子下面，我听着父母在嘀咕"没完没了的花销"、森林服务处要求的"削减开支"、"火灾预防"和"燃木片的火炉"，等等。

白天，我坐在一棵布满瘤疖的红杉上，把树皮一片一片地扔进吊桶里。我想念着伙伴们，甚至，开始期望普切能和我在一起。如果那样，我至少还可以有个伴儿在土路上跑来跑去。我们还可以一起追松鼠和小鹿，于是，在第二个周末，我决定回家。

当我和爸爸驱车回到克拉格特家，他们全家人都站到门廊前了。克拉格特太太抱着双腿萎缩的婴儿。克拉格特先生同他那个与我差不多年纪的儿子走上前来，那男孩用皮带牵着普切。

"你好，比尔！"克拉格特显得很高兴，但却回避我的眼睛。当他问爸爸这段日子的经历时，我走过去，轻拍普切的脑袋。它的大尾巴拍打着地面，还舔我的手。然而，反常的是：它依然彬彬有礼的端坐，仿佛有人教了它懂礼貌似的。牵它的男孩冲我扮了个鬼脸。

"要说那狗啊，"克拉格特正聊着，"孩子们真是喜欢它。它又聪明，又听人招呼。鲍比还教它学会了拉货车里的那个小不点儿。"

"可不！"爸爸说，"我稍加训练，它就会是条很棒的猎犬。"

克拉格特清了清喉咙："你考虑过把它卖掉没有，比尔？"

"不，从未想过。"

"我愿意出50美元。"

我惊呆了。50美元是个前所未闻的数目。突然，我担心爸爸会因家境的窘迫而同意。普切是我们家庭的一员，怎么能把家里人卖掉呢？

"不行，"爸爸说，"它只不过是只杂种的母狗。"

"100美元。"

这个又脏又穷的克拉格特上哪儿去弄100美元？肯定出了什么事。我见爸爸脸上有种奇怪的表情。"我不想卖它，"他低沉而坚决地说，"我就是要我的狗。"

"把它给我，鲍比。"克拉格特从儿子手中接过牵绳，又把儿子赶回门廊。当爸爸正要拿牵绳时，克拉格特拦住了他。

"闹不好我得为它和你干一仗，比尔，我非把它留下不可！"克拉格特恳求的语气很坚定。

我爸爸瞧着克拉格特的眼神，和我以前曾见过他遇到一条蛇时郑重地考虑是踢开它或绕着走过去时的眼神差不多。他攥紧拳头："我告诉你：我不卖它。完了！"

"我没法把它还给你，比尔，"克拉格特恳求道，"我妻子和孩子们都不让我还给你！"他的脸痛苦地扭曲了。

"你知道的，我最小的孩子腿有毛病。妻子把他用毯子裹着，放在院前的小车里让孩子们照看他。尽管如此，有一天，在别的孩子玩耍时，婴儿爬到路上去了。妻子从厨房的窗子看见他躺在路中央，一辆汽车正向这边开过来，她不由自主地尖叫了一声。这时，普切飞快地跃过栅栏，跑上去叼起婴儿，把他拖出马路。真悬哪！汽车恰好在婴儿刚才躺着的地方刹住。"

克拉格特干咳两声："普切救了他的命。"

他哀求地看着我爸爸："我们都爱那狗。我妻子每天晚上在婴儿室里为它支一张小床。我们会悉心照顾它，直到它死的那天。让我出多少钱都行，比尔。"

爸爸沉默了一会儿，然后松开了系狗的皮带。"好吧。我说过我绝不卖它的，"他弯下腰摸了摸普切的两个耳根，又向下轻抚它光滑的口鼻，"我把它送给你了。"

克拉格特舒了一口气，拉起爸爸的手上下摇动。

真正的帮助 | STORY

"走吧，"爸爸对我说，便向马路上的汽车走去。

"干吗把它送给别人？"我喊着，不顾羞耻地泪流满面。"它是你的呀！"其实我心中想的是：它是我的！我喂它食、喂它水，还带着它跑。

爸爸把我抱起，放到福特车的缓冲器上。"听着，儿子，世界上没人能把一个生物据为己有，除非他热爱它，并为它操劳。他们比我们更爱普切，它理应归他们所有。"

"可是他们并不比我更爱它呀！"我暗自叹息。但一切都迟了。

"算了，大方一点。我很理解你的心情。"

他打开车门，把我放进车子，让我面对着他。

"好吧。"我强忍住泪水。

爸爸也上了车，启动引擎。然后，做了一件从未做过的事：他用胳膊搂住我的双肩，紧贴着我。在回家的路上，我一直偎依着他。

那年秋天，爸爸为了养家，终于放弃了锯木场，而去一个纸浆厂另谋了份不称心的工作。然而，我从他那儿学到了十分宝贵的东西——远比那次损失的教训宝贵得多。他使我懂得了：在这多灾多难的世界，一个人该怎样表现勤奋、献身和宽容——那就是：坚持自己的理想，努力保持你所珍爱的一切，使之免遭伤害。

（美国）格雷·阿伦·斯莱治

毕业、传承和其他课程

"能将1978年德瑞克大学毕业班介绍到您面前是我最大的荣幸。这些学生已成功地完成他们的大学学业：麦可·亚当斯；恭喜，麦可。玛格丽特·L·艾伦；恭喜，玛格丽特。"

他真是天杀的浑蛋！他哪能感受我急切想进大学的痛苦？他怎么会有这样的念头："如果这很有意义，你就该自己实现它。"真该死！

"约翰·C·爱迪生；恭喜，约翰。贝蒂丁……"

总有一天他会看见我自己完成了它，他将会因不曾参与感到懊恼，他会因没支持我这样做而悔恨难当——大一生，大二生，大三生，大四生……一个大学毕业生。

"……伯利斯。恭喜……"

是的，我做到了。我通过了朦胧未知的广大领土和繁文缛节的多重障碍。大学——一个考验你有多少忍耐力的测试！苦难的4年过去了，荣誉的羊皮毕业证书属于我。卷轴上有我的名字，证明它属于我。谢谢爸！我一直渴望你支持我，以我为荣，认为我是个特别的人物，真的与众不同。

所有你在孩提时教训我的，完成任何你心愿的事到底怎么了？那些学说、目标、伦理道德和主张到哪儿去了？在这一路你可曾展露父亲的关怀？是什么事如此重要，使你无法像其他所有父母一样在"亲子日"到学校？

现在，就是一个你没出现的毕业典礼。你有比这更重要的事吗？为什么你不能抽出一天来看你的女儿——在她生命中的重要时刻？

"恭喜，贝蒂。"

我在几千人的人海中寻找他身影的眼睛却失望了：他根本不在。我的大学毕业日及我父母的第六个小孩生日和这个乡下大家庭的诸多杂事同一天，他怎会认为这天与平常的日子一样呢？

"爬上每一座高山。涉过每一条急流。"我们毕业班选的这首歌似乎相当陈旧平庸。听来很痛苦。

"追随每一道彩虹……直到你找到你的梦。"

那天两个毕业班的100个毕业生排队上台。我相信他们每个人的父母都挤在人群中。当每个毕业生拿到毕业证书后，我们班会开始排长队，离开大礼堂，准备将满是汗水的袍子和胸花脱掉，急着去参加晚宴和家庭毕业宴会。我感到如此孤独、沮丧和愤怒。我早把两张，不止一张的邀请卡寄给爸爸。并不是我非要他到这儿来不可，而是我需要他。我需要他见证我完成了非常特别的事，他所鼓励我的所有梦想、野心和目标的结果。他难道不知道他的支持对我有多重要？你是认真的吗？爸，还是只是说说而已？

"爸，你来了，对不对？我的意思是，一个人一生能从大学毕业几次呢？"我对自己说。

"我们会去看是否得下田，"他曾说。"如果那是个适合播种的日子，有点雨水，我们绝不能错过。今年春天我们已经错过了很多天。播种日现在很难找。

如果下了雨，我们就一定要做工。别念着我们。你知道我们要开两个小时车才能到那儿。"

我确实系念着他们，那是我最在意的事。

"爬上每一座高山，涉过每一条……"父母、祖父母和亲友们都对着他们的新毕业生微笑，客气地请别人别挡路好捕捉珍贵镜头，为他们身为毕业生的母亲、父亲、祖父母、兄弟、姊妹、姑妈、伯叔而感到骄傲。他们流着快乐的泪水，而我强忍着不流下来的却是极端失望与挫折的眼泪。

不只因为我觉得孤独——我确实孤独。

"追随每一道彩虹……"

从我和大学校长握手接过毕业证书——我通往未来世界的车票之后，我走了27步。

"贝蒂。"一个温柔的声音焦急地呼唤着我，把我从令人窒息的沮丧中拉出来。这个温柔的声音来自我爸爸，从人们吵嚷、吼叫的巨大噪音中穿出。在为零星毕业生所准备的座位的尽头，坐着我的父亲。他比伴我成长的那个粗犷而声音如雷的男人看来显得渺小而内敛。他的眼睛红红的，巨大的泪珠从他双颊上流下，掉在崭新的蓝色西装上。他微微低着头，他的脸上写着千言万语。他看来如此谦卑，他充满着父亲的骄傲。之前我只看过一次他哭的样子，但这一次他的泪珠更大更晶莹。我看见一个有男子气概且骄傲的男人——我的父亲——流着泪，使我盛装泪水的水坝也决了堤。

忽然间，他站了起来。我无法控制情感，做了件在热情的时刻会做的事——我把毕业证书丢到他手中。

"这是给你的。"我以充满了爱、报复、渴望、感谢与骄傲的声音说。

"这是给你的。"他只以包含温柔与爱的声音回应。他的手很快地伸进外衣口袋，拿出一个信封。他挥动巨手以笨拙的姿势丢给我。他这么做，泪水又流了满颊，这是我经历过的最长、最强烈也最充满感情的10秒钟。

典礼继续进行。我心思盘旋企图把今天的事件拼在一起——他在两个小时的开车途中想什么？这所大学难不难找？他如何躲躲闪闪混进毕业生中，坐在比家长席还前10排的位子上？！

我爸来了！这是这个春天最美好的日子之一——一个完美的播种日。还有那套新衣服！就我所记得，他曾为宝叔叔的葬礼买过新衣服。又10年后，他为我姐姐的婚礼买了新衣。一套对农夫而言派不上用场的衣服，除此之外，新衣服意味着他绝不是到一个不想去的地方！买套新衣服必是为了一个重要场合。他就在那儿——我的爸爸。

"……直到你找到你的梦。"

我看了那封被我紧紧揉成一团的信封。从前我从没有收过爸的卡片或纸条。我浮想联翩，想着它可能有的内容。它是卡片吗？……有他签名的卡片？要柏利斯签名的机会少得几乎没有。每个人都知道这个人的一次握手要比其他人的签名来得可靠。柏利斯一言既出，就表示绝不变卦。没有一个银行家会拒绝这位曾在第二次世界大战中立过两次战功的人，他的人生是因良好的工作道德、坚毅的性格，以及他身旁一位美丽且忠贞的女人大胆开始奠下根基。他有一群孩子和对拥有土地的梦想。也许它是毕业课程的另一章。也许我将毕业证书丢给他使我和他都慌了手脚，他只好随便给我一个东西交换。它会是邀请柏利斯家人集合庆祝今天的盛典吗？因为害怕失望，也想品尝各种可能性，我在到更衣室前并没有打开它。我脱掉帽子与长袍，但仍紧紧攥着这封信。

"看看我爸妈送我的毕业礼物！"玛莎举起手展示她的珍珠项链给每个人看。

"我家老头给我一辆车！"陶德的声音穿过整个房间。

"真好！我跟以前一样什么也没有！"有个声音不知从哪儿来。

"唉，我也是！"另外一个附和。

"贝蒂，你从你爸妈那儿得到什么？"房间的对角，我的大学室友这么问。

我这样回答似乎不太适当："这是世界上最棒的人给我的，另外一堂不可思议的课程，太珍贵了，以至于不能和你们分享。"所以我转身假装没听见。我把毕业袍折好，放进袋子里，脑海中还思索着我父亲的所作所为。

想起父亲的眼泪，我的眼睛便充满了泪水。他到底是来了，我对他很重要。不是这样，就是妈的游说打赢了这一仗！我慢慢打开信封，小心翼翼地不让泪水沾湿了父亲给我的纪念物——

亲爱的贝蒂：

我想你记得当我很小的时候，我的家庭失去祖传农田的事。我的母亲几乎独力抚养6个小孩。那是一段艰苦的日子。在我家的祖传农场因我们而被卖掉的那天起，我发誓有一天我会拥有土地，我所有的孩子在那块土地上会有继承的东西。他们会被好好地保护着，不管他们住在世界的哪一个地方，有什么样的命运，伯利斯家永远欢迎他们回来。我的孩子永远会有一个家。下面的那张纸就是属于你的农地的地契，你永远不必付税，它是你的。

当我看你上大学时，你可以想象我感到多么骄傲，并且期待有一天你会完成学业。你不会真的了解当我无法增加家庭收入而供你上大学时多么无助。那时，我不知道怎样告诉你才不会摧毁你对我的信任。但这绝不是因为我不重视你做的事，也不是我对你努力实现梦想的辛苦不认同，虽然我一直没有照你喜欢的方式为你做事，但我的脑海里一直想着你。我总是留意着你——即便在远方。对你来说，我似乎对你的困难无动于衷，让你独自应付，但不是的。我必须努力应付一个成长中的家庭，并实现一个我不能舍弃的梦想，因为它对我太重要了——就是让你们都从我这儿得到继承的东西。

我常常为你祈祷。你可知道，亲爱的女儿。你在困境中向前走的坚强与能力，也是让我在继续为梦想努力、在各种困难和考验中向前走的动力——并且使它们很值得。你瞧，你是我的英雄，勇者的模范，是勇气与胆识。

有时你放假回家时我们会在农场散步、谈天，我一直想告诉你，让你不对我丧失信心。我需要你相信我。但每次我看到那些从你的年轻与骄傲中放射出的无限光芒，并倾听你决定完成使命的决心时，我就知道你会很好。我知道不只你能做，你一定会做到。而且，今天我们两人都拥有一张象征完成梦想的证书，肯定了我们朝向高贵目标的艰辛努力。贝蒂，今天我为你感到非常骄傲。

（美国）贝蒂·B·杨斯

每年一信

在我的女儿茉莉安出生后不久，我和其他人（与我一起从事这特殊计划的人）一样着手实施爱的计划。我要告诉你这个点子，不只要以我温暖的故事打开你的心，也要鼓励你在你家庭中实施这计划。

每一年，她生日的那天，我会写每年一信给我的女儿。我写满了那年内她发生的小故事、艰辛与欢乐、我人生中或她人生中的重要问题、世界大事、我对未来的展望、各种杂感等等。加上一些照片、礼物、报告卡等，以及可能会随时光久远而不见的、各种形式的纪念物品。

我在书桌的抽屉里留下了一个纸夹，我把将写在下一年的每年一信中的东西都放进去。每个礼拜，我都把这礼拜发生的事做简单的笔记，以便写每年一信时可以记忆。她生日快到时，我取出纸夹，发现它充满了各种点子，想法、诗篇、卡片、宝藏、故事、事件和各式各样的记忆——我如今已经忘了其中大部分——我热切地将它们转化成每年一信。

当信写好了，所有的宝贝放进信封时，我就把信封起来。它就变成了这一年的每年一信。信封上，我总是写着："茱莉安的爸爸在她第N次生日时给她的每年一信——她21岁时可以打开。"

它是她生活中每一年不同的爱的时光胶囊。它是上一代给下一代的爱的礼物。它是她生命中永远的记录，记载着她的真实生活。

我们的另一项计划是，我会把封起来的信封给她看，告诉她21岁才能打开来读。然后我会带她到银行，打开保险箱，把它放在渐渐增多的文件上头。她有时会把它们都拿出来，看看它们，摸摸它们；有时会问我里头写些什么，而我总是拒绝透露。

这些年来，茱莉安给我一些她特别的童年宝藏，那些她太大而不能玩但又舍不得丢的东西。她要求我把它们放在周年信中，这样她就可以永远保留它们。

写周年信的惯例现在变成我做父亲的神圣责任之一。而且，茱莉安渐渐长大了，我可以看出它也是她人生中逐渐成长且特殊的一部分。

有一天，我们和朋友一起思考将来要做什么。我不记得我确实说了什么，大概是如此：我开玩笑地告诉茱莉安在她61岁生日那天，她会跟她的孩子一起玩，又说她31岁生日那天会送她的孩子去练习曲棍球。遵循这个趣味游戏的模式，我的幻想受到茱莉安乐在其中的样子的鼓舞，又继续说下去："在你21岁生日时，你会从大学毕业。"

"不，"她打断我，"我会忙于读你的信！"

我最大的愿望之一，就是能够愉快地活到能享受打开时光胶囊的美妙时光，堆积如山的爱会从过去滚滚而来，回到我已成年的女儿的生活中。

（法国）雷蒙·L·阿隆

真正的帮助 | STORY

我的父亲

我在爱荷华一大片辽阔美丽的农场长大，父母亲常被描述为"大地之盐，社区之脊"，他们也是标准的好父母；关爱我们，尊重我们，在做人处事和学业表现方面，对我们也有极高的期待与要求。

我有5个兄弟姐妹，一个家挤6个小孩常让我觉得自己没分量，但妈妈要生多生少也没有我参与意见的份儿。更惨的是，上天居然让我出生在这个气候恶劣的爱荷华州。小时候我常怨叹，当初送子仙鹤不但把我送错家庭，甚至连州都送错了，我痛恨爱荷华州的天气，这里的冬天天寒地冻，我常得在半夜四处巡逻，免得有牲畜走失在外，惨遭冻死。而在冬季出生的家畜也必须特别加以保暖，才能活命。一想到爱荷华州的冬天我就害怕。

我的父亲长相潇洒，身材魁梧，永远精力充沛，全身充满成熟男性的魅力。小时候，我们兄弟姐妹都很敬畏他，在我们心目中，他是最伟大的人。现在，我了解为何如此；他言行一致，正直诚实，坚守原则。经营农场是他一生的事业，也是他的最爱，对于饲养照顾牲畜，父亲是一等的高手；在栽种作物方面，他也颇有心得，每到收割季节，他脸上便会流露出骄傲的笑容。父亲拒绝滥杀生物，即便我们的牧场经常充斥着野鹿，雉鸡、鹤等动物，但不到打猎季节，他绝对不动枪。他拒绝使用化学添加剂，而只用天然谷物喂养牲畜，父亲在上世纪50年代就有维护自然生态的环保概念，现在我不得不佩服他的先见之明。

父亲平时是个没啥耐心的人，但到了半夜外出检查动物时，他却显得耐性十足，这段与他一同夜间出巡的时光令我永远难忘，因为我有机会亲近他、了解他。其实每个人心底都渴望亲密的亲子关系，但我却常听身旁的人感叹，从小到大都没有大多与父亲相处的时间，在这方面我自觉十分幸运，因为我了解我的父亲。

小时候我总暗地里觉得父亲最疼我，虽然我的兄弟姐妹们也有可能认为父亲最宠的是他。被父亲看重有好处也有坏处，坏处是我得在三更半夜或凌晨，离开温暖的被窝，忍着刺骨的寒冷，陪着他到农舍检查动物，但好处也就是在这时父亲不但慈祥和蔼，容易沟通，而且充满耐心，愿意聆听你的谈话。从他温和的语气和亲切的笑容，就不难了解当年为何妈会为他倾倒了。

这段时间，父亲像个模范老师，耐心解释事情的来龙去脉，在巡逻的这一个小时里，父亲会天南地北地跟我讲个不停。他曾谈过他的从战经验，他的参战原因，战争的地点，战地的情况，以及战争所带来的后果，他一再重述自己的故事，所以我在学校读到相关的历史都备感熟悉。

旅游见闻是父亲常提的另一个话题，他酷爱旅行，也鼓励我们多看看外面的世界，受到他的影响，我到30岁时就已走过30多个国家。

父亲十分热衷学习，当然也很注重我们的教育，他认为聪明是天生的没错，但智慧可以靠后天培养，在我高中毕业后，他一直希望我更上一层楼。"你做得到的，"他不断地给我打气："你脑筋灵活，是块读书的料，你一定做得到。"面对父亲这番殷切的期盼，我没理由让他失望，也因此在学习上我深具信心，最后完成两个博士学位，第一个为父亲，第二个为自己，但背后皆因强烈的求知欲，而使得两个学位皆轻易获得。

父亲常强调，人一生中最重要的一件事就是确立价值观，发展人格，这也是我目前写作及教学的主题。他教导我们如何评估、如何决定、何时该放弃无谓的努力、何时又该坚持到底，即使面前困难重重。他训勉我们要有所为，有所不为"千万不要做违背良心的事"，这是他常讲的一句话。父亲相信人性本善，许多人做错事都是一时糊涂，所以他常提醒我们要明辨是非，不要轻易受到外界不良的影响。他说："做任何事之前，都要先静下心来问问自己，该不该这样做，仔细聆听你内心的声音，你会得到一个正确的答案。"对于工作，父亲也有一套看法："找一件你爱做的事情，然后尽全力做出成果来，根据你自己的价值观定立目标，这样你才能在有限的岁月中，从事真正想做的事，实现自我成长，而不会多走冤枉路，到头来才发现自己浪费不少宝贵光阴。"父亲不但对人照顾，对自然也有一份关爱，他说："尊重大自然，千万不要破坏我们脚下踩的土地，头上顶着的天空，以及和谐的自然景观。"

每当我想到父亲对我们的关爱及看重，我就十分遗憾，因为现今有些青少年没有机会和父亲建立如此亲密的亲子关系，更无法从父亲身上学习做人的道理，获得鼓舞的力量。我的父亲时时刻刻以身作则，做子女的榜样。他永远不吝惜让我们知道，我们6个兄弟姐妹是他心中最珍视的宝贝。

父亲从不说东做西，他坚守自己的信念与原则，一生身体力行，这是我们最钦佩他的地方。他辛勤工作，努力经营农场，直到今天，他的工作热忱仍然不减。他对爱情忠贞，对婚姻负责，和母亲结婚已近50年，至今仍恩爱无比，令人称羡。他对家庭的重视更是不在话下，我曾认为他过于保护子女，占有欲太强，但现在我也为人母，总算能体会父亲不愿子女受到伤害的那种心情。而他当时许多做法，不外是希望我们长大后成为关爱、负责任的人。

今天，6个孩子中有5个就住在距离他几里的地方。他们各自成家，养儿育女，并且选择与他相同的生活方式，专心务农。也许是受到父亲在夜间巡逻时给我的启发吧，我选择了与其他兄弟姐妹截然不同的发展道路，我投身教育界，在大学担任教授，并且出版了几本著作，内容是探讨在童年时发展自我肯定的重要性，我希望借此提供个人心得给时下的父亲做个参考，我也将从父亲那儿学到的价值观，加上我个人的领悟，灌输给我女儿。我相信，上一代的智慧会是下一会最宝贵的无形资产。

提到我的女儿，她个子高挑，活泼好动，不但在运动方面表现杰出，频拿奖章，课业成绩也是数一数二，而且曾入选加州妙龄小姐决赛，但她和我父母相似的并不是外在的才能和成就；别人常称赞她心地善良，个性开朗，随时散发着一股朝气，我想这点才是她得到外公外婆真传的地方。

父母尊重孩子，为孩子付出一切，所得的回报是孩子们让父母的生活充满希望。前一阵子，我父亲来到明尼苏达的诊所，准备接受为期6至8天的身体检查，那时是12月，天气酷寒无比，为了方便，父亲在诊所附近的旅馆租了个房间。由于还要照顾家里，母亲只陪了父亲几天便先行离开，而没有留下来和父亲共度圣诞夜。

那晚我先打电话给父亲祝他圣诞快乐，他的语气十分失望沮丧。我接着打电话向母亲贺节，她也叹了口气说："这是我第一次没和你父亲一起过圣诞节，少了他，这个节都不像节了。"

当时我请了14位客人到家里来享用圣诞大餐，我一边忙着做菜，一边想着怎样才能让父母开心。后来我拨了个电话给大姐。她又联络了弟弟。经由电话的沟通，我们认为不该让父亲孤单一人在医院度过圣诞夜，大弟表示愿意开两个小时的车到医院接父亲回家，好给母亲一个惊喜，我打电话告诉父亲这项计划，"别这样做。"他说："这种天气，晚上开车出门太危险了。"两个小时后，大弟已站在旅馆房间的门口，但是父亲却执意不肯离开。大弟在电话那头告诉我："芭比，劝劝他吧，他只听你的。"

"回来吧，爸。"我轻声地说。

最后他终于答应和大弟一起回家，一路上，大弟利用车上电话向我们报告行进的里程和天气的状况。此时，所有的客人都已来到，他们也陪我们一起等待，每当电铃响起，大家都迫不及待想知道最新的消息。差不多9点时，电话又响了，这次传来的是父亲的声音："芭比，我没带礼物，怎能回去见你妈呢？过去50年来，我都送她香水当圣诞节礼物的。"为了父亲这句话，我们立刻调查沿路有哪些购物中心仍在营业，好让父亲能顺道买到他每年圣诞节送给母亲的香水。

9点52分，他们在明尼苏达的一家小型购物商场找到了要买的香水，11点50分，他们终于平安抵达农场。一下了车，父亲像个童心未泯的大男孩，躲到房屋的转角后，不想让母亲先发现。

"妈，我今天去看爸了，他说这些衣服需要换洗。"大弟将爸的行李袋交给了妈。

"哦，"她轻叹了一声，"我真想你爸，这些衣服我现在就洗了吧。"

这时父亲从转角后走了出来，"你不必急着今晚洗。"

稍后大弟打来电话，报告两老相见，喜极而泣的感人画面，我立刻打电话过去，"妈，祝您圣诞快乐！"

"哦，你们这些孩子……"接着只听到母亲哽咽的声音，她已激动得说不出话来，虽然我那时人在2000里外，但我的心已和他们度过了一个最特别的圣诞夜。

曾有人告诉我："好父母除了提供孩子一个遮风避雨的温暖巢穴，同时也给他们一双能够展翅高飞的羽翼。"经过上次的圣诞节，我更感激老天赐给我这么好的父母。虽然我的这双翅膀曾飞越无数地方，最后在加州落脚，但我的心始终和父母的心相系，即便相隔千里远。

（美国）贝蒂·杨丝

真正的帮助 | STORY

好的开始

一对住在达拉斯的富有夫妇常为如何教导他们的孩子们服务他人而烦恼。孩子们已习惯要什么有什么，接受他人的服务；至于服务他人，那简直是中古时代甚至像火星那样遥远的事。

做父亲的开始明白这一点时已太晚，但没什么，总比完全不开始好！

假期开始前一周，他告诉全家："这次感恩节我们要做点不一样的事。"

几个十几岁的孩子立刻坐直，因为通常在这种情形下，父亲会告诉大家一些特别有趣的活动，例如：到巴拿马群岛去玩小艇拖曳的降落伞等。

这次却不一样。

"我们一起到救济中心去，"他说，"去侍候穷人和流浪者吃感恩节晚餐。"

"要我们做什么？"

"得了，爸，你在开玩笑，是不是？告诉我们你在开玩笑。"

他没有。

由于他的坚持，他们一起去了，但并不很高兴。不知为什么他们的父亲"变得很奇怪"，而父亲也必须改变自己才能做到——到救济中心服务他人！若是朋友们知道会怎样想？

孩子们没有预测当天发生的事，之后也无人能想到有哪一天会比那天更美好。他们在厨房忙来忙去，把火鸡和调味料捧上餐桌，切南瓜派，添了无数杯咖啡。他们在小孩子们面前扮小丑，听老人家说许久以前和遥远的感恩节故事。

父亲看到自己孩子的举动简直开心极了，他怎样也想不到他们在数周以后提出的要求：

"爸……我们想去救济中心侍候圣诞节晚餐！"

他们去了。如同孩子们所盼望的。在那里遇见在感恩节时认识的一些人。他们尤其记得一个有着特殊需要的家庭。当这家人在吃饭的行列中出现时，他们高兴极了。

从那时起，两家人有过数次接触；原本娇生惯养的孩子不止一次卷起袖管，侍候达拉斯最贫穷的家庭之一。

这家庭发生了既明显又微妙的改变，孩子们不再以为凡事皆属理所当然，父母亲发觉他们变得更认真、更负责任了。

是的，虽然晚了一点，但那总是一个好的开始。

爱永远是伟大的

一对衣着普通的夫妇，带着一个年纪约六七岁的小孩子，来到一家著名的正统西餐厅。他们坐定之后，侍者递上菜单，这对夫妇看也不看琳琅满目的丰富菜色，直接将菜单交还给侍者，点了一份价格最低的牛排。

侍者脸上露出诧异的神色，迟疑问道："一份牛排？可是你们有三位，这样够用吗？"

那位爸爸腼腆地笑了笑，说："我们都吃过了，牛排是给孩子吃的！"

很快地，那一家人所点的牛排主餐，包括餐前的浓汤及生菜沙拉，送到了小孩的面前，父母亲其乐融融地看着他们的孩子用餐。

三个人只点一份全餐的情形，在这家十分高级的餐厅中，难免引起一旁其他客人的侧目，同时也引起了餐厅经理的注意。经理找来负责服务那一桌的侍者，询问是什么状况？侍者简单地回答，是一对溺爱小孩的父母，只点了一份最便宜的牛排，教育他们的孩子。

经理了解情况后，难免对这一桌特殊的客人多了些注意。他发现，这对父母在教导孩子使用桌上的刀叉时，取用的顺序十分正确；而且对于孩子的用餐礼节，亦要求得相当严格，反复而耐心地、一次又一次教他们的孩子，直到他做对为止。

这位餐厅的经理，是一位真正的绅士。他看到这种情形，知道这一家人的情况和侍者所说的，事实上有着极大的出入。于是经理叫来侍者，交代了几句话。

很快，侍者端着两杯咖啡，到那一家人的桌前。那位妈妈连忙挥手，正要说他们没有点……

经理走上前去，礼貌地告诉他们：这是餐厅免费招待的。

随后，经理和这对夫妇聊了起来，终于了解了为什么这一家三人，却只点一份全餐的真正原因。

那位爸爸说："不怕你知道，我们的经济状况很差，根本吃不起这种高级餐厅的晚餐，但我们对孩子有信心，知道在贫困环境下长大的小孩，会有不凡的成就，我们希望能及早教会他正确的用餐礼仪；更重要的是，我们也想让孩子在成长过程中，记住自己曾在高级餐厅中，接受过备受尊重服务的那种感觉，希望他将来做一个永远懂得自重的人，也能尊重为他服务的人。"

悬崖上的一课

　　费城的7月是炎热的。时隔57年后，我仍然能够感到当年那股灼人的热浪。57年前7月的一天，我和五个小伙伴玩腻了弹子游戏后，合计着玩些新的花样。

　　"嘿！"内德说，"我们好久没有爬山了。"

　　"对，爬山去！"一个伙伴喊道。

　　我犹豫不决。那年我只有8岁，我渴望像伙伴们那样去表现自己的勇敢和朝气。但是，我8年中的大半时间都是在疾病中度过的，而且妈妈不准我玩危险游戏的警告，时时禁锢着我的行动。

　　"走啊，"我的好朋友杰里催促我，"别当胆小鬼。"

　　"好吧。"我答应着跟上了他们。

　　我们来到目的地。远处，巍峨的峰峦隐约可见，眼前是墙一般耸立的危岩绝壁。我们要攀登的这座悬崖高不过60英尺，但是对我来说，就像万丈高山一样难以逾越。

　　伙伴们一个挨一个地向着一条岩壁上凸出来的小山道爬去，那条小山道足有通向崖顶的全部路程的三分之二。我战战兢兢、大汗淋漓地跟着伙伴们向上攀登，剧烈跳动的心脏敲击着我瘦得可怜的胸脯。伙伴们已经爬过了那条小山道，开始向崖顶攀登，到了崖顶，就可以沿着一条蜿蜒曲折的小路下山回家了。

　　"喂，等等我！"我声音嘶哑地喊着，"我爬不……。"

　　"嘿，离得好远啊！看你就像滑稽画里的小人儿。"一个伙伴说，其他人笑了起来。

　　伙伴们沿着那条曲里拐弯的小道爬上了崖顶。

　　他们向下看着我，"如果你不想走了，就在那儿待着吧。"一个伙伴嘲笑我说。

"全靠你自己了。"

杰里既关切亦无可奈何地看了看我，然后跟着他们下山了。

我从悬崖边向下望去，顿感头晕目眩，我担心下不去山了。我想我会从山上栽下去摔死的。通向顶峰的路越来越险峻，越来越令人提心吊胆。我听到一个人在啜泣，我惊奇是谁在哭，原来却是我自己。

时间在一分分地过去，夜幕渐渐降临。此刻，四处一片静寂。我饥肠辘辘，恐惧和疲劳使我精疲力竭、寸步难移。

——1945年1月。在英格兰的东安格里亚的沃顿空军基地。那天早晨，我在黑板上看到了我的名字，明天，我要驾驶没有武器装备的蚊式双引擎飞机深入德国本土执行气象侦察任务。那一天，我的脑子乱哄哄的。我想象着飞机座舱被炮弹击中，瞬时，鲜血飞溅，烈焰灼人、伤痛折磨、飞机打着旋而我根本就没有力气打开应急出口了……

第二天早晨，对我说来再明白不过的了，我不能安全地驾机飞行1000英里，穿过冬天的北海，进入布满纳粹高射炮群和战斗机的欧洲大陆。我绝对不能完成这次危险的航程。

——1957年1月。纽约。我快乐得几乎发疯，我拿到了美国著名出版商阿尔弗雷德·诺卜夫亲自签署的出书合同，他愿意帮助我实现一个伟大的计划，出版一部我写的从现代追溯到古希腊的动人的恋爱故事的大作。

但是，那天夜晚，我担心我可能铸成大错了。到那天晚上为止，我还没想好和构思出这部书的提纲，然而签署了合同就意味着既成事实，覆水难收，我觉得这件事我干得太轻率了。

我怎样去想象古希腊人的恋爱方式呢？我又怎样去想象古基督教徒的禁欲主义呢？或者中世纪的骑士和贵夫人，或者……，够了！这是办不到的，是我力所不能及的。

——1963年6月。纽约。我躺在床上，尽管已经凌晨两点了，我还是难以入睡。我怀疑静静地躺在我身边的妻子也没有睡着。昨晚我们已商议好：我很快就要搬出去住。但是，我感到在我身下的地面仿佛裂了缝，我好像落进了无底深渊。我怎样对8岁的儿子解释呢？我离开儿子后，怎样尽父亲的责任呢？我的妻子又该怎么办呢？我们的家产怎样来划分呢？再说，我从不习惯于孤独的生活。

当我晚间关上门索居独处时，会有什么样的感觉呢？不！这条路太难走，我不能这样做。

夜幕降临了。第一颗星星闪现在暗蓝色的天幕

上。山下的大地变得模模糊糊一片。忽然，我发现一道电筒的光束在跳动。我听到杰里和爸爸的声音了！爸爸用电筒向上照着。"孩子，下来吧。"他鼓励我说，"晚饭已经做好了。"

"下不去，"我抽泣着，"我会掉下去的，会摔死的。"

"听我说，孩子，"爸爸说，"不要想得太多。你只管小心地迈出一小步，你能做到。看准电筒光，能看到下边那块岩石吗？"

我慢慢地向下挪动着脚步，"看到了。"我说。

"好，"他说，"现在把你的左脚踩到那块岩石上，先别担心下一步，相信我。"

我战战兢兢地伸出左脚，触到了那块岩石。我有了点信心。"不错"，爸爸说，"现在迈开你的右脚，在右下方几英寸，那儿有块站脚的地方。"

我再一次按爸爸说的做了。我的自信心更强了，我想我能平安下山了。

一步一步，我终于从悬崖上下来了。我一下子踩在山脚下坚实的岩石上，爸爸用他有力的手扶住了我。我抽泣了一会儿，而后，我突然感到获得了一次巨大的成功。这是我永远难忘的一课！

——1945年1月，我驾机滑行在跑道上。

我向前猛推了一下风门杆，此刻，我所想的只是起飞，升到二万五千米的高空，航向正东。前方就是北海。我告诫自己：我所能做到的就是保持这个航向20分钟，飞越过荷兰的素汶岛。这我能做到。

飞过素汶岛后，领航员告诉我改变航向125度然后保持这个航向10分钟，我们就可以到达下一个侦察目标。这样做并不难。

如此这般，我操纵着飞机飞越过荷兰和德国，根本用不着去为整个航程胡思乱想，只想着要飞的每一段航程就足够了。最后，我们终于安全地飞出了敌人的空域。

——1957年1月。经过大半夜的辗转反侧，想到我签了合同的那部洋洋大作的种种困难，我记起了悬崖上的那一课。如果我只看下一步，就不至于疑虑重重了。

我要把着眼点放在头一章，并且为此去研究大量的有关希腊人恋爱的资料。这并不太难。接着，我要做的工作就是归纳我的笔记，将第一章分成若干节，动手写头一节的内容。

两年后的一个令人心花怒放的下午，六百多页书稿的最后一页从我的打字机上脱稿了。我像孩子似的欢乐地翻起了筋斗。几个月后，我拿到了头版书。几星期后，我读到了第一篇重要的书评，这个书评对我的书大加赞扬。

——1963年9月。我打开了我那间斗室的门。我提着提包走了出去，关上了门。百里之遥，我迈出了第一步。这并不难。接着要做的事是找房子；再有的事就是想好我怎样对儿子解释我的搬出和向儿子保证我就住在附近，我仍然是他的父亲。事实证明这些并不难做到。我搬进了我的小屋，打开行李，接了几个电话，做好了午饭，我感到就像待在家里一样。

第二年，我建立了一种新生活。我获得了一个单身中年人所应具有的处世态度和感情表达方式。

经过反复的体验，我认识到：57年前悬崖上的那一次使人记忆犹新的教训，使我在其后的生活中能够正确对待诸如看得太远、想得多、瞻前顾后、灰心丧气等不利心理因素。

我时常告诫自己：

不要看那些离得很远的岩石，只管迈出第一步；站稳脚跟之后，再迈另一步，直到达到预期的目标。

这时，再回过头来看我所走过的路程，我就会为自己所取得的成就感到惊讶和自豪。

（美国）莫顿·亨特

真正的帮助 | STORY

"吃了它，还是顶着它！"

我家最大的问题是我的弟弟。他2岁半，大名叫法利·德莱塞·哈切尔，但是大家都叫他菲基。

菲基最拿手的是把他看到的一切弄得一团糟。当他发起疯来，就在地上打滚、尖叫、用小拳头砸周围的东西。只有在一种情况下，菲基招人喜欢，那就是睡着的时候，他津津有味地咂着左手的四个指头，嘴里呜哩呜噜地不知哼些什么。

就是这个菲基，几乎使我放弃我最心爱的特技——竖蜻蜓。我在体育训练班学得很不错，能用头倒立3分钟。我常在起居室表演给爸爸、妈妈和菲基看。他们很感兴趣，尤其是菲基，看了就想学。我只得费好大的劲帮助他倒竖起来，但只要我一放手，他就立刻倒下去。

想不到竖蜻蜓竟跟菲基的吃饭有了联系。菲基吃饭非常不正常，某一天他吃得很好，过一天就什么也不吃，第三天他还不吃。妈妈就急了："你一定得吃饭！你不想长大吗？"

"不吃！不长大！"菲基回答。

晚上，妈妈把她的烦恼告诉爸爸。爸爸就用橘子来变戏法，妈妈站在菲基旁边，趁他不注意时往他的嘴里塞食物。不过，爸爸变不出新花样，过了一会儿，这办法就不灵了。最后，妈妈想出个高明的主意，叫我竖蜻蜓给菲基看。对于在厨房里表演这个特技我不太热心，因为那里不铺地毯，用头倒立在水泥地上实在不好受。可是妈妈苦苦哀求，她说："请你帮助我，彼得！这样做可以让菲基吃饭啊！"

我只得用头立在厨房里，菲基看到我支不住跌倒在地的时候，就拍手大笑。他一张开嘴，妈妈立刻乘机塞进一块烤土豆。

第二天早晨，我用脚立在厨房里宣布："不行！我绝不竖蜻蜓了，无论是在厨房里还是在别的地方。"我加了一句，"要是我不赶紧吃完早饭，上学就会迟到了！"

"你不怕弟弟饿死？！"

"我管不着！"

"彼得！你说得多可怕！"

"哦！他饿了自然会吃饭，我干吗不让他一个人待着？！"

中午，我放学回家，发现弟弟坐在厨房的地上，玩装在匣子里的葡萄干、麦片和杏干。妈妈在旁边求他吃饭。

"不！不！不！"菲基大叫，信手乱扔，把所有的麦片和果干洒了一地。

"请你快快竖蜻蜓，彼得！"妈妈说："只有这个办法能让他吃饭！"

"不行！我再也不竖蜻蜓了！"我说完以后就躲到自己的房间里，砰的一声关上房门，和我的小乌龟一直玩到晚上。没人理会我，他们都围着菲基着急去了。

晚饭时，菲基钻在饭桌底下叫道："我是小狗，汪——汪——汪——"

他在桌下拉我的腿，闹得我没法吃饭。我等爸爸开口制止，但爸爸什么也不说，最后妈妈跳起来了："啊！菲基是只小狗儿，要在地上吃饭，对不对？"

如果有人问我，我敢说菲基绝没有这个动机。不过他很喜欢提出的主意，点着头汪汪叫着表示同意。妈妈把他的小盘子装满，放在地上，然后蹲下来拍拍他，好像他真的变成了一只小狗。

爸爸开口了："我们是不是做得有点过分？"

妈妈没吭气。

这顿饭菲基吃了两口，妈妈满意了。

从那天开始，大约有一星期，我家仿佛真养了只小狗。我想要是能把菲基去换一只良种的西班牙长毛犬，那真是太伟大了。我可以喂它，跟它玩儿，带它出去遛弯。晚上，它可以睡在我床边……不过，当然，这些都是幻想。桌子下面还是弟弟，而且他还是不要吃饭。

奶奶来了，出了上千个主意，有关如何让菲基好好吃饭。她在菲基不注意的时候，往一杯牛奶糊里打了个鸡蛋，然后对菲基说，要是他喝完这杯奶，就能在杯底发现个奇怪的东西。菲基相信了，喝完了这杯奶糊。可是等到他发现手里只是个空杯子，没有什么"奇怪的东西"。气得他把杯子摔得粉碎，一点都不吃了。奶奶没办法，只好走了。

妈妈急得要命，带着菲基上康大夫的诊所去检查身体。康大夫告诉她：让菲基独自待着，他饿了自然会吃饭。我提醒妈妈：我早就这样说过。但我看妈妈根本不愿相信，她还是带着菲基去医院看病，找了几个大夫，没有一个人能在菲基身上查出什么毛病。有位大夫建议妈妈给菲基做些美味可口的饭菜。

当天晚上，妈妈便为菲基烤了羊排，而我们吃的不过是炖菜。她把两块羊排放在菲基的盘子里，一闻到羊排的香味，我的肚子里就咕噜噜直叫。要是这两块香味扑鼻的羊排是给我烤的多好啊！

菲基面对羊排，瞪视了几分钟，猛地把盘子推开："不！"他叫道："我不要吃！"

"菲基，你会饿死的，你一定得吃！"

"不要排排！要麦片！"菲基说："麦片！"

妈妈跑去给菲基煮麦片粥，一边回头对我说："彼得，你把这两块羊排吃了。"

我马上把烤羊排塞进嘴里。妈妈端来了麦片粥，可是菲基并不吃，他坐在我的脚下，两眼直盯着我在大嚼他的羊排。

"吃你的麦片！"爸爸吼着。

"不！不吃麦片！"菲基叫得比爸爸还响。

爸爸气坏了，脸涨得通红，喊道："菲基！你吃了它还是顶着它？！"

形势紧张了。不过羊排的滋味实在太好，我舍不得扔下，在骨头上沾了些番茄沙司，仔细地啃起来。

爸爸用餐巾擦了擦嘴，推开椅子，站了起来。他一手端着麦片粥，一手抓住菲基，走进浴室。我拿着一根骨头悄悄跟在他们后面。只见爸爸把菲基往澡盆里一放，接着一碗麦片粥全浇在他的头上，菲基发出一阵惊天动地的尖叫，他叫得实在吓人。

爸爸把我推回厨房，我们又一起坐下吃完我们的晚饭，只有菲基满头满脸都是麦片，坐在澡盆里大哭。妈妈想去看看他，但爸爸叫她站住，并说对于菲基老在吃饭时胡闹，他已经受够了。妈妈到底接受了爸爸的意见，这下弟弟可真是"善有善报，恶有恶报"了。

第二天，菲基乖乖地坐在他的小红椅上，乖乖地把妈妈放在他面前的饭吃光。

"不当小狗了！"他向全家宣布。

在一段很长的时间内，菲基最爱说的话是："吃了它，还是顶着它！"

（美国）朱迪·布卢姆

战胜不幸

除了两只手和一条腿外，罗吉·克劳馥具备所有可以打网球的条件。

罗吉的父母第一次看到儿子时，他们所看到的婴儿，右前臂直接突出一个像拇指的东西，左前臂则突出一只拇指和一根手指。他没有手掌，已萎缩的右脚只有三个脚趾，已干枯的左脚后来也被锯断了。

医生说罗吉得了一种新生儿无指症，这是很罕见的新生儿疾病，在美国出生的小孩，9万个当中只有一个会得这种病。医生说罗吉可能永远无法走路或照顾自己。

好在罗吉的父母不相信这位医生所说的话。罗吉的父母总是这样教导他："你残障的程度取决于你如何看待自己的残障。"他们从不允许罗吉为自己感到难过或因自己残障就去占别人便宜。

有一次，罗吉有了麻烦，因为他的作业一直迟交——罗吉必须用两只"手"抓住铅笔才能慢慢写字。他要求父亲写一张纸条给老师，请老师准许他晚两天再交作业。他父亲没这样做，反而督促他早两天开始写作业。

罗吉的父亲一直都鼓励罗吉运动。他教罗吉如何打排球和橄榄球。

罗吉12岁时，便在学校的橄榄球队占有一席之地。

每场比赛之前，罗吉会在脑海中想象他得分的美梦，然后有一天他真的逮到机会了！球掉到他手臂上，他用假肢尽其所能地向得分线奔去，他的教练和队友都疯狂地欢呼。但有一个敌队的球员在10码线上追上了罗吉，他紧紧抓住罗吉的左足踝，罗吉试着要抽出他的假肢，但没有成功，他的假肢被拔下来了！

罗吉还站着，不知道该怎么办，下意识地，他开始往得分线跳过去。裁判也跑过来，他的手在空中大力一挥，得分！拿着他的假肢的小球员脸上露出了惊愕的表情。

罗吉对运动的热爱与日俱增，自信心也渐增；但罗吉的决心也无法克服所有困难，在餐厅吃午饭就让罗吉觉得非常痛苦，因为其他的小孩看得到他吃饭的笨模样；打字课老是过不了，也带给罗吉同样的困扰。罗吉说："我从打字课学到了一个很好的教训，那就是你不可能每件事都会，最好的方式是，把注意力集中在你所能做的事上。"

罗吉能做的一件事便是旋转网球拍，美中不足的是，当他转拍子转得很快时，他无法紧紧地握好拍子，所以拍子常会掉下来。幸运的是，罗吉在一家运动用品店里意外地找到了一支看起来很古怪的球拍。当罗吉拿起这支球拍时，他出乎意料地刚好把手指伸入这支有两个把手的球拍，这"天作之合"使得罗吉可以转动球拍、发球和接球，就像一个四肢健全的选手。

他每天都练习，不久之后就开始参加比赛，当然也屡尝败绩。

但罗吉坚持下去了，他一再地练习，一再地参加比赛。左手两根手指的手术使罗吉更能握好他这支特殊的球拍，使他比赛的成绩大大进步了！虽然他没有前人可以指导他，罗吉对网球却越发着迷，不久他就开始赢球了！

后来罗吉继续向大专杯进军，终其网球生涯，他获胜22次，输了11次。他后来变

真正的帮助 | STORY

成第一个被美国职业网球协会认可为专业教练的残障网球选手。

罗吉说："你们和我之间的唯一差别就是你们看得见我的残障，而我看不见你们的。我们每个人都有障碍，当人家问我是如何克服身体的残障时，我告诉他们我什么也没克服，我只是学会了我原先做不到的事，像弹钢琴或用筷子吃饭，但更重要的是，我学会了能力所能达成的事，然后就全心全意地尽力为之。"

（美国）杰克·坎菲尔

派蒂，向前跑

派蒂·威尔森在年幼时就被诊断出患有癫痫。她的父亲吉姆·威尔森习惯每天晨跑。有一天戴着牙套的派蒂兴致勃勃地对父亲说："爸，我想每天跟你一起慢跑，但我担心中途会病情发作。"

她父亲回答说："万一你发作，我也知道如何处理。我们明天就开始跑吧。"

于是十几岁的派蒂就这样与跑步结下了不解之缘。和父亲一起晨跑是她一天之中最快乐的时光；跑步期间，派蒂的病一次也没发作。几个礼拜之后，她向父亲表示了自己的心愿："爸，我想打破女子长距离跑步的世界纪录。"

她父亲替她查吉尼斯世界纪录，发现女子长距离跑步的最高记录是80英里。当时读高一的派蒂为自己定立了一个长远的目标："今年我要从橘县跑到旧金山（400英里）；高二时，要到达俄勒冈州的波特兰（1500多英里）；高三时的目标在圣路易市（约2000英里）；高四则要向白宫前进（约3000英里）。"

虽然派蒂的身体状况与他人不同，但她仍然满怀热情与理想。对她而言，癫痫只是偶尔给她带来不便的小毛病。她不因此消极畏缩，相反的，她更珍惜自己已经拥有的。

高一时，派蒂穿着上面写着"我爱癫痫"的衬衫，一路跑到了旧金山。她父亲陪她跑完了全程，做护士的母亲则开着旅行拖车尾随其后，照料父女两人。

高二时，她身后的支持者换成了班上的同学。他们拿着巨幅的海报为她加油打气，海报上写着："派蒂，跑啊！"（这句话后来也成为她自传的书名）。但在这段前往波特兰的路上，她扭伤了脚踝。医生劝告她立刻中止跑步："你的脚踝必须上石膏，否则会造成永久的伤害。"

她答："医生，你不了解，跑步不是我一时的兴趣，而是我一辈子的至爱。我跑步不单是为了自己，同时也是要向所有人证明，身有残缺的人照样能跑马拉松。有什么方法能让我跑完这段路？"医生表示可用黏剂先将受损处接合，而不用上石膏；但他警告说，这样会起水泡，到时会疼痛难耐。派蒂二话没说便点头答应。

派蒂终于来到波特兰，俄勒冈州州长还陪她跑完最后一英里。一面写着红字的横幅早在终点等着她："超级长跑女将，派蒂·威尔森在17岁生日这天创造了辉煌的纪录。"

高中的最后一年，派蒂花了四个月的时间，由西岸长征到东岸，最后抵达华盛顿，并接受总统召见。她告诉总统："我想让其他人知道，癫痫患者与一般人无异，也能过正常的生活。"

坚硬的荒原

坚硬的荒原，一望无际，灰茫茫，朴实得连一条褶皱都没有；凄清，空旷，荒凉，寒冷；笼罩在铅也似的穹隆下。荒原上站着一位高大的老人：瘦骨嶙峋，古铜色的脸，没有胡须；高大的老人站在那里，宛似一株光秃秃的树木。他的双眼像那荒原和那天空一样冷峻；鼻似刀裁，斧头般坚硬；肌肉像那荒凉的土地一样粗犷；双唇不比宝剑的锋刃更厚。老人身旁站着三个僵硬、消瘦、穷苦的孩子：三个可怜的孩子瑟瑟发抖，老人无动于衷，目空一切，犹如那坚硬荒原的品格。老人手里有一把细小的种子。另一只手，伸着食指，戳着空气，宛似戳着青铜铸成的东西。此时此刻，他抓着一个孩子松弛的脖子，把手里的种子给他看，并用下冰雹似的声音对他说："刨坑，把它种上。"然后将他那战栗的身躯放下，那孩子扑通一声，像一袋装满卵石的不大不小的口袋落在坚硬的荒原上。

"爹，"孩子抽泣着，"到处都光秃秃、硬邦邦的，我怎么刨呢？"

"用牙啃。"又是下冰雹似的声音回答；他抬起一只脚，放在孩子软弱无力的脖子上；可怜的孩子，牙齿咔咔作响，啃着岩石的表面，宛似在石上磨刀；如此过了许久，许久；那孩子终于在岩石上开出一个骷髅头大小的坑穴；然后又啃呀，啃呀，带着微弱的呻吟；可怜的孩子在老人脚下啃着，老人冷若冰霜，纹丝不动，像那坚硬的荒原一样。

当坑穴达到需要的深度，老人抬起了脚。谁若是亲临其境，会越发心痛的，因为那孩子，依然是孩子，却已满头白发；老人用脚把他踢到一旁，接着提起第二个孩子，这孩子已颤抖着目睹了前面的全部经过。

"给种子攒土。"老人对他说。

"爹，"孩子怯生生地问道，"哪里有土啊？"

"风里有。把风里的土攒起来。"老人回答，并用拇指与食指将孩子可怜的下巴掰开；孩子迎着风，用舌头和咽喉将风中飘扬的尘土收拢起来，然后再将那微不足道的粉末吐出；又过了许久，许久，老人不焦不躁，更不心慈手软，冷若冰霜，纹丝不动地站在荒原上。

当坑穴填满了土，老人撒下种子，将第二个孩子丢在一旁。这孩子像被榨干了果汁的空壳，痛苦使他的头发变白，老人对此不屑一顾；然后又提起最后一个孩子，指着埋好的种子对他说："浇水。"

孩子难过得抖成一团，似乎在问他："爹，哪里有水呀？"

"哭。你眼睛里有。"老人回答，说着扭转他那两只无力的小手，孩子眼中顿时刷刷落泪，干渴的尘土吸吮着；就这样哭了许久，许久；为了挤出那些疲惫不堪的泪水，老人冷若冰霜，纹丝不动地站在坚硬的荒原上。

泪水汇成一条哀怨的细流抚摸着土坑的四周；种子从地表探出了头，然后抽出嫩芽，长出了几个叶片；在孩子哭泣的同时，小树增加着枝叶，又经过了许久，许久，直到那棵树主干挺拔，树冠繁茂，枝叶和花朵洋溢着芳香，比那冷若冰霜、纹丝不动的老人更高大，孤零零地屹立在坚硬的荒原上。

风吹得树叶飒飒作响，天上的鸟儿都来枝头上筑巢，它的花儿已经结出果实，老人放开了孩子，他已停止哭泣，满头白发；三个孩子向树上的果实伸出贪婪的手臂；但是那又瘦又高的老人抓住他们的脖子，像抓住幼崽儿一样，取出一粒种子，把他们带到附近的另一块岩石旁，抬起一只脚，将第一个孩子的牙齿按到地上，那孩子在老人的脚下，牙齿咔咔作响，重新啃着岩石的表面，老人冷若冰霜，纹丝不动，默不做声，站立在坚硬的荒原上。

那荒原是我们的生命；那冷酷无情的硬汉是我们的意志；那三个瑟瑟发抖的孩子是我们的内脏、我们的机能、我们的力量，我们的意志从它们的弱小无依中吸取了无穷的力量，去征服世界和冲破神秘的黑暗。

一杯尘土，被转瞬即逝的风吹起，当风停息时，又重新散落在地上；一杯尘土：软弱、短暂、幼小的生灵蕴藏着特殊的力量，无拘无束的力量，这力量胜过大海的怒涛、山岳的引力和星球的运转；一杯尘土可以居高临下，俯视万物神秘的要素并对它说："如果你作为自由的力量而存在并自觉地行动，你便像我一样，便是一种意志：我与你同族，我是你的同类；然而如果你是盲目的、听天由命的力量，如果世界只是一支在无限的空间往返的奴隶的巡逻队，如果它屈从于一种连自身也毫无意识的黑暗，那我就比你强得多，请把我给你起的名字还给我，因为在天地万物之中，唯我为大。"

（乌拉圭）何塞·恩里克·罗多

双赢

高二时我是学校篮球队的女篮队员。虽然我才是个高二学生，但是球打得相当不错，身高也足以成为大学篮球队的首发队员了。我有一个好朋友帕姆，也是个高二学生，也被选入大学篮球队的首发队员。

我比较擅长中远距离投篮，常在10英尺外投篮，一场球打下来我能投四五个这样的球，而这也得到了大家的赞赏。但不久后，帕姆变得显然不喜欢我在球场上成为观众注意的中心，于是决心有意让我得不到球。无论我有多好的投篮机会，帕姆都不再将球传给我了。

一天晚上，在一场激烈的比赛之后，由于帕姆在比赛中一直不给我球，我像以往一样都快气疯了。我和爸爸谈了很久很久，什么都对爸爸说了，表示了我对帕姆化友为敌的愤怒。长谈之后，爸爸告诉我说，他认为最好的办法就是我一得到球就传给帕姆。一得球就传给帕姆，我认为这是爸爸给我的最愚蠢的一个建议。可爸爸只说这样做一定有用，说完他就走了，把我一个人留在厨房的餐桌边自己去想。我才没费那个工夫，我知道这样做根本没用，将老爸的傻建议丢在了一边。

很快就要打下一场比赛了，我决心让帕姆在比赛中出出丑。我做了周密的策划，并开始着手实施让帕姆丢脸的行动。当我第一次拿到球时，我听到爸爸在观众席上大声叫喊，他的嗓音低沉，尽管我在打球时非常专心，不知道身边发生的事，但是我总是能听到老爸低沉的嗓音。我一拿到球，老爸就大叫："把球传给帕姆！"我犹豫了一下，还是做出了我知道是正确的举动。虽然我也可以投球，可我看见了帕姆，将球传给了她。帕姆愣了一下，然后转身投篮，手起球落，2分。我在回防时突然产生了一种从未有过的感觉：为另一个人的成功而由衷地感到高兴。更重要的是，我知道我们的比分领先了。赢球的感觉真好！上半场我继续同帕姆合作，一有机会就将球传给她。下半场我依然积极与帕姆配合，除非适于别人投篮或由我直接投篮更好。

这场比赛我们赢了。在以后的比赛中，帕姆开始向我传球，而且也像我一样一有机会就传给我。我们的配合变得越来越默契，两人之间的友谊也越来越深。在那一年的比赛中，我们赢了大多数比赛，而我们两人也成了家乡小镇中的传奇人物。当地报纸甚至专门写了一篇有关我们两人默契配合的报道。总的来说，我在比赛中的得分也比以前多了。

STORY

心中的枷锁

心中的枷锁

　　星期日的那一天，大卫的儿子与同学去玩，大卫一个人来到儿子的房间，发现儿子的书桌上很乱，就走过去想整理一下。此时，大卫突然灵机一动，就打开儿子抽屉，发现了一个蓝色的日记本。

　　儿子的日记本第一页上写道："自打我上初中以后，我的心里十分的空虚与孤独，父母除了关心我在学校的表现外，就是把我关在屋里学习，每天当我伏在桌前，永不停地写那永远做不完的该死的作业时，我特别的痛苦，我多么想能像其他同学那样能有时间到外面去打打篮球，去轻松地活动一下啊……"

　　读完儿子的日记，大卫内心感到了一种强烈的震撼。他原以为自己的心灵与儿子贴得很近，可万万没有料到儿子并没有把大卫当做朋友。

　　傍晚，儿子回到家里，又关上房门独处。用晚餐的时候，儿子突然问："爸，你俩谁动我的东西了？"

　　大卫假装糊涂地说："没有啊。"

　　见大卫的态度如此坚定，儿子什么也没说，就满脸不悦地走开了。

　　过了两天以后，乘着儿子不在家，大卫又偷偷溜进他的房间，企图从日记里洞察他内心的秘密，令大卫惊讶的是，抽屉上不知何时安了一把锁头。顿时，大卫的大脑一片空白，他突然意识到自己犯了一个低级错误。

　　晚上，儿子回到家后，大卫鼓足勇气对儿子说："儿子，爸爸犯了一个错误，你能原谅我吗？"

　　儿子沉思片刻说："不就是偷看日记的事吗，我不想再谈这件事。"

　　"如果你原谅爸爸，就请你打开锁，别把爸爸当贼似的。"

　　儿子气呼呼地对大卫说："这是钥匙，交给你，这回你满意了吧？"

　　若干天以后，当大卫无意中再一次来到儿子的房间时，一心想走进儿子内心世界的大卫，又鬼使神差般地想看儿子的日记。大卫惊讶地发现，儿子的抽屉虽然没有上锁，可那日记本不知何时已无影无踪了。

　　有一天儿子突然对大卫说："老爸，你是不是很失落？"

　　"这话怎讲？"

　　"因为我把日记扔了，并发誓不会再写日记了。"

大卫惊愕地醒悟到：儿子心里有了一把锁。

跟爸爸跳舞

在我父母亲的"金婚"庆祝会上，我同父亲跳起了舞。父亲的手托着我的腰，像往日一样，一边引导着我，一边有节奏地、朝气蓬勃地哼着那首曲子。我们向参加庆祝会的客人笑着，点着头，跳了一轮又一轮。笼罩在他心头的"阴影"现在消释了。我不禁想起了往日的时光。

我记得，在我快三岁的时候，父亲有一天下班回来，一下子将我抱在怀里，然后就绕着桌子跳了起来。母亲笑着对我们说："晚饭要凉了。"但爸爸说："她刚跟上舞曲！晚饭可以等一等。"

然后他喊道："使劲地奏吧，让我们痛快，痛快！"我也喊道："我们叫这些蓝东西都转起来吧！"

年复一年，我都是同父亲一起跳舞。我们还在女子巡回篝火舞会比赛上获了奖。我们还学会了吉特巴舞。父亲一旦踏上舞步，就同舞厅里的每个人跳。我们都乐得哈哈大笑并为我那爱跳舞的父亲鼓掌。

15岁那年，有天晚上，我心情忧郁，情绪低落。这时父亲在机子上放了一叠唱片，逗我同他跳舞。"来，"他说，"让我们叫这些蓝东西都转起来吧。"

我转过脸去，没有理他。当他将手放在我肩上时，我一下子从椅子里跳了起来，厉声叫道：

"别碰我！我讨厌跟你跳舞！"

这时我看见父亲脸上露出了痛苦的表情，但话已出口，无法收回。我跑进我的房间，号啕大哭了起来。

自那以后，我们再没有一块儿跳过舞。每次跳完舞，我都看见父亲穿着他那件法兰绒睡衣，坐在他最喜爱的那张椅子里等我回来。有时候我进门时发现他在椅子里都睡着了，于是我便叫醒他，说："您这么累，应该上床睡呀。"

"不，不累，"他总是说，"我只是在等你回来。"

时光荏苒。我的第一个孩子出世不久，有一天母亲打电话告诉我父亲病了。"心脏病，"她说，"别回来，到这儿有300英里，你来会使你父亲心烦的。"

适宜的饮食使父亲康复了。母亲来信说他们参加了一个跳舞俱乐部，"医生说跳舞是种有益的运动。你一定还记得你父亲是多么喜爱跳舞吧。"

父母退休后，我们和好了，见面时我们又是拥抱又是亲吻。他同他的孙女跳起了舞，但没有请我跳。我知道他在等我向他道歉。但我却找不到合适的话来表示。

父母亲结婚50周年的日子来到了，我们兄妹几个聚在一起计划开个庆祝会。哥哥说："你还记得你不愿意同父亲跳舞的那天晚上吗？好家伙！他气坏了，我想不到他会那样气愤。我想从那以后你再没有跟他跳过舞吧。"

我不置可否。

弟弟答应找乐队。

"一定要找个会奏华尔兹和波尔卡的乐队。"我说。

我没有告诉他我的心愿就是再同父亲跳次舞。

晚宴过后，当乐队开始奏乐时，父母亲站了起来，他们绕场一周，邀请客人们一起跳舞。客人们都站了起来，热烈鼓掌，祝贺这"金色"的一对。父亲同他的孙女们跳了起来。这时乐队奏起了《啤酒桶波尔卡》。

"使劲奏啊！"我听见父亲在喊。我知道时候到了。我绕过几对客人，来到父亲跟前，拍了一下我女儿的肩膀。

"对不起，但我想这是我的舞。"我一边说着一边盯着父亲的眼睛，差点哽咽住了。

这时父亲好像被什么钉住了似的，木然地站在原处。

我们的眼光碰在一起了，然后回到了那个难忘的晚上。我用颤抖的声音说道："让我们叫那些蓝色的东西转起来吧。"

父亲接着鞠了个躬，说："哦，好。我一直在等你。"

然后他开怀大笑，我们随着音乐滑进了各自的怀抱。

不是陌生人

直到几年前，我们之间的关系仍然非常紧张。我们各自坐在殡仪馆的一头，精神高度紧张，偶尔也会稍微交谈交谈，但是都不知道该如何找出更多的话题。第二天，在我爷爷也是他父亲的葬礼仪式上，我们之间的关系也并没有什么太大的进展。之后，在教堂晚宴上，我不知道我称做父亲的这个男人和我们坐在一起，是出于血缘关系和关心，还是出于责任。我认为无论是出于什么原因，对我来说都没有关系，他会返回宾夕法尼亚州他妻子和儿子的身边。我和他将再次分道扬镳，直到家里另一个人去世或结婚时，我们才可能再走到一起。

我父母的离异导致了这种痛苦形式的开始，那时我还是一个孩子。我很快就下定决心，不再奢望和父亲之间有任何亲密关系，即使这是我内心的本能愿望。因为这样对所有相关的人都有好处，可以使事情不再那么复杂——至少我这样认为。我步入成年之后，我们之间的距离就变成了一种生活方式。我从没有想过我会从我父亲那里得到什么，更没有指望他会给我什么。

就像我所预料的那样，在我祖父的葬礼上，我们礼节性地说了几句话，并友好地拥抱了一下（这次拥抱仍然不是我内心期望的那种真情拥抱），然后就分手了。我们简短的会面只会让我想起，在我的生命中，由于他的离去而给我带来的空虚。我曾经有意通过为即将到来的假期作准备来填补心中的这份空虚，希望这能够分散我内心深处的那个心痛的小女孩的注意力。

我和父亲在殡仪馆里见面的情景很快从我的脑海中消失了。但几周之后，当我收到父亲发给我的电子邮件时，我感到非常吃惊。在给家人和朋友寄圣诞卡之前，我已经把最新获得的电子邮件地址添加到我每年的节日通信录中了。但是我根本不知道他有计算机，也从来没有指望过会收到他发给我的邮件。

对着这封简短而友好的信件，我盯着看了好几个小时，努力为接下来的行动作出决定。我的反应可能会使一个梦想成真，也可能会造成痛苦的失望。我也不知道我是否为这两种结果中的任何一种作好了准备。最后我决定至少应该表示一下礼貌，这也就意味着我要回复他的电子邮件。于是，我深深地吸了一口气，用颤抖着的手指打出了一封简短而又高兴的回信，然后快速地按下了"发送"键，以免自己改变主意。

从我父亲发给我那封简短邮件和我有礼貌地回复邮件开始，我们之间的交流很快就变成了每天互发邮件。慢慢地，我们开始一天写好几封信。最后，如果我们没有给对方发完最后一封邮件，谁都不会上床睡觉。我们谈论的事情很多，如：晚上吃了什么，明天计划做什么，孙子们在做什么等等。

我们从不认为我们所谈论的话题是多么无聊或多么庸俗。在我们的生活中，我们第一次开始了解对方。我们就像是吸水的海绵一样沉浸在彼此的交流之中。

当我们之间的兴趣、亲密感和满意程度不断上升的时候，我们开始更深入地探讨那些令我们分开这么多年的问题。有时候，我们的交谈非常困难，就像是在蛋壳上走路一样，小心翼翼、战战兢兢。我们也谈到了愤怒和道歉，以及长期隐藏在内心的希望和担心。这样一来，不但我们个人内心的伤疤开始愈合，同时我们之间的关系也得到了改善。我们获得的最明确的信息就是：我们都希望可以继续加强彼此之间的联系。当我们碰到难以接受或难以表达的话时，正是这个想法使我们坚持了下来。

我鼓励父亲和我的弟弟和姐妹们取得联系。反过来，我也鼓励他们对父亲的行动有所反应。

30多年来，我第一次感受到，只要我们每个人都付出努力，我们就有机会可以像一家人一样团聚在一起。

在接下来的几个月里，我和父亲之间形成了一种亲密的关系，感觉就像我们被黏合剂紧紧地黏在了一起。这种感觉是我们以前从来没有过的。父亲和他的妻子佩格以及我同父异母的弟弟大卫计划在秋天到印第安纳州来看我们，我们准备举办一次大型的家庭聚会。命运又和我开了一次玩笑。在他们到来期间，我却和我还未出世的儿子格兰特由于假临产而住进了医院。15个小时之后，我才被送回家继续等待儿子的出生。我多想加入这次聚会啊。当我终于回到家后，我发现这次相聚和以前的任何一次都完全不同，大家都感到非常舒服和开心。我们不再是陌生人，我们已经成为了朋友。分离对我们来说开始变得困难了。我们急切地盼望着下一次团聚的机会。

我们继续给对方发电子邮件，彼此通电话也变得非常正常。我逐渐了解并喜欢上了我的继母和我同父异母的弟弟。当格兰特出生的时候，为了表示对父亲的尊敬，我们非常高兴地给他起了一个中间名，叫威廉。我听说，当我妹妹打电话告诉我父亲的时候，他高兴地大声叫了出来。

去年夏天，我父亲再一次回到家里，这一次是来向他的母亲，也就是我的祖母告别的。我们又一次在殡仪馆里相聚，但是这次，我和我的兄弟姐妹们站了我父亲的身旁。他带着我们从一个远亲走到另一个远亲那里。他很喜欢目前的这个事实——他是殡仪馆里儿女、孙子女、曾孙最多的人。

当我们和祖母最后告别的时间到来时，我看到每一个堂兄弟姐妹都和他们的父母一起走到祖母的棺木旁，一家人站在一起。但是这次的座位安排出了一些问题，结果我们站到了离父亲有好几排远的地方。我对此感到非常伤心和失望，因为当轮到我们的时候，我们将不能和父亲站在一起。我们在队伍里慢慢地向前移动，在我父亲坐着的位置前停了下来。令我自己都感到惊讶的是，我伸出手抓住了父亲的手。

"你愿意和我们一起上去吗？我强忍着眼泪问他。

他看起来似乎不知所措，说起话来也结结巴巴的。最后，他问："你需要我吗？"

顿时，这个问题让我感到很吃惊。在这么多年里，通过我们共同经历的一切，我从来没有想过，他竟然不知道他的孩子是否需要他。我一直以为他知道。

"是的。"我非常肯定地回答说，"是的，我需要。"

我父亲从座位上站起来，把他的胳膊搭在我的肩膀上，再没有拿开。当我们站在棺木旁轻声地对祖母说再见的时候，我把脸埋在他的怀里痛哭了起来。在他的怀抱里，我为失去祖母而哭泣，同时也为我自己而流泪，因为我这时才知道有父亲的小女孩是什么样的感觉。

这就是我一直都渴望的感觉。我们不再是陌生人，也不仅仅是朋友。

美元中的爱

一位父亲下班回到家很晚了，很累并有点烦，发现他5岁的儿子靠在门旁等他。

"我可以问你一个问题吗？"

儿子问。

"什么问题？"

"爸，你1小时可以赚多少钱？"

"这与你无关，你为什么问这个问题？"父亲生气地说。

"我只是想知道，请告诉我，你1小时赚多少钱？"儿子哀求。

"假如你一定要知道的话，我1小时赚20美元。"

"哦，"小孩低下了头，接着又说，"爸，可以借我10美元吗？"

父亲发怒了："如果你问这个问题只是要借钱去买毫无意义的玩具的话，给我回到你的房间并上床。好好想想为什么你会那么自私。我每天长时间辛苦劳作着，没时间和你玩小孩子的游戏。"

儿子安静地回到自己房间并关上门。

父亲坐下来还生气。大约1小时后，他平静下来了，开始想他可能对孩子太凶了——或许孩子真的很想买什么东西，再说他平时很少要过钱。

父亲走进儿子的房间："你睡了吗？"

"爸，还没。我还醒着。"儿子回答。

"我刚才可能对你太凶了，"父亲说，"我将今天的气都爆发出来了——这是你要的10美元。"

"爸，谢谢你。"儿子欢叫着从枕头下拿出一些被弄皱的钞票，慢慢地数着。

"为什么你已经有钱了还要？"父亲生气地说。

"因为这之前还不够，但我现在足够了。"儿子回答，"爸，我现在有20美元了，我可以向你买一个小时的时间吗？明天请早一点回家——我想和你一起吃晚餐。"

父亲的小故事 | STORY

爸爸错了

"你还是一个天真的小孩子！"

孩子！你听我说！当我进来时，你已经睡着了。你把一只小小的手掌压在腮旁，你前额的汗把你的金发贴住。还只几分钟之前，我的心中曾引起一阵思潮，使我不由自主地跑来看你。

孩子！我深深悔悟，以前我是待你太凶狠了！你早晨洗脸草率，挨我一顿恶骂；你皮鞋忘了擦净，受我一阵痛斥；你随地乱丢东西，我就暴跳如雷。进早点时，我怪你打翻杯子，怪你吃得太急，怪你不该把手肘搁上桌沿，怪你在面包上涂了过多的牛油。当我出门，你送我出来，并向我道别时我粗声恶气地说"进去！"

下午我回来了。一切情形仍是如此。我在路上碰见你正在与小朋友们伏在地上玩石子，我就当面把你申斥一顿，扯你回家。我教训你说："你看你把袜子都弄破了，你知道他们是你爸爸用血汗换来的吗？"试想：说这话的是你的亲爸爸呀！

以后我走到书房去读报，你就跟了进来，你那种懦弱可怜的样儿！我一看见你，就又怒声喝道："进来干什么？"可是你没有回答我，却突然奔到我的跟前，两手绕住我的脖子，狂一般地吻我。我猛然感到一种不可磨灭的爱！我看见你后来放开手臂走了，但是我自己呢？一种茫然无措的心境占据了我，手中的报纸已经不知什么时候滑落。

我想起来了！以往我做了些什么？我一直把你看做像我一样的大人。我要求你应该和我一样懂事，但却忽略了你的年龄，——你还是一个小孩子哩！我整天用斥责、厌烦、吹毛求疵来对付一个像你这样的小孩子！

我想起来了！你是多么天真而又光明哟！这一切在你吻我并道晚安时完全表现出来了。孩子，我不想再说什么。现在窗外夜色茫茫，我已悄悄地在你床前跪下忏悔，我知道这一番话即使在你醒着时告诉你，你也不会懂得。可是现在我已下了决心：从明天起绝不再向你恶气粗声地斥骂了。

我要做你的好爸爸，好朋友；我要跟着你笑，跟着你愁；我要永远记住一句话："你还是一个天真的小孩子！"

我后悔不该用成人的眼光，对你过于苛求。瞧，你睡得多么天真！我完全知道了，你还不过是一个小小的孩子呀！你昨天还把头倚在你母亲的怀里睡呢！我太糊涂了！

（美国）莱洛德

你是我的阳光

我的丈夫加里和我乘坐飞机从纽约到夏威夷，带着我们出生仅三个月的儿子蒂姆，去看我的父母，他们是第一次见他们的外孙。此刻，我的心情是喜忧参半。五年来，我几乎没有和父亲说过话，充满爱心但又异常严厉是每个华裔父亲对待孩子的典型方式。同样，他对我也有着特别的期望。尽管我和父亲在各方面非常相像，但我总是和他格格不入。

当我还是个十几岁的孩子时，我父亲便将我母亲作为我将来女性行为的模式。我母亲是个社交能力很强、喜欢合群的女人。而我宁愿选择书籍也不愿意参加聚会。父亲希望并几乎是强迫我和他朋友的孩子交往，而我却坚持自己选择伙伴。他以为我会像我的母亲那样，在当地的大学里学习教育学，然后嫁到夏威夷当地拥有久远历史的华裔大家族里，并永远在这里生活下去，像他和我的母亲那样。

但我并没有这样做，像父亲一样顽固的我，果敢地逃离了这一切，来到加利福尼亚的一所大学。在那里我爱上了一个白种人，我们当地人称做"haole"，这是我们对来自内陆地区白种人的一种称呼。加里有一双白种人特有的蓝色的眼睛和白种人特有的浅褐色的头发。不久，我宣布了我们结婚的消息——不是在夏威夷，而是在加利福尼亚的伯克利。没有场面宏大、热闹非凡的大家族式的婚礼。我的父母仅仅是在我们小型、朴素简单婚礼举行的前两天才见到了加里。后来，我和丈夫搬到了纽约，尽可能远地离开了那座小岛。

随后，父亲长时间的沉默表示出对这桩婚事的不满。他不到纽约来看望我们，我也不去探望他；当母亲打电话给我时，他从不要求和我讲话，我也不主动和他说话。我们就一直这样僵持着。于是，这样的相互坚持也越发加深了我和父亲之间的隔阂，造成了长久的疏远。但当小蒂姆出生后，想回那个小岛的心愿像潮水一样拍打着我的心。这个小小的生命这样强烈地勾动了我的亲情，是我先前未曾料到的。

在飞往夏威夷漫长的旅途中，儿时的回忆又涌上心头。那时，我就像父亲的"小尾巴"。我三岁时，每当父亲在农场的香蕉林里散步，我就跟着他。那个农场在他教书的小镇上。当我疲倦的时候，他就把我扛在他的肩膀上，这样我可以看得更远一点，他边走边唱："你是我的阳光，我唯一的阳光，当天空灰暗时，你却可以让我快乐。"我笑着、闹着，享受着这份来自父亲的挚爱。

现在，这个使父亲不快乐的女儿回来了，带着他的小外孙——一个有着红褐色眼睛、金色皮肤、带有白种人血统、和他外祖父一点也不像的小家伙来看他。父亲会有什么样的反应呢？如果他不赞成小蒂姆，像他当初不赞成我和加里那样，那么我和父亲之间的这道裂缝也就永远难以愈合，我也许永远不会再回到这个小岛上了。

飞机降落了，我充满感激地将因为长途飞行哭闹不停的小蒂姆放入母亲热切的怀抱中。很显然，这位外祖母已经立刻并且毫无条件地接受了这个小外孙。

父亲脸上的表情很难让人明白，他有一点被动，但是却礼貌地问候我们："旅途还愉快吗？"然后，他紧张地盯着蒂姆，不知是因为父亲那张陌生的面孔还是别的什么，蒂姆立刻尖叫着哭了起来。父亲惊慌地向后退了几步。是否他也在为这个带有他的血脉的尖叫哭闹的陌生者而担心和忧虑呢？

在家里吃完晚饭后，加里和我在我以前的房间里休息。在一间正对着客厅的房间里，放着一张借来的婴儿床，母亲将小蒂姆放在婴儿床上，哄他睡觉。

大约四个小时后，母亲的本能将我从睡梦中叫醒。通常这个时候，该蒂姆吃奶了。但我却没有听到任何婴儿饥饿、烦躁的哭啼声，相反，我却听到一阵阵轻声的婴儿咯咯的笑声。我踮着脚轻轻地走到客厅，看到了一幕这样的景象。

在客厅里，蒂姆躺在地板上的一个枕头上，四周的光线萦绕在他的上方。他胖乎乎的小拳头和小脚丫高兴地来回晃动着。他睁大圆圆的眼睛仔细地瞧着趴在他旁边的这个人，这个有着一张由于夏威夷强烈阳光的照晒而皮肤黝黑的亚洲人的面庞，这个眼窝都布满了因笑容而产生皱纹的慈祥老人。我的父亲正在用奶瓶给蒂姆喂奶。他一边慢慢地抚摸蒂姆的小肚子，一边轻声哼唱："你是我的阳光……"

我从黑暗中注视着他们，并不打算破坏这祥和安宁的气氛。然后，我缓慢地走回我的房间。

我开始渐渐感觉到父亲和我都有修补我们之间裂缝的想法。由于尴尬和骄傲，他不知道如何做，同样我也不知道。蒂姆便成为我和父亲相互沟通的桥梁。

在夏威夷剩下的日子里，父亲和我之间的紧张状态慢慢开始缓解，我们之间的"冰层"开始逐渐融化。

感谢小蒂姆，正是由于他的出现，我们不再直接去争论那些矛盾，我们也不需要那样做。由于对这个有着白种人血统的外孙的承认，父亲对家庭成员的外貌特征终于认可了，不再固执地坚持以前的看法。这个有着鬈发、红褐色眼睛的小家伙征服了他的心。

在接下来的那个夏季，我们一家三口又回到了那个小岛上。蒂姆已经是个蹒跚学步的小男孩，和他的外祖父站在海浪四溅的沙滩上泼水。并且，他们用碎木条修建一座漂亮的小木屋，并把它刷成了蓝色。

父亲为能成为外祖父这个角色，感到非常高兴，以至于当蒂姆才4岁时，他就提前退休了。

这样，他就有更多的时间呆在他"纽约的家里"。每当我的父亲和我的儿子一同在走路，都会让人感觉到他们是一对令人羡慕的爷孙俩。前面是一个满脸幸福笑容的华裔外祖父，后面跟着一个长相与外祖父迥异、蹦蹦跳跳、胖乎乎的"小尾巴"。

（美国）琳达·秦·斯莱吉

STORY

爱的教导

爱的教导

我蹑手蹑脚地溜到厨房外，把耳朵贴在门上，听到里面传来一个低沉的声音，然后就是笑声。

我妈妈有一个异性访客！会是谁呢？曾经到过我们家的其他男性客人只有祖父、外祖父、舅舅和表兄弟。好奇促使我鼓足了勇气，我顺着墙角偷望过去，却不由肃然起敬。在厨房的桌子旁坐着一个干净利落的男子，身上穿着军装，胸前缀满了奖章。

他的额头平滑，微曲的黑发整齐地梳向脑后，一双棕色的眼睛闪闪发亮。而真正让我心动的则是他令人目眩的微笑和一口漂亮洁白的牙齿。他是我见过的最英俊的男人。在见到他的那一刻，我便咧开嘴笑了出来。

我妈妈是一个带着三个孩子的年轻寡妇。我姐姐十岁，弟弟四岁。我当时六岁，而且一直盼望着能有一个爸爸。我们的父亲在一次交通事故中去世了。在那之后过了好一段时间，我终于意识到他再也不会从天堂回来了。但在我孩提时代的信仰中，我总是认为，既然上帝把父亲带走了，他一定会再带给我另外一个父亲。

所以，我不断地祈祷希望得到一个新爸爸，而且毫不怀疑地坚信上帝会听到我的祈祷并让我如愿以偿。凝视着厨房里这个有着明朗目光和灿烂笑容的帅气士兵，我知道他就是那个我想要的爸爸。

"感谢上帝！哈里路亚！"我模仿着赖利嬷嬷的口气小声说。然后，我直冲进了厨房。"嘿！我是帕蒂。你叫什么？"

"乔治。"他回答说，露出了满口雪白的牙齿。

"你是个英雄吗？"

"不是。"还是一样的笑容。

"那你怎么会有这么多的奖章？"

"我刚刚打完一场仗回来，他们认为我表现不错，所以给了我这些东西。"

我看了看正在煮咖啡的妈妈，问道："你不认为我妈妈很漂亮吗？"

"帕蒂！"妈妈呵斥起来，但当她望向乔治时，脸却红了。"出去看看本尼在干吗。"

乔治俯下身小声对我说："没错，我同意。一会儿见，帕蒂。我想我们会成为好朋友的。"

乔治开始越来越频繁地来看妈妈。我并不认为他们的约会很多，而且每当他来家里时，妈妈都要和我一起分享他。我总是焦急地等待着这个新朋友的到来，然后冲到他面前缠着他问这说那。他见到我似乎总是那么高兴，从来没有被我没完没了的问题搞得不耐烦。他和我们三个小家伙做游戏，而到了我们该去睡觉的时候，除非乔治给我读一个故事，否则我绝不上床。大多数时候，在我假装睡着以后他已经靠在椅子上打起了瞌睡。

尽管有我这个捣蛋鬼，妈妈和乔治还是决定结婚了。

可当他们没有带上我去度蜜月时，我觉得很伤心。我不能够理解乔治怎么可以把一个像我这么好的朋友抛在身后。但是当他们回家的那天，我还是兴奋异常，因为我知道从此以后我最喜欢的朋友就要和我们住在一起了。

婚礼过后，我们搬到了一个农场去住。我喜爱动物，对于我来说梦想终于变成了现实。而对于乔治这个从二战战场上回来的、从来没有结过婚的男人来讲，忽然间就有了一个有孩子的家庭，他是需要时间来调整和适应的。有一天晚上的情形糟透了。本尼在厨房地上打着滚发脾气，安妮则在大声抱怨，她觉得照顾这个被娇惯的小鬼显然不是她的责任。而为了想显示自己可以给妈妈帮忙，我洒掉了满满的一罐牛奶。我们的小狗弗莱迪飞快地赶来喝奶，结果却在地板上打滑撞在了我的身上，打碎了那个妈妈家里世代相传的牛奶罐。乔治呆呆地站在那里，半晌才咕哝了一句："跟一个有了三个孩子的女人结婚，我当时一定是疯了。"

妈妈哭着冲进了卧室，乔治则走出了后门。

我立刻跑到门外去找乔治，"对不起，我下次一定会小心的，请别离开我们。"

他抱起我，轻轻地擦去我脸上的泪水，然后说，"我们是最好的朋友，对不对？"我点点头。"朋友是永远都不会抛弃他们所爱的人的。别担心，我永远都会在这儿的。"随后他便走进屋去安慰妈妈。

没过多久，我们三个孩子就开始叫乔治"老爸"。对于这个称呼他欣然认同了。

"你们几个有个好爸爸，我绝不会取代他的地位。我会找到我自己的位置的。"

他做到了。

老爸坚持经常带我们去看望我父亲的父母。"我相信看到你们，他们会感到安慰的。"他这样告诉我们。而能够给爷爷奶奶带去安慰，也让我有一种被需要的良好感觉。他们也因此像我们一样爱乔治。

老爸从不打发我们自己去教堂——他带着我们一起去。我坚持要坐在老爸旁边和他共用一个唱诗本。我喜欢唱歌，尽管总是跑调，却仍要扯开嗓子唱得声嘶力竭。老爸说他并不在乎，可是往往会跟着我找不着调。有时候如果牧师宣讲教义的时间太长，我就会靠在老爸的胳臂上打瞌睡。妈妈为此批评老爸：孩子睡着了并不意味着老爸也可以睡着。对此，乔治的回答是，他只不过为了给他的朋友做个伴。

老爸还教我们工作的意义。他鼓励我们不管干什么都要干好。住在农场意味着总是有许许多多的事情可做，但老爸从不强迫我们干活——他总是和我们一起干，并且让工作变得既有趣又有意义。

一次，我爬上了鸡舍的屋顶，为自己如此大胆又看得如此之远而兴奋不已。我在上面跑来跑去，闹得小鸡叫成一片。当我跳下来时，本尼正等在那里。

"我要告诉老爸！这下你的麻烦可大了！"

"你这个小鬼！"我叫道。

老爸从镇上回来时，本尼得意扬扬地告发了我。

"揭别人的短可不是好事，"老爸出人意料地批评本尼说，"朋友之间是不相互揭短的。"

"她不是我的朋友！她是我姐姐！"本尼叫起来。

"哼，你也不是我的朋友！"我反唇相讥。

"如果你们不能和自己的兄弟姐妹做朋友的话，又怎么能期望和其他人做朋友呢？我希望你们俩能够把彼此当成最好的朋友来对待。"他让我们击掌为誓。

遵守这个诺言并不是件容易的事。但直到今天，我仍将自己的姐姐和弟弟看做最要好的两个朋友。

一天，在跟妈妈和老爸一起去镇里的路上，我吵着要一双时髦的靴子。我知道他们刚卖了些家畜，身上有钱。

"对不起，帕蒂，这些钱并不是我可以随意支配的。你妈妈和我欠了一些债要还。当你欠别人钱的时候，你口袋里的钱就不是你自己的了，而是属于你欠钱的那个人的。"

时至今日，我依然记得在胡乱花钱之前先还清自己所有的债务。

老爸总是对我们说，朋友不会把彼此的秘密告诉别人，也不会和其他人去议论对方的不是。我们知道，我们可以对老爸说任何事情，而他一定会给我们保守秘密。我们常常这样做，他也从没让我们失望过。与老爸交谈很容易，我们之间的谈话总是非常有教益，因为他是一个耐心且细心的听众。同样，我也会尽力去做一个好听众。

在我举行婚礼的那天，老爸显得有些不安，因为他担心我的未婚夫和我还不是足够好的朋友。"爱是重要的，但是在婚姻里还需要友谊。"他这样告诉我。他说对了。那次婚姻并没有维持多久。当我第二次结婚的时候，我已经很有把握地相信，我和我丈夫不但彼此相爱，而且也是最好的朋友。

这么多年来，在生活的起起落落中，老爸一直默默地支持着我。每当我试图向他表示感谢时，他总是带着他那动人的微笑说："这就是朋友存在的意义。"

现在老爸已经80多岁了，我仍会在遇到问题时去找他，十年前母亲去世之后也是如此。他依然像过去一样，是一个好听众也是一个好老师。我已经把他关于友谊的教导传给了我的孩子们。最近，他在我们家乡的退伍军人荣誉馆被授予了勋章，直到那天我才终于发现，他真的是一个战斗英雄。他曾参与了包括诺曼底登陆在内的许多重要战役，足迹遍布整个欧洲。

在授勋典礼上，一位老先生问我乔治是不是我父亲。

"是的，先生，"我回答说，"他是我爸爸，也是我最好的朋友。"

通往广场的路不止一条

父亲带着我，离开罗马的家，来到市郊一个小镇，爬上一座教堂高高的塔顶上。我心里暗自嘀咕："领我上这儿来干什么呢？"

"往下瞧瞧吧，伊尔莎！"父亲说道。

我鼓足最大的勇气朝脚底下看，只见星罗棋布的村庄环抱着罗马，如蛛网般交叉扭曲的街道，一条条通往罗马广场。

"好好瞧瞧吧，亲爱的孩子，"

父亲温柔地接着说，"通往广场的路不止一条。生活也是这样。假如你发现走这条路达不到目的地，你就走另一条路试试！"

父亲为什么要带我爬上那儿，现在我明白了。前几天，我曾向母亲说过学校供应的午餐太糟糕了，请她向学校反映，可她不相信。后来我求助于父亲，他当时没说什么。过两天，就带我爬上这座高塔，给我上了生动的一课，给了我一把开启心扉的钥匙。回家时，我已想出一个办法来了。

第二天在学校用午餐时，我偷偷把汤倒进一个饭罐里带回家来。我对家里的厨师说，晚饭时把汤端上去让妈妈尝尝。这办法果然生效。妈妈尝了一汤匙就连连吐口水，埋怨道："厨师是疯了还是怎么的？"我赶紧如实说了。母亲愤愤地声明，她明天就去向学校提意见。

此后好长时间，我一直记住父亲对我的教导。我的生活目标是想成为一名时装设计师。然而在我向这目的地前进了一小段路之后，就发现此路不通。我该怎么办？是自甘失败，止步不前，还是动脑筋，想办法，另找一条前进的道路？

于是，我来到巴黎这个全世界的时装中心。我仔细浏览了一遍。那些著名的时髦设计，没有一种能引起我的兴趣。然而有一天，我遇到了一位朋友，她穿着一件非常漂亮的毛线衣，颜色虽朴素，但编织得极其巧妙。

"你身上的毛线衣是自己打的吗？"我问道。

"不，"她答，"是巴黎的一位太太打的。"

"多美妙的针法呀！"我赞叹道。

这位朋友向我介绍说："这位太太——名叫维黛安——是在她的出生地美国学会这种针织法的。"

我突然灵机一动，想出了一种更新颖的毛线衣的设计。接着，一个更大胆的念头涌进我的脑中：我为什么不利用我父亲斯奇培尔莉的商号开一家时装店，自己设计、制作和出售时装呢？可以先从毛线衣入手嘛！

我画了一张黑白蝴蝶花纹的毛线衣设计图，请维黛安太太先打一件。打好后，我一看，实在漂亮极了。我准备让人鉴定一下，便穿上这件毛线衣，去参加一个时装商人瞩目的午宴，结果使我大喜过望。纽约一家大商场的代表立即向我订购四十件毛线衣，要求两星期内交货。我愉快地接受了，像踩着幸福的云朵走了出来。

当我站在维黛安太太面前时，那朵幸福的云突然消失了。

"你要知道，编织这么一件毛线衣，我几乎要花上整整一星期时间啊！"她说，"两星期要四十件？这根本不可能。"

这下子我垮了——眼看胜利在望，又此路不通了！我垂头丧气地告辞了。走到半路上，我又猛然止步，心想：必定另有出路。

这种毛线衣虽然需要特殊技能，但可以肯定，在巴黎，一定还会有别的美国妇女懂得织的。

我走回维黛安太太家，向她陈述了我的想法。她觉得有道理，乐意协助我。

我同维黛安太太好像侦探一样，调查了住在巴黎的每一位美国人。通过朋友们的辗转介绍，我们终于找到了二十位懂得这种特殊针织法的美国妇女。两个星期以后，四十件毛线衣按时交货，从我新开的斯奇培尔莉时装店，装上开往美国的货轮了。此后，一条时装和香水的河流，从斯奇培尔莉时装店里源源不断地流出来了。

我永远也忘不了那一次时装展览，那真是对我最大的挑战，幸亏小时候父亲对我的教导，再一次帮助我冲破艰难险阻。

当我正忙于筹备冬季时装时，突然——离展出只有十三天——缝纫姑娘在另一家时装商店的挑唆下跑光了，只剩下我自己同缝纫车间的一个负责人。她叫苦连天，说道："糟了，我们自己又不会缝纫，该怎么办呀！"我同她一样沮丧。

面临这场严峻的考验，我又想起父亲的教导。这回该从哪儿杀出一条出路呢？我焦急地苦思苦想着。看来，我们的展览会不得不推迟了——不然，就只好展出未缝成的衣服。啊！我突然转念一想，为什么我们不可以搞一个未缝成的时装展览会呢？

我们极其紧张又无比兴奋地筹备着，过了十三天，斯奇培尔莉商店的时装展览按期开幕了。

这是怎样的一个展览会呀！

有的大衣没有袖子，有的只有一只。我们展出的时装只处于最初阶段，有的只是一片布样。但从中仍然可以显示出这些时装缝成后的颜色和式样。

这次与众不同的展览获得了极大的成功，更加激发了顾客的兴趣，前来订货的人络绎不绝。

父亲的教导实在正确——通往广场的路不止一条！

（意大利）伊尔莎·斯奇培尔莉

爱你自己

24岁那年，我经历了好几次子宫及输卵管的部分切除手术，当我在医院等待康复时，医生决定从我的子宫中抽取一些液体做检验，以确定我没有罹患癌症。结果传来的是不幸的消息，隔天我得知自己罹患癌症，而且不可能生育。

我被彻底击垮了，因为我一辈子最期望的是能组成一个大家庭，如果不能生小孩，将是我最大的厄运。我不认为医生早点发现癌症并救我是一件幸运的事，我陷入了极度的沮丧中。

那时我和我的父母及妹妹住在一起，有一天，妹妹回家告诉我们她怀孕了。

一时间，我无法忍受她能生小孩而我不能生的痛苦，她未婚，更令我感到难过的是，一整组的婴儿玩具、婴儿衣服、婴儿沐浴用品，痛苦地折磨了我9个月，我把自己关在房里，不断地哭且问上帝我到底做错了什么事，但我没有得到任何回应。

妹妹的小女婴顺利地生下来，看起来是那么的漂亮，但是我从来没有抱过她，至少在很多人围绕的时候是如此，但在深夜时我会偷偷下楼坐在她的摇篮旁边，摇着她并且唱歌给她听。

我爸爸很爱这个小女婴。一个高大、严厉的海军军官，可是当他抱着他的小外孙女时却是那么的轻柔，我看在眼里，心里更加的难过我不能为他生一个外孙女，因而我继续活在唉声叹气中。

有一天晚上，当我在床上哭泣时，我听到房门外传来一个声音，我擦一擦眼泪静下来问是谁在那儿，这时门被打开一点缝隙，透过走廊的灯光，我看到爸爸站在那里，他用轻柔、平静的声音说："我只是想让你知道我爱你，无论如何，我都爱你。"

他关上门然后回房睡觉，我哭得比以前更厉害，因为在那之前，他从来没有告诉过我他爱我。几年后，爸爸去世了，我回忆起那一晚他告诉我的话，那是我的爸爸留给他的女儿最好的礼物。

商业秘密

两个9岁的男孩——罗伯特和迈克想赚钱，但想来想去，觉得社会上的确没有什么工作可以提供给像他们这样大的孩子。

经过苦思冥想，他们自以为找到了"最好"、"最快"、"最可靠"的赚钱方法。

在接下来的几星期里，罗伯特和迈克跑遍了邻近各家，敲开他们的门，问他们是否愿意把用过的牙膏皮攒下来给他们。迷惑不解的大人们微笑着答应了。有的问他们要它做什么，对此，他们回答道："这是商业秘密。"

几星期以后，他们已经攒了足够多的牙膏皮，他们决定把这些牙膏皮"变"成钱。

两个9岁男孩在公路边合力"安装"了一条生产线；还要求罗伯特的爸爸来参观。

空气中飞扬着的是细细的白色粉末，在一个长桌上是一些从学校拿来的废牛奶纸盒以及家里的烧烤架，烧烤架已经被发红的炭烤到了极热，发着白光。罗伯特的爸爸小心地走过来。他看见一个钢壶架在炭上，里面的废牙膏皮正在熔化。在那个时候，牙膏皮还不是塑料做的，而是铅制的。所以，一旦牙膏皮上的涂料被烧掉后，被放在钢壶中的铅皮就会烧熔，直到变成液体。当铅皮到达熔点时，罗伯特和迈克就非常小心地把熔液从牛奶盒顶的小孔中小心地注入到牛奶盒中。

牛奶盒里装满了熟石膏，满地的白色粉末是罗伯特他们将灰和水混合时弄的，由于他们一时匆忙，打翻了小包，所以弄得到处是白灰，好似下了场雪。牛奶盒就是石灰模的外部容器。

"小心！"罗伯特的爸爸注视着他们小心翼翼地把熔铅注入到灰管顶部的小孔中，禁不住提醒他们。

罗伯特也顾不上抬头了，只是点点头。

最后，当熔液全部倒入石灰模后，罗伯特放下钢壶，向他爸爸绽开了笑脸。

他爸爸带着谨慎的微笑问道："你们在干什么？"

罗伯特说："我们正在'弄'钱，我们就要变成富人了！"

迈克咧嘴笑着点头补充道："是的，我们是合伙人。"

他爸爸有些好奇地问："这些灰模子里面是什么东西？"

罗伯特说："看，这是已经铸好的一炉。"说着，他用一个小锤子敲开了密封物，一个铅制的5分硬币便掉了下来。

"噢，天哪，"他爸爸惊叫了起来，用手摸着额头："你们在用铅造硬币！"

迈克说："对啊，我们在自己挣钱呢。"

在一堆火和一堆废牙膏皮旁，两个白灰满面的小男孩正在开心地笑着。

罗伯特的爸爸微笑着摇摇头。然后，他微笑着和蔼地向他们解释了"伪造"一词的含义。

失望之中，罗伯特和迈克在沉默中坐了20分钟才开始收拾残局。他们的"生意"在刚开始的第一天就结束了。把粉扫拢时，罗伯特望着迈克沮丧地说："我们只能当穷人了。"

他爸爸正要离开时，听到了这话。他转过身来说："孩子，如果你们放弃了，你们才真的只能当穷人了。一件事情的成败并不重要，重要的是你们曾经尝试过。要知道大多数人只是谈论和梦想发财，而你们已经付出了行动。我再说一遍，我为你们骄傲，孩子们，别灰心，别放弃。"

尝试不可能的事

当蜿蜒如蛇的河流干涸，水愈来愈缺乏了。弗依河是我最亲密的童年玩伴，绿意盎然的河岸，邻近一片牧草地，我躺着观望蓝天上的云朵不时地变化形状，在那里我感觉到希望与我的距离最近。

然而，在这个被大旱灾荼毒的夏季，我眼看着河水干涸，有水的小池塘变成了一个个的泥坑，在里面游动的鲇鱼一条条死去。我们被死亡包围着。河流干了，鱼儿死了，最重要的，谷物全都枯萎了。

夏天终于落幕，步入秋天。全国的报纸喧嚷着中西部的农场受困于一场"浩劫"，连纽约的银行家和财团的老板都开始关注这场严重的旱灾，尽管他们自身的经济危机更为严重。美国的谷仓正在瓦解中。

如果这是正常的一年，我父亲早就期待着丰收的玉米装满数十辆的货车。那一年，我父亲从半英亩的土地上只获得半辆货车不到的玉米。在平时，这片湿润的土地受到神秘的地下泉水滋养，因为过分潮湿而种不出结果来。

我父亲常想着要在一小块土地上深凿一个洞，让地表下的水排出。如今这个灾年，这一小块地是一百六十亩地中，唯一能让玉米存活的地方。在这里，玉米因为吸收了地下的水源而活了下来；在这里，玉米几乎长到六尺高；在这里，我们获得少量的收成。

这些收成装了半辆的货车。

一场浩劫？并不完全是，因为半辆货车的玉米比什么都没有来得好。事实上，这些数量和我们之前所播下的种子一样多。一无所获？不，我们没有得到什么，但更重要的是，我们什么也没失去！

我忘不了父亲那晚在餐桌前的一段话。

"亲爱的上帝，感谢你让我今年什么都没有失去，你把种子还给了我，谢谢你！"

并非所有的农民都和父亲一样积极地想问题。

"农地出售"的招牌一个接着一个地出现。信心崩溃的农民无法想象事情可能会好转，纷纷收拾细软，舍弃他们的土地。其他农民绝望地投降，让银行拿走他们的土地，在法院前的阶梯上拍卖一件件的财产。

几年后，我问父亲他如何撑过来的，毕竟他一点钱也没剩，也没有有钱的亲戚。

"我去了银行，向他们保证，如果他们愿意帮助我，无论如何，我会把钱还给他们。我请求他们再提供资金给我，重新调整抵押贷款，并延后付款日期。基于种种原因，银行相信了我，也愿意帮助我。"

我想起了这家银行！重拾儿时的回忆，我穿着补丁的工作服，和父亲去过那里。我记得在这家银行的日历上看到一句格言："伟大的人是平凡的人加上非凡的决心。"

我深信那句话激起了父亲的积极态度，并且促成了银行愿意伸出援手，让他能够延缓支付贷款的期限。

那句格言解释了我父亲的成功，同时也启发了我去尝试不可能的事！

一个小女孩的梦想

每一个人，当他年轻时，都应该努力地去实现一个梦想，那会使得他在今后的人生旅途中获得一种信念，一种对生活前景的信仰；这应该是一个伟大的、重要的、你认为不可能实现的梦，譬如在校园演剧时当主角，或者独自一人吃掉整整一个生日蛋糕。而我的梦想是骑象。

在经济大萧条时期，我们的小镇上只是偶尔才有小马戏团来表演一次，而且他们常常根本就没有象。我家的附近又没有动物园，观看大象对我来说就已经是极不容易的事了，甭说骑象了。

但是我爱象。在我看来，大象似乎是最大最仁慈的生物，它似乎是一种自然的启迪，那就是：世界上最美好的事物并不总是以玲珑小巧的形式出现的。这是我需要信奉的启迪，因为我不仅仅是一个小小的我。坐在大象背上似乎是不可思议的，从那样高的地方去看世界一定是极美的，我也会是很美的。

九岁那年，我仍不忘诸如骑象那样的事，那时我母亲刚刚去世，父亲在另一个镇上找到了一份工作，我跟祖母住在一起，我很爱她，她待我很好，但是我感到陌生。我常常看着放在起居室壁炉台上的那排象牙制的小象出神地想象着真正的大象。

一个秋天的傍晚，我在放学回家的路上看到马戏团的海报。以往，当马戏团到城里来的时候，我们总是要去看的。但是，今年，我没有把握，我不能想象祖母会和我坐在沿街破烂帐篷的帆布下，在黄昏时分，站着看那花脸的小丑、穿芭蕾舞短裙的女士和翘鼻子的大象，突然间，我感到从未有过的孤独。

星期六有两场演出。那天下午，我坐在胡桃树间的秋千上看书，努力克制自己不去想大街上的锯木屑，不去想大象，不去想那消逝了的时光：那时，爸爸、妈妈和我会一起走进那奇妙的帐篷。

然而，5点钟时，父亲的小车在家门口停下来了，我向他跑去。"喂，宝贝，"他说，"听说马戏团在镇上演出，我想我可能会说服你去看看表演。"

他请了一个下午的假，开了60英里的车来接我。

搭在镇边的帐篷里，观众连一半都不到，风不断地吹进来，聚在看台中央的人数不多的观众们都把手插在口袋里，但是我们谁也不在乎这些。马戏团里有小丑、有一个光背的骑士和一个表演空中吊架的演员；还有狗、马和穿着画满彩球外衣的魔术师。过了一会儿，在这样一个萧条时期的落后城镇的黑暗的夜里，我们看到了人类的奇迹——那些技巧娴熟的多才多艺的、旋转着的出色的表演者，他们给我们以愉悦、享受和鼓舞。接着，一头大象被领进场来。

它很老了，岁月在它身上刻下了许许多多高低不平的褶皱和印记，使得它显得既美丽又可怕。它走进场来，停住脚，用后腿站立着，接受我们的掌声。

"我真希望我能骑骑这头象。"我轻声地说。

"你说什么？"父亲问道。

"没什么，"我说，"它好大，也真好看。"

这时，马戏团的领班大声地说道，"这是苏茜，它喜欢人类。"他故弄玄虚地停了一下，接着说，"我们知道观众当中有些人很想骑骑大象……"

我屏住了呼吸。

"哪一个男孩想骑象，请上前来。"

当四个男孩子冲下看台的时候，人群一阵骚乱，驯象人拉了拉大象的耳朵，它便蹲了下来，领班帮着四个男孩骑到象背上。

我感觉到眼泪在眼眶里打转，但是我咬咬牙齿。当然了，总归是男孩子，他们什么都能做。他们大笑着，互相紧紧地抓住，骑着苏茜在场上打圈子。我无可奈何地看着，唉，从来就没有人能够做他最想做的事，生活就是这样的。

这时，领班又在讲话了，我没有去听。

"你的机会来了。"父亲说。

"什么？"

"他在叫想骑象的女孩子呢，那不就是你，是吗？"

我看看父亲，又看看大象，我做不到，那是不可能的。

"快，"他催促我说，"还不太晚。"

"我不行的。"我说。我站不起来，不能走下看台骄傲地坐在苏茜的脊背上。我会静坐着错过选择的机会，然后面临不可挽回的损失，我将永远后悔，我本可以骑上大象的，却终于没有。我老这样。

但是父亲又说了："站起来，宝贝。那样领班就会看到你了。"他轻轻地推着我站了起来。

"来啊，"领班说，"我知道至少有一个想骑象的小女孩的。"

我双脚麻木地走下看台，跨过表演场地的栅栏，后面跟着另外三个女孩。我站在场地的中央，闻到了锯木屑的芳香，也闻到了苏茜的气息。现在我不是怕大象，也不是怕盯着我看的人群或者是我向前游行，而是感到我的梦想得以实现的巨大的惊喜。

我们爬到苏茜的身上，她的皮肤很粗糙，在我光腿下磨来磨去。

我抓住面前的鞍具，另一个女孩抱住我的腰。苏茜站了起来，我就坐在那里，高高地坐在大象的背上凌驾于世界之上。

那是我父亲带我去看的最后的一场马戏，但是自那以后，没有马戏我也能好好地生活了，因为我已经骑过大象了！

从此，每当我遇到一些棘手的事，我总会想起那一时刻：炫目的灯光，吹进帐篷的冷风和那令人痛苦的想法：我不行；太迟了；然后我就会想起父亲的声音和那轻轻的一推，还有领班的话："我知道有一个想骑象的女孩。"

买票看马戏

在我们身陷困境、感到无助的时候，多希望有人伸过一双温暖的手啊！在别人窘迫的时候，不也很需要我们的帮助吗？奉献出自己的爱心，你一定能够得到更多！

父亲带着克拉克排队买票看马戏。排了老半天，终于盼到在他们和票口之间只隔着一个家庭。这个家庭让克拉克印象深刻：他们有8个在12岁之下的小孩。他们穿着便宜的衣服，看来虽然没有什么钱，但全身干干净净的，举止很乖巧。排队时，他们两个两个成一排，手牵手跟在父母的身后。他们很兴奋地唧唧喳喳谈论着小丑、象。克拉克想：今晚必是这些孩子们生活中最快乐的时刻了。

他们的父母神气地站在一排人的最前端，这个母亲挽着父亲的手，看着她的丈夫，好像在说："你真像个佩着光荣勋章的骑士。"而沐浴在骄傲中的他也微笑着，凝视着他的妻子，好像在回答："没错，我就是你说的那个样子。"

卖票女郎问这个父亲，他要多少张票？

他神气地回答："请给我8张小孩的两张大人的，我带全家看马戏。"

售票员开出了价格。

这人的妻子扭过头，把脸垂得低低的。这个父亲的嘴唇颤抖了，他倾身向前，问："你刚刚说是多少钱？"

售票员又报了一次价格。

这人的钱显然不够。

但他怎能转身告诉那8个兴致勃勃的小孩，他没有足够的钱带他们看马戏？

克拉克的父亲目睹了一切。他悄悄地把手伸进口袋，把一张20元的钞票拉出来，让它掉在地上（事实上，克拉克家一点儿也不富有），他又蹲下来，捡起钞票，拍拍那人的肩膀，说：

"对不起，先生，这是你口袋里掉出来的！"

这人当然知道原因。他并没有乞求任何人伸出援手，但深深地感激有人在他绝望、心碎、困窘的时刻帮了忙。他直视着克拉克父亲的眼睛，用双手握住克拉克父亲的手，把那张20元的钞票紧紧压在中间，他的嘴唇发抖着，泪水忽然滑落他的脸颊，答道："谢谢，谢谢您，先生，这对我和我的家庭意义重大。"

克拉克和父亲那晚并没有进去看马戏，但克拉克觉得自己的收获更大。

父子情

我常常去探望我父亲。有一次，他劝我去剑桥，我拒绝了。他问我理由，我回答说，为了德国革命，我愿意和工人在一起。自从我们这一场分歧之后，他再也不跟我争论政治问题了。

有时，我劝他到外国去。他微笑着瞥了我一眼："为什么呢？"片刻之后，他接着说，"德国是一座监狱，但不是一座舒适的监狱。此外……"他接着又说，"我好久没像现在这样赚过这么多钱了。人们必须承认，那些当权者为经济生活做了许多事情。"

他问我需要什么东西，我安慰他说，我的收入蛮够用。他的神色表明，他不想接着说下去，他坐在钢琴旁，我们弹起了莫扎特的奏鸣曲。

他这个人，向来不爱说话，具有一种疏远的、不露声色的和蔼，在他深深陷入沉默和梦幻的时候，一旦有人要跟他说话，或者提出问题，他为了返回到现实中来，常常需要几分钟的时间。然后，他的目光里会流露出惶恐不安，因为我从年轻时起，也常常出现类似的情形，所以无须说明，我也能理解他的态度。从小我就听人说："你的举止多像他呀。"尽管生活把我们分开了，可我却觉得，跟他始终贴得很近。不用问我便知道，他在想什么，因为我的性格跟他太相似了。这一点他也许是知道的；在这样长时间之后，来揣度他那些极不连贯的谈话，对于我来说，倒是一种安慰了，可那些谈话，早在几十年以前，就以他的亡故而变成了冷冰冰的沉默。

每天拂晓，在用早餐和女秘书到来之前，他总要弹两个小时的《平均律钢琴曲集》。他的钢琴历来弹得十分出色，和从前相比，在这个为他所鄙视的时代，他弹得更多了。是音乐不断地给他以生机，现在他同钢琴一起度过一天的大部分时光。有时他让我跟他一块儿演奏，我的小提琴拉得还不错，当然是无法跟他相比的。可他总是夸我，因为，正如他说的那样，我理解我所演奏的东西。

演奏规模不等的室内乐，从前在我们家是惯例，这时几乎不再举行了，我家的朋友和搭档都走掉了，或者尽可能地不来探望我们。有一次，一位朋友，一位非常出色的德国青年作曲家，在我和我父亲很少共同散步的路上，遇见了我们。多年来，他在我们家出出进进，他是我父亲曾经帮助过的许多艺术家之一。现在他却匆匆地走开，回避跟我们打招呼。后来我听说，他再也未来过我们家。他在艺术上并未对纳粹作出任何让步；战争期间，他的一部最优秀作品，被一家最著名的帝国乐团搬上舞台，几天之后，便被宣传部长禁演了。多年以后，我又遇见他。他以巨大的同情谈到了我的家庭和我个人；他问起我父亲的情况。我告诉他，在那个打砸抢之夜，他被拖进了萨克森豪森。其实，在我们之间并未发生什么不愉快的事情。他不过是从某一个时刻起，不愿意再同我们交往而已。

很久以后我才理解，对某人怀有感恩之情，只有内心有力量的人，才能做得到，这对懦弱的人来说，是完全无法忍受的，甚至会刺激他反对自己的恩主。此公既非坚强有力之人，亦非软弱怯懦之辈；他属于那种第三类型的大多数。后来，我经常遇到他，那都是无法回避的。我们从未提起他在大街上避开我们的那次邂逅和他疏远我们的事情。有时在他的目光里，流露出某种慌乱和企求，好像他意识到我又回想起了那件事情。这种表情弄得我十分尴尬。我并不想使他难为情，但我也未设法打消他的疑虑。这样的邂逅更加强了我新的生活感受，使我有一种愿望，要么高声呐喊，要么保持彻底冷漠，这表明，我既感到某种惘然若失，同时又感到有所收获，正是这种收获，给了我继续生活下去的勇气。

关于我父亲后来的遭际，我知道得很少，没有什么见证人。我的一位朋友，一个年轻的钣金工人，在萨克森豪森看见他年底还穿着单薄的劳动服砸石头。我朋友说，他知道我父亲从未干过体力活儿；他还看见他被投入集中营之后，毫无怨言地扛抬重物，当初进去时一定是很可怕的。他在党卫队面前始终保持了一种令人感到奇怪的态度：守纪律、有礼貌、鄙视。

从前，他在这个不愿意放弃的国家，越来越感到寂寞。他要么弹钢琴，要么在他多年收集的那些绘画中间踱来踱去。这期间，我已经到了别的国家。每当我思念他的时候，出现在我眼前的，却不是他最后几年的形象，那几年本来就不是我们共同生活的岁月。我看见他同一些斯文的人在一起，他是那么年轻、敏捷、文质彬彬，我自己则显得又小，又沉默，又无足轻重，紧挨着我的女教师，站在一个不显眼的地方。不知是什么人在我们附近对他身旁的人说："这是一个多么漂亮的人呀！"我惊讶了，他怎么会漂亮呢？他是我的父亲呀！我们家里常有客人来。如果人们午后到来，有时他们想见见我弟弟和我，我们两人或者我自己便被领到招待客人的房间，他们和蔼地跟我们打个招呼，马上便会忘掉我们。

有一次，父亲正在同客人交谈，他的目光忽然落到我的身上，当时我正无所事事地站在一个角落里，他停下交谈，握住我的手，把我领到隔壁房间，他突然把我抱起来，紧紧搂在怀里，一声不响，拼命地吻我。

那是一个既甜蜜，又令人惊讶的瞬间，面对如此贪婪的吻，我极力要喘口气，我在他的怀里挣扎着，因为他那天脸刮得不光，他的胡子碴儿直扎我。他把我放在地上，领我走进儿童室，当我抬头看他时，我惶惑地发现，他的眼里噙着泪水，这是我头一次，也是最后一次看见他的眼泪。

我看见他立即又返回儿童室，这可是很少见的。大概是一两年以后的事情吧，当时我大约六岁。他让我张开手，说要送给我们玩具。那是两件金属的小东西，是他从战争中带回来的两枚勋章。我们真不知道该拿它们怎么玩，一直把它们跟我们的布缝的动物和木制的小汽车放在一块儿。

后来我听说，1914年的时候，我父亲像大多数人一样，是信仰野蛮的民族主义观点的，后来他变了，回来时他已经转变了立场。他很少禁止我们做什么，但却禁止我和弟弟玩锡铸的士兵，这是我们无法理解的，我们觉得特别委屈。他只打过我一次，大约是在我十三岁的时候，我已不记得大家围着饭桌在谈论什么，显然是涉及了政治问题，我插嘴说，我们有权利重新收回阿尔萨斯—洛林。我父亲一听这话，脸涨得通红，他站起身来，一句话未说，走到我的椅子旁边，给了我一记耳光，便离开餐厅而去。后来我才想起来，他从未谈过战争，相反，一旦有谁提起这个话题，他便会陷入一阵长时间的沉默。

那时，也就是很久以后，当他孤身一人沉浸在音乐里，似乎在等待那场灾难来临的时候，他几乎改变了所有的习惯。他没想到，人们会劝他退出他的俱乐部，他宣布退出了。他不再买画，却卖了许多；我不便询问这些画的去向，在我那仅有的几次探望中，我发现要么这幅画不见了，要么那幅画不见了；不过，我还能看见那幅美丽的阴森的奥迪隆·勒东的画，透过画面上的烟雾，可以看到许多人世间所没有的花卉；科林特为我父母画的那幅肖像画，还挂在大房间里。第二次大战以后，我已经很久不再想到我父亲的那些藏画了，偏巧在奥斯陆博物馆里又看见了那幅蒙克的画，这幅画曾多年挂在他的写字台上方。

画面上描绘了一个男人的侧影，他站在一间昏暗房屋的窗旁，窗外黑蒙蒙的海面上，驶过一艘灯火通明的船只。但是，不只是某些绘画不见了，我父亲把马也卖掉了，他不再骑马了，在那些先生们在动物园里借骑马奔突取乐的时候，他若仍然设法保持这种习惯，那就令人难以理解了。我早就没有马了，当我父亲发现我并不怎么喜欢骑马，原来只是为了讨他的喜欢才骑马时，他失望了。他自己是个出色的骑手，他在训练跑道上还正正规规地训练过跳越障碍呢。

早年，我还是孩子的时候，每当女教师陪着我去散步，都会遇见他。晴天，我还可以带上小自行车，沿着与骑马的沙路平行的莎洛滕堡大街行驶，街上有些忽上忽下的小土丘，散落在工学院门前那些古树中间。他驾驭马匹跑着碎步向我们走来，从远处透过树丛就能互相看见，他总是一个人骑马。看不见的阳光照射着的薄雾弥漫在秋天的树林里，树上的叶片，像滑行一样，轻轻地飘落在地上。我欣喜地望着他漫不经心地、轻松愉快地坐在马背上。我喊了一声："爸爸！"可是，他未答应，仍然骑在马上，踏着毫不减慢的碎步继续跑着，带着他那和善的微笑斜视了我们一眼，在略微靠近我们的时候，他只是把鞭子举到他的帽檐上。我们静静地站在那里，目送他走过去，在我们身后，零零星星的马车走在沥青路上，车上的饰物发出叮叮当当的响声，我们看着骑手和马消逝在金色的雾霭当中。

（德国）埃尔文·斯特里马特

晚餐桌上的大学

本世纪初我父亲在意大利北部一个乡村长大的时候，只有富有人家才有能力供儿

父亲的小故事 | STORY

女受教育。父亲出身贫苦农家，他常告诉我们说，就他记忆所及，他从未有过一天不用工作。在他的一生中，他从未有过不做事的观念。事实上，他不能明白一个人怎么可以不做事？

父亲读五年级那年，家里不顾他老师和村中牧师的反对，硬要他退学。老师和牧师都认为父亲是读书的料，可以接受正式教育，可是父亲却到工厂做工去了。

从此，世界便成了他的学校。他对什么都有兴趣。他阅读一切能够接触得到的书籍、杂志和报纸。他爱听镇上父老们的谈话，以了解我们布斯卡格里亚家族世世代代居住的这个偏僻小村以外的世界。父亲非常好学，他对外面世界的好奇心，不但随同他远渡重洋来到美国，后来还传给了他的家人。他决心要让他的每一个孩子都受良好教育。

父亲认为，最不可饶恕的就是我们晚上上床时还像早上醒来时一样无知。"该学的东西太多了，"他常说："虽然我们出世时愚昧无知，但只有蠢人才永远如此。"

为了防止他的孩子们堕入自满自足的陷阱，他坚持我们必须每天学一样新的东西，而晚餐时间似乎是我们交换新知的最佳场合。

我们从没有想过要拂逆父亲的意愿。所以，每次我们兄弟姊妹聚集在浴室里洗手准备吃饭时，我们都必定互相询问："你今天学到了什么？"

如果答案是"什么也没学到"，那么，我们一定会先在我们那套残旧百科全书里找出一点什么来，否则就不敢上桌吃饭。例如，找出"尼泊尔的人口是……"

我们每人有了一件"新知"之后，便可以去吃饭。我至今仍然记得那张饭桌总是高高地堆着面食，往往高得使我看不见坐在对面的妹妹。

晚饭时声音嘈杂，杯碟的碰撞声衬托着热烈的谈话声。我们说的是意大利皮德蒙特方言。这是为了迁就不会说英语的母亲。我们叙述的事情不论怎样无关紧要，也不会不受重视。双亲都会仔细聆听，并会随时作出评论。他们的评论往往深刻而带有分析性，且都非常中肯。

"这样做很聪明。"

"笨蛋，你怎么会这么糊涂呢？"

"这样说来，你只是咎由自取。"

"可是，没有人是十全十美的。"

"真笨，难道我们没有教过你吗？"

"好，那真是不错。"

然后是压轴戏。那是我们最怕的时刻——交换我们今天所学到的东西。

这时，坐在餐桌上位的父亲会把椅子推向后面，斟一杯红酒，点一支香浓的意大利雪茄，深吸一口，将烟吐出，然后扫视他这群子女。

这个举动常常令我们感到有些紧张，于是我们也瞧着父亲，等他开口。他会告诉我们说，如果他不好好地看看我们，不久我们长大之后，他就会看不到我们了。所以，他要盯着他的孩子们看，看完一个又一个。

最后，他的目光会停在我们其中一个身上。"费利斯，"他叫着我的受洗名字说，"告诉我你今天学到些什么？"

"我今天学到的是尼泊尔的人口是……"

餐桌上顿时鸦雀无声。

我一向都觉得奇怪，不论我说的是什么东西，父亲都不会认为琐屑。首先他会把我所说的东西仔细想想，好像拯救世界就要靠我所说的那句话似的。

"尼泊尔的人口。嗯。好。"接着，父亲会看看坐在桌子另一端、正在照例用她喜欢的水果来调配一点剩酒的母亲。问道："这个答案你知道吗？"

母亲的回答总是会使严肃的气氛变得轻松起来。"尼泊尔？"她会说，"我非但不知道尼泊尔的人口有多少，我连它在世界上什么地方也不知道呢！"当然，这种回答正中父亲下怀。

"费利斯，"父亲会说，"把地图拿来，我们来告诉你妈尼泊尔在哪里。"于是，全家人开始在地图上找出尼泊尔。

类似的事情一再重复，直至全家每一个人都轮过了才算完。因此每次晚餐之后，我们都会增长六种诸如此类的知识。

我们当时都是孩子，一点也觉察不出这种教育的妙处。我们只是迫不及待地想走出屋外，去跟那些教育水平不及我们的朋友一起玩喧闹的踢罐子游戏。

如今回想起来，我才明白父亲给我们的是一种多么生动有力的教育。在不知不觉中，我们全家人一同长进，分享经验，互相参与彼此的教育。而父亲通过观察我们，聆听我们的话，尊重我们提出的知识，肯定我们的价值和培养我们的自尊心，毫无疑问的是对我们影响最深的导师。

我进大学后不久，便决定以教学为终身事业。在求学时期，我曾追随几位全国最著名的教育家学习。最后我完成教育，具备了丰富的理论，术语与技巧，但令我感到非常有趣的，是发现那些教授教导我的，正是父亲早就已经知道的东西——不断学习的价值。

父亲知道，世上最奇妙的东西是人的学习能力，极小的知识点滴也可能对我们有益。"生也有涯，"他说，"而学海无涯。我们成为怎样的人，决定于我们所学到的东西。"

父亲的办法使我终身受用不尽。如今，我每晚在就寝之前，都会听见父亲在说："费利斯，你今天学到了些什么？"

有时候，我对我在这一天学到的东西可能连一件也想不起来。这时，尽管我一天工作得很累，我也会从床上爬起来，到书架上去找点新的东西。做完这件事之后，父亲和我便会安心休息，知道这一天没有白费。毕竟，谁也无法预料，知道尼泊尔的人口会在什么时候对你有用呢。

（美国）李奥·布斯卡格里亚

效率专家爸爸

集合口哨和胡子刷

爸爸高个子，大脑袋，方下巴，脖子粗得像胡佛总统一样。体型已经不再修长了，三十刚出头时体重就超过了两百磅，并且越来越胖，到后来如果他想知道自己又胖了多少，就得上铁路行李房的大磅秤上去站着才行。

爸爸总是随时随地把自己的主张付诸实践，所以简直说不清哪是他的科学经营管理公司业务，哪是他的家庭生活。我们在新泽西州蒙特克莱尔的家，简直就是一所学校。我们在里面学习科学经营管理法，学习怎样消除浪费动作——爸爸妈妈给这门学问取的名字叫做"动作研究"。

我们洗盘子时，爸爸给我们拍电影，以便搞清楚哪些动作是应该除去的，好让任务完成得快些，更快些。有些非经常性的家务劳动，比方说油漆后门啦，或者在门前草坪上挖掉树桩什么的，就采用招标的方法来决定。凡想多得一点零用钱的孩子，每人写张小纸条，写上给多少钱他就肯干，最后由要价最低的人承包。

爸爸在浴室里张贴了作息登记表。表上列有刷牙、洗澡、梳头、叠被等栏目。爸爸要求每个会写字的孩子（爸爸希望他的孩子很小很小就开始学写字）早上一完成这些项目，就在表上签下自己姓名的第一个字母。到了晚上，每个孩子都要称体重，然后在图表上标出重量。做完家庭作业和忙完洗脸洗手刷牙以后，还要在表上再签一次。

不错，这是强迫纪律。但是请想象一下，一个放了学的孩子会给父母添多少麻烦啊，何况还要乘以十二！所以，为了防止乱成一团，一定的强迫纪律就是绝对必要的了。当然，有时候也可能有的孩子并没有完成规定的项目而在表上签了字母，但是爸爸时时留着神，而且罚起来很严厉。

是的，无论上班也好，在家也好，爸爸永远是效率专家。他穿背心时，纽扣不是从上面扣下去，而是从下面扣上来，因为从上扣下要七秒，而从下扣上只要两秒。他甚至用两把胡子刷同时刷脸颊，因为他发现这样可以使刮胡子的时间缩短十七秒。还有一次，他试验过同时用两把剃刀刮胡子，但是后来还是取消了这种办法。

"我本来可以减少四十四秒，"他咕噜着说，"可是今天早上往脖子上缠纱布却浪费了我两分钟。"

叫他心疼的倒不是脖子上拉开的口子，而是那两分钟！

爸爸每次事务旅行回来（哪怕只出去了一天），一拐弯踏上我们蒙特克莱尔那所咖啡色大房子门前的便道，就开始吹紧急集合号。这集合号是用口哨吹的，调子也是他自己编的。

集合号非常重要，一听见就得不管什么都扔下拼命跑，否则后果严重。第一个音一出来，盖尔布雷斯家的孩子们就会从屋子里，从院子里，从每一个角落里冲出来。四邻的狗汪汪地狂叫着，也马上围了过来，周围房屋的窗户里都探出了一个个的脑袋。

爸爸常常吹口哨紧急集合，有时候为了发布一项每个人都必须听到的通知；有时候是因为觉得无聊想和孩子们一起开开心；有时候是他请了朋友来做客，要给大家介绍介绍，同时也炫耀一下全家集合有多快。在最后一种场合，爸爸还要揿秒表，他背心的口袋里总是放着秒表的。

集合口哨，和爸爸想出的大多数点子一样，虽然非常招摇，但是很有实效。那天，便道上烧枯枝败叶的火堆因为没人管，烧到了房屋的边缘。爸爸一吹口哨，整座房子里的人在十四秒钟之内就全出来了——超过原纪录八秒。

有时候爸爸吹口哨是为了查出谁玩过他的剃刀，或者谁把墨水洒在写字台上了；有时候他吹口哨是为了找人干活或者跑腿。然而，在绝大多数情况下，他吹口哨是为了分发意想不到的好东西，而最大最好的那一个总是分给跑第一的人。

有时候，等我们都跑到了大门口，他样子很凶地嚷嚷着："你们的手指甲让我看看，每个人都要看。"他沉下脸来，紧紧地皱着眉头，恶狠狠地说，"干净不干净？有没有咬过？是不是该剪了？"

说着说着他摸出一大把带皮套子的指甲钳给女孩子，还有一大把小折刀给男孩子。等到他那些打了疙瘩的皱纹挪动了地方变成一脸灿烂的微笑时，我们是多么的爱他啊！

有时候，他一本正经地和我们一一握手，而在我们把手抽回去的时候，发现手心里有一块胡桃巧克力。有时候，他问我们有没有铅笔，然后掏出一打自动铅笔来分给大家。

"看看，现在几点了？"有一回他这么问，说着掏出了许多手表，每人一块，连只有六个月的娃娃也得了一块。

"嗬，爸爸，表准极了！"我们说。

我们张开手臂搂着他，告诉他我们真惦记他啊，这时候，他就会结结巴巴地说不出话来，于是，他就揉揉我们的头发，或者轻轻地拍拍我们的小屁股。

家务理事会

在我们搬到蒙特克莱尔之后不久，爸爸就开始把理论付诸实践。他和妈妈仿照劳资协议会的形式，建立了一个家务理事会，每星期天下午午餐之后举行会议。

在第一次会议上，爸爸很郑重地站起来，倒了一杯冰水，然后开始演说。

"你们将注意到，"他说，"我在这里担任你们的理事长，我假定没有人反对。现在理事长鉴于没有反对意见，将要……"

"理事长先生，"安娜插嘴说，她是中学生，知道一点议会的程序，"我想最好是在平民中选一个来做理事长。"

"没有秩序，"爸爸说，"理事长发言时你太没有秩序了。"

"但是你说没有人反对，而我表示反对。"

"说你没有秩序，意思就是叫你坐下，"爸爸嚷着，"你太没有秩序了。"他吞了一口冰水，继续演说，"理事会的第一件事，就是分派屋子里和院子里必须干的活儿，诸位有什么建议吗？"

……

在爸爸苦口婆心的开导之后，分派工作的决议终于获得了通过。男孩子们轧草地、扫枯叶子，女孩子们拖地板、抹桌子、洗碗碟。除爸爸之外的每个人都自己整理床铺，收拾房间。根据适合性的原则，由最小的姑娘抹桌子腿和家具下面的抽斗，大些的姑娘抹桌子面和上面的抽斗；大男孩推轧草机，搬运枯树枝，小男孩耙枯叶子和拔草。

第二个星期天，爸爸召开家庭理事会第二次会议，我们都很自觉地围着桌子坐下来。爸爸觉得气氛有点特别，这使他忍不住想笑。到了要我们提出新的议题时，他简直要笑出声来了，但他还是强忍着板起了面孔。

受过严格的个别训练的玛莎站了起来。

"理事会成员们已经知道了，"她开始说，"副理事长（爸爸封给妈妈的头衔）打算为餐厅购置新地毯一块。鉴于所有成员都将天天看到这块地毯，而且将坐着椅子在上面休息。因而我提议理事会应在任何地毯购来之前进行协商。"

"附议。"安娜说。

爸爸不知道这里会有什么花头。"讨论吗？"爸爸问，意在拖延时间以便策划反攻。

"理事长先生，"莉连说，"地毯要我们擦洗，也应该要我们来挑选。"

"我们要一块上面有花的，"玛莎插嘴说，"有了花，污迹就不容易看出来，就省掉不少动作，不用老是擦洗。"

"我确认副理事长发言。"爸爸说，"归根到底这完全是你的主意，莉莉，你说现在该怎么办。"

"唉，"妈妈犹犹豫豫地说，"我计划买一块平织的紫色地毯，计划花一百块钱。但是如果孩子们认为太贵了，而且要有花，我愿意服从多数。"

"我提议，"弗兰克说，"花钱不得超过九十五块。"

爸爸耸耸肩膀。如果妈妈不在乎，他当然随便。

"赞成花九十五块钱的说'赞成'。"

会议一致通过。

"有什么新议题吗？"

"我提议，"比尔说，"我们用省下的五块钱去买一条小牧羊狗。"

"嘿，慢着。"爸爸说，地毯的事多少有点像开玩笑，但是小狗的问题就严重了。我们想小狗想了好几年了。爸爸认为，任何不下蛋的小动物对一个勉强养得起十二个孩子的人家来说都是一种奢侈浪费。他觉得如果他在小狗问题上投降，那么下一次理事会的投票结果就很难说了，孩子们会没完没了地提出他们的要求。他从小狗厌恶地联想到挤满小马的仓库，摩托车、游泳池，而最后呢，恐怕是贫民院或者是债主的监狱，如果仍然有这种地方的话。

"附议。"莉儿的声音把爸爸从浮想联翩之中猛拉了出来。

"一条狗，"杰克说，"会成为大家的宝贝。家里人人都喜欢它，我将做它的主人。"

"一条狗，"但尼说，"会成为我们的好朋友，它会吃掉剩饭剩菜，它会减少我们的浪费，而且节省倒垃圾的动作。"

"一条狗，"弗莱德说，"会看家，它会睡在我的床边，它身上一脏我就会给他洗干净。"

"一条狗，"爸爸模仿着说，"是最讨厌的东西，它会成为大家的主人，它会吃得我倾家荡产，它会把地下室和阁楼都撒满跳蚤，它会大模大样地睡在我的床头，没有人会去洗它那又脏又臭、让跳蚤咬得不死不活的身体。"

他恳求地看着妈妈。

"莉莉，莉莉，睁开你的眼睛看看吧！"他恳求说，"都到这种地步了你还不管吗？接下去他们就会要小马、摩托车，要去夏威夷旅行，还会穿丝袜子、涂胭脂，剪鸭屁股头发的。"

"我想，亲爱的，"妈妈说，"我们应该相信孩子们的觉悟，再说，五块钱的小狗也不是到夏威夷的旅行。"

我们投票表决，只有一票反对——爸爸反对，妈妈弃权。过了几年，小狗老了，掉毛掉到家具上，咬邮递员，而且真的啃了爸爸的床脚。我们有一次听见理事长对副理事长说："我每天每夜都赞美我的主，使我没有赞成投票弄来这么一个又懒惰又不要脸、脾气又坏的畜生到曾经是我们家的地方来。我很高兴我有勇气留下一个反对这个非法无耻的跳蚤包占据我的床铺和柜子的记录。你这个弃权者，你呀！"

莉儿的旱冰鞋

家庭理事会也像爸爸妈妈的大多数新办法一样，基本上是成功的，虽然有时候吵得接近歇斯底里，然而很有效果。家庭购买委员到时候选出来负责买进食物、衣服、家具和体育器材。设备委员负责征收浪费水电的每一分罚金。计划委员监察工作是否按时间表完成。理事会有权决定谁的零花钱可以多一些。奖赏和处罚也由理事会执行。

莉儿八岁那年，为争取油漆后院里的一条又长又高的栅栏，她投标要价四毛七分钱，这是几个孩子中要价最低的，因而她得到了这个任务。

"让她一个人去漆栅栏，她实在是太小了，"妈妈对爸爸说，"别让她干。"

"胡扯，"爸爸说，"她能学到钱的价值，而且懂得说话一定要算数，让她去吧。"

莉儿正存着钱想买一双旱冰鞋，刚差这么个数，她想得到这笔钱，坚持说她能完成。

"如果你开了头，就要干到底。"爸爸说。

"我一定完成，爸爸，我能完成。"

"那么你这等于签了合同了。"

莉儿忙了十天，每天放学回来都干，还加上整整一个星期天。她的手起了泡，有几天夜里她累得睡不着。爸爸担心了，也有好几夜睡不着。但他要莉儿按合同干下去。

"你让她别再干了。"妈妈老是对爸爸说，"她会摔下来的，或者出别的事儿——接下去你也会出事儿的。"

"不行，她正在学到赚钱不容易的道理，还学到如果开了头就必须完成的道理。她得完成，这是合同规定的。"

莉儿最后完成了这个任务，她含着眼泪到爸爸这儿来。

"漆好了。"她说，"我希望你满意，现在我可以拿到四毛七分钱了吗？"

爸爸数出了零钱。

"别哭，宝贝儿，"他说，"你怎么怪罪你的爸爸都没关系，他是为了你好。如果你回去看看枕头下面，你会知道爸爸一向是很喜欢你的。"

枕头下面是一双旱冰鞋。

浴室中的外语

有一天，爸爸带了两个留声机和两盒子唱片回家。他一上台阶就吹起集合口哨，我们都跑上来帮他拿东西。

"从现在起，"爸爸说，"我们准备利用某些不可避免的延误。留声机就要放在洗澡间里——一个放在男浴室，另一个放在女浴室。我可以打赌你们是城里唯一在每间浴室里都有留声机的家庭。当你们洗澡或者刷牙，或者忙别的事情的时候。你们要听唱片。"

"是些什么唱片？"安娜问。

"嗯，"爸爸说，"它是很吸引人的，是教法语和教德语的唱片。你们用不着专心一致，随便听听好了，久而久之就会有印象。"

"哦，我们不要！"

"住口，听我说，"他咆哮着，"这些设备我花了一百六十块钱，我是给自己买的吗？我要特别强调我不是为自己买的。碰巧我会说德语和法语，而且很流利，所以常常在这两个国家被当做本地人。"

这是爸爸一种不得了的夸张。他能勉强说两句德语，而法语一向很生疏，通常他到欧洲去办事，总要妈妈陪着他做翻译。妈妈讲外国语要自然得多。

"从事动作研究的人应该来得及在放一张唱片的时间之内洗完一个澡。"

这倒是真的，爸爸就坐在澡盆里，右手拿着肥皂，放在左肩上，抹下去到左手指尖，再由下面回过来到腋窝，再沿侧腹及腿外侧抹下去，从左腿内侧抹上来。然后左手拿肥皂在右边同样做一遍。另外在肚子和背上抹两圈以及特别注意一下脸和脚之后，就蹲到水里洗净，一个澡就算是洗好了。他召集了所有男孩子，在浴室里示范了几次，并且坐在起居室的地毯中间（当然穿着衣服），教会了女孩子们。

这样，在浴室里就没有不可避免的延误了。

不久，我们都能说一点儿疙疙瘩瘩的法语和德语了。十年来，我们蒙特克莱尔家里二楼上的唱机一直在教外语，而我们也都说得相当流利了。我们在餐桌上时常说外语，当我们说法语时，爸爸就被关在了谈话圈子外面。

"你们的德语语音还不错，"他说，"你们说的德语我大部分都懂。可是你们的法语语音差得只有你们自己才懂。我相信你们发明了一种自己的外语，跟法语毫无关系。"

我们忍不住偷偷地笑，他气冲冲地对妈妈说："你说是这样吗？莉莉？"

"嗯，亲爱的，"她说，"我想，没有人会把他们当做法国人，但一般地说，我能听懂他们是什么意思。"

"那是，"爸爸还在摆架子，"你是在我们美国学的法语，这儿人人都有点美国音，而我的法语知识可完全是从巴黎的街头得来的。"

"也许是这样的，亲爱的。"妈妈说，"也许。"

这天晚上，爸爸把男孩子浴室里的唱机搬到了自己房里。我们听到他在放法语唱片，一直放到很晚很晚。

墙壁上的电码

"我有办法让你们不花力气就学会莫尔斯电码。"他有一次吃午饭时宣布。

我们说我们不要学莫尔斯电码，在秋天开学之前我们什么都不要学。

"不花力气，"爸爸说，"而且第一个学会的有奖，那些不学的也会想学。"

饭后他找了一把油漆刷子和一搪瓷罐的黑漆，然后把自己反锁在卫生间里，在里头他用莫尔斯电码的形式把英文字母抄在墙上。

以后的三天里，爸爸拿着油漆刷子忙开了，他在每一个房间的墙上都写满了莫尔斯电码。他把提示词写在我们卧室的天花板上，你仰卧在床上还迷迷糊糊的时候，那些词就会自己钻到你脑袋里来。

差不多每一天，爸爸都在餐室的桌子上留一张纸条，用莫尔斯电码写着电讯，翻译出来，是这一类的话："第一个拼出这条秘密电讯的快去看挂在我房间里亚麻短裤的右边口袋。爸爸。"或者"赶快抢在任何人之先，去看缝纫机下面左边的抽斗。"

在短裤口袋或者缝纫机抽斗里准会有某种奖品，一块巧克力糖或者一个二十五美分的硬币，或者一张爸爸预付的巧克力冰淇淋汽水冷饮券。

有一些莫尔斯电码的便条是假警报，"哈罗，钓大鱼的小鱼饵们，这一条白花力气，没有奖，但是下次可能有奖。你念完条子以后就发疯一样地跑出去，这样别人会以为你万分激动，于是他也会去念。你别做唯一的小傻瓜。爸爸。"

我们大家都在几星期之内，正像爸爸预计的那样把莫尔斯电码学得相当好了。事实上好得足以用叉子敲打奶油碟子来互相拍电报。每当一打之多的人都想用这样的方式广播，而又都只愿意拍发不想收听，那混成一片的声音是足以叫人发疯的。

一打孩子的家庭

盖尔布雷斯家几乎没有一年不生一个娃娃。爸爸和妈妈都想要很多孩子，如果说是爸爸定了一打这么一个指标，那么妈妈也是十分同意的。

第一次爸爸提到一打这个数字是在他们的新婚的那一天，举行婚礼之后，他们在加利福尼亚州奥克兰上了火车。妈妈想装出一副似乎结婚已经多年因而无动于衷的样子。她本来可以装得很成功，可是爸爸在她摘掉帽子刚想坐下的时候，演戏般地说了一句悄悄话："上帝啊，女人，为什么你没告诉我你的头发是红的？"

挤眉弄眼的旅客们全都把脑袋伸了过来。妈妈只好缩到座位角落里去，用一本杂志把脸遮了起来。爸爸坐在她身边，一直没有再说话。后来火车开了，他们才可以放心地谈谈而不至于被车厢里的其他人听见了。

"我真不该说这话，"爸爸悄悄说，"这只不过是——我为你感到非常骄傲，所以我希望每个人都看看你，都知道你是我的妻子。"

"没什么，亲爱的，我很高兴你为我感到骄傲。"

"我们会有很美好的生活，莉莉，美好的生活和美好的家庭，一个很大的家庭。"

"我们会有满屋子的孩子，"妈妈微笑了，"从地下室到阁楼。"

"从地板到天花板。"

"星期天出去散步的时候，我们就像是彼埃德·派勃夫妇一样。"

"派勃先生，和派勃太太握握手。派勃太太，来见见派勃先生。"

妈妈把杂志放在两人中间，他们在杂志的掩护下握着手。

"你说我们要有几个孩子，估计估计？"妈妈问。

"起码要有一打，"爸爸说，"不能再少了，你说呢？"

"我说，"妈妈说，"一打正好，不能再少了。"

"这是最低限度。"

"我喜欢一半男孩子，一半女孩子。有一半女孩子好吗？"

"如果你要这样，"爸爸说，"我们就这么计划。等一下，我把它记下来。他掏出备忘录庄严地记了下来，"别忘了生六个男孩子六个女孩子。"

在十七年中他们真生了一打孩子，六男六女，使爸爸有点失望的是没有双胞胎也没有多胞胎，毫无疑问他认为一次多胎是最有效率的方式。

老师

我父亲体格强壮，相貌堂堂，性情也随和；他一头浓黑的头发，眼睛里总是漾着笑意。可不幸的是，他和我母亲一样，双耳失聪，一般只能通过手势与人交谈。那是因为他两岁时患上脑膜炎而损害了听力。当他到了上学年龄时，听力已丧失殆尽，甚至连对声音的记忆也消失了。尽管如此，他的其他感官却变得特别敏锐，而且仍然爽朗乐观，从不自怨自艾。

有一天，他告诉我，他要拜我为师，每天识字、读书。为了不再让人家叫他"哑巴"，我答应了他，做他的老师。于是，每天晚上我都忙于读词典，吸收新词汇，然后再教爸爸。而爸爸也总是学而不厌，专心致志地做起我的学生来。

而在此同时，我父亲的好学不倦唤醒了我自己对把握、运用语言的渴望。

其实，我爸爸天性聪颖，只是由于幼时的听力障碍而未能发展自己的语言能力。一次，他把椅子向我移了移，用手势对我说："语言是活的，就像一个人一样，就像一条河一样。它本身就一直在变化，一直在产生新的东西。不一定要通过说才能了解语言。"——他是用一种我永不能企及的独特方法在理解、掌握语言。

爸爸对于清晰的思维与理解有着执著的爱好。如果他知道我对某个概念不甚了了时，便会告诉我："你一定要再去问老师，一定要问清楚。"他用手势表达的"清楚"就颇有启发性：他先把两只手的手指收拢，各形成一个空拳；再两拳并拢，直至指尖相碰，然后再摊开两手，让光线进入掌心。

我爸爸的学习，并不只为一点一滴的知识，他主要是对寻求知识的过程感兴趣，而不是它的结果。他告诉我，一定要学会学习，学会询问，如果我对老师的解答不领会，便可断定是自己把要问的事情表达错了。

"你可以比老师更聪明些，"他说，"你可以再问一个问题，一定要让老师听懂你的问题。"

久之，我也开始精于学问之道。我常常请教老师，不把老师说的全弄清楚就不罢休。事实上，老师本身的巧拙高下对于学生是没有多大关系的，每位老师都可以对学生有所教益。就这样，我在课堂上先是听，再是问，而后回来尽我所能地教给爸爸。

后来，在我上大学之前，我爸爸又对我说："我要跟你一起学。还是你来教我。"

在爸爸的督促下，我对学业从不敢懈怠疏忽。终于有一天，我在学院获得了"最佳学生荣誉奖"，家里人都为我高兴。爸爸一次又一次地要我解释给他听，一边在自己手上刻画着那个荣誉奖的希腊文字母的缩写：βK，一边向我道喜。

直到此时，我才意识到，并非是我在做爸爸的老师，而是他一直在教导我。

正是他激起了我对掌握、运用语言的渴望；正是他促使我直截了当地表达，耐心细致地观察；正是他教会了我用眼睛来倾听，用嘴巴来询问。尽管我父亲常常是那样默默无言，却真正教会了我能说会道。

爱的教导 | STORY

约翰逊·曼德拉给女儿的信

南非黑人领袖约翰逊·曼德拉在狱中得知小女儿在写作上取得了初步进展，而在恋爱中遇到了一些麻烦，他立即怀着深深的父爱给女儿写了一封充满热情鼓励和耐心规劝的信，并克服重重困难，把信转到女儿手中。信中这样写道：

……我很高兴地获悉，你已正式成为《挚爱》杂志的专栏作者。在你17岁的年纪，这是一个不小的成绩。约翰内斯堡能为你提供这样一个富有挑战意味的机会，真是够好的了。写作是受人敬仰的职业，它可以把你直接推到世界的中心，而要成为第一流的作家，你就必须付出实实在在的艰苦劳动，追求美好而新颖的主题，简单明了的表达，不可更替的词汇选择。为了适应你今天的处境，你正在进行自我调整，设法使自己感到幸福。对此，我激动万分。

你说得好极了，孩子，只要有钢铁般的意志，你可以把不幸变成优势，如果不是这样，你妈妈早该变得失魂落魄了。

关于那位男朋友，我对情况了解不够，难以为你提供恰当的建议。

生活中，很少有人能找到十全十美的男朋友或女朋友。一般说来，双方真诚相爱就足够了，剩下的是相互谅解和相互影响的问题。

坦率而求实的讨论可能使那些微妙的难题迎刃而解。

如果在做了最大努力之后，你仍觉得你们的关系没有真正改善，那就毫不迟疑地结束这种关系。有一件事要永远牢记，永远不能允许任何人欺侮你，不管他是谁，不管你爱他爱得多么深。我详细地回顾了过去，发现自己从来没有试图欺侮你们的妈妈。我们都是平等地讨论问题。我不能容忍任何企图欺侮你的人。这样说一说是否会使你稍稍感到轻松些呢？

现在，你的学业是第一位的，是最重要的事情，要不惜一切取得英语奖学金。这是妈妈和我所愿意看到的事。

生活中会有这样的时刻：人们忘记了他们作为人的可贵天赋，忘记了使他们在所到之处和任何困境中都闪耀着光辉的高尚情操。生活中也有这样的时刻：永远充满自信的人开始犹豫不决，潜在的天才看上去还不及平庸之辈。本来强悍有力的男子汉在危难降临时瘫软得像那蜷缩在壳壁之中毫无生气的水母。当人们说生活并不是玫瑰花圃时，说的就是这层意思。……

我的父亲莱斯利·斯蒂芬

儿女渐渐长大，父亲的辉煌岁月也结束了。他攀山涉水的胜绩都是在儿女们出生前完成的。种种念想，就散落在房间里——书房壁炉上的银杯；墙角书架旁戳着的锈迹斑斑的登山杖；他常常聊起那些伟大的登山者和探险家，直到临终，钦羡和嫉妒的口吻兼而有之。但他自己早已不那么活跃，只能满足于漫步瑞士山谷，或在康沃尔郡的大沼里闲荡。

他的几个朋友，不时谈起各自的出行经历，对比之下，显而见得，他口中的漫步和闲荡，就多了些意思，不像别人说得那般轻巧。吃过早饭后，他会独自一人，或带上一个同伴出门。正餐前不久转回家来。倘若走得尽兴，他必定摊开大张地图，用红笔标上新近发现的捷径。

他似乎有本事整天徜徉在沼泽地中，很少对同伴说上只言片语。那时，他已经写完几本书，包括《十八世纪英国思想史》，有人说，这将是他的代表作；《伦理学》——他对此书用力最勤；《欧洲的度假胜地》，其中有"勃朗峰的落日"一章——他认为，这是他写得最好的一本书。

他仍然每日里有板有眼地写书，但每次都不会花上太长时间。在伦敦，他的书房是一间大屋，房间的顶部，有三扇高大的窗子。他几乎是斜躺在低矮的摇椅上，一边写作，一边前仰后合，当做摇篮一样，嘴里叼一只黏土烟斗，周遭堆满书籍。用过的书丢到地板上，砰的一声，楼下也能听到。时常地，他踱着方步上楼进入书房时，会突然哼出一些奇怪的曲调，也不是唱歌，因为他根本不好音乐，哼的都是各类韵句，有他所谓的"俚俗谣谚"，也有弥尔顿或华兹华斯的精妙诗章，走路或上楼，他都会即兴咏诵些东西，全看想到了什么，或什么与他的情绪合拍。

但儿女们能够跟在他身后漫步乡间小路，或阅读他写的书之前，倒是他灵巧的双手，让他们着迷。他用手转动一张纸，剪刀下，纷纷跌出大象、牡鹿，或猴子，长了活灵活现的鼻子、茸角和尾巴。要么，看书时，他拿一支笔，信手画出一只又一只野物，结果，书的扉页上，挤满了猫头鹰和驴子，像是为了图解他时常在书页空白处不耐烦地涂写下的批语——"天哪，蠢货！"或"自以为是的笨蛋"。他写文章时，就更有节制，但其中的想法，或许就是由这些简短的批语生发出来的，让人想起他谈话的一些特点。朋友们都曾证明，他有时沉默寡言。但他叼着烟斗喷云吐雾之际，突然就会脱口插话，嗓音低沉，话却说得有力量。有时只用一两个字，伴了手势的一两个字，就驳倒了像是他的静默引发的一大套痴言妄语。

"光是在伦敦，就有四千万未婚女子！"里奇太太有一次对他说。

"得了，安妮，安妮！"父亲以惊惧而又亲昵的口吻驳斥她。但里奇太太，像是喜欢给人驳斥，下次来时，数字又长出一截。

他讲故事，逗孩子们开心，像在阿尔卑斯山的冒险经历啦——不过他说，必是你蠢到不听向导的话，才会发生意外——或那些远足啦，一次，他冒了酷暑从剑桥前往伦敦，抵达后，"我喝酒，说起来惭愧，喝得伤了身子。"这些故事都很简短，却有一种奇异的力量，让人仿佛身临其境。他没道出的事情有影有形，一一凸显在背景中。所以，他虽然很少讲什么逸闻趣事，而且，对于事实，他的记性很差，但当他描述一个人时——他认识很多人，有的声名显赫，有的默默无闻——只需三言两语，就把他对此人的想法交代得明明白白。他的想法没准儿与其他人截然相反。他总有办法颠倒众人认可的名声，漠视世俗的价值观，这让人窘迫，有时还会伤害别人，尽管他比任何人都更尊重在他看来的真实情感。不过，逢到他突然睁开明亮的蓝眼睛，摆脱了心不在焉的状态，讲出他的想法时，人们就很难充耳不闻。这个习惯也有其恼人之处，尤其是后来，因为耳背，他意识不到别人在听他讲话。

"我是最容易厌烦的人了，"他像通常一样如实写道；大家庭里难免会有些访客，茶点过后，端坐不去，看看还等待正餐，此时，父亲常将他的一绺头发绕来卷去，表明他的恼怒。

随后，他开始发作，一半是冲着自己，一半是冲着头上的神明，但闹出的动静，也清晰可闻，"他为什么还不走？他为什么还不走？"然而，这种单纯，自有其可爱处——他不是同样直率地说过，"厌烦是大地上的盐"——厌烦归厌烦，访客很少就走，真的走了，也会原谅他，下次再来。

或许，对他的沉默，我讲了太多，对他的克制，我也强调得过分。他喜欢清晰的思想，厌恶煽情和装腔作势；但这并不是说他很冷漠，不动声色，日常生活中，总在批评和指责。恰恰相反，他对事物有强烈的感受，而且能够热烈地表达他的情感，有时，他陪同什么人时，不免使人不得安宁。例如，一位夫人抱怨多雨的夏季搅了她在康沃尔郡的出游。父亲虽然从来不以民主主义者自命，但对他来说，雨水却意味着玉米会倒伏；一些穷人又要倾家荡产了；他起劲儿诉说他的同情——当然不是对夫人——结果令她很不自在。有时，他会像对登山者和探险家一样，对农民和渔夫生出尊重。因此，他虽然很少谈论爱国主义，但在南非战争期间——他厌恶一切战争——他又长夜难眠，仿佛听到了战场的枪炮声。同样，哪个孩子如果没有按时回家用餐，他必然认为可怜的小人儿准是出了意外，非死即伤，此刻，理性和冷静的常识都派不上用场。签署支票时，他的全部数学知识，加上他始终坚持必须绰绰有余的银行存款，都不能让他相信，全家人并没有像他所说的，"孤注一掷，要败家了。"他画的老人和破产法院，在温布尔登的陋室里（他在温布尔登有一间小房子）养活一大家子人的破落文人，这些都表明，他可不像有些人埋怨的那样说话克制，只要他愿意，照样能够夸大其词。

然而，他的不讲道理都是表象，只需看他的情绪消退之快，就证明了这一点。支票簿刚一合上，温布尔登和济贫院就忘到了脑后。一些有趣的想法让他忍俊不禁。他拿起礼帽和手杖，唤上爱犬和女儿，阔步直驱肯辛顿公园。孩提时，他曾在那里跳跳蹦蹦，他的哥哥菲茨詹姆斯和他还曾在那里邂逅年轻的维多利亚女王，潇洒地向她鞠躬致意，女王也仪态万方地欠身还礼；从肯辛顿公园，绕过瑟彭廷湖，就来到海德公园演说角，在那里，他曾同伟大的公爵本人打过招呼。散步之后，父亲一行就转回家来。这时，他不会让人有一丝一毫的"不自在"；他非常简单，待人和善，有时，从圆塘到大拱门，他都一声不吭，但即使他的沉默，也是意味深长的，他仿佛正在内心中独白，出入诗歌、哲学和他的旧雨新知中间。

父亲的生活极为节俭。他始终抽烟斗，从来不吸雪茄。他的衣服都要穿到显出寒碜；对奢侈的恶习和懒惰的罪过，他一向持老派的或者说是清教徒的观念。今日父母与子女之间的关系，多了某种随意，倘若父亲还在，必是不能容忍的。他希望家庭生活中，要有一些规矩，甚至是礼仪。不过，倘若所谓随意，意味着有权去自由思想和自由追求，那么，再没有人比父亲更尊重甚至坚持这种自由了。他的儿子，除了陆军和海军，可以从事他们选择的任何职业；虽然他对女子接受高等教育不大关心，但女儿自然也有同样的自由。有时，哪个女儿吸烟，他会厉声呵斥——在他看来，女性吸烟很不雅观——然而，如果女儿向他请求要成为一名画家，他必定答应说，只要女儿是认真的，他就会尽可能给予一切帮助。他从来不热衷绘画；但他言而有信。这类自由要胜过成百上千支香烟。

在或许更复杂的文学问题上，他也同样如此。即使到今天，仍然有父母怀疑，听任一个十五岁的小姑娘随意翻阅大量良莠不齐的图书是否明智。但我的父亲就听之任之。他会吞吞吐吐地提到某些事实。不过，他说："想读什么就读什么好了，"他的藏书，据他自己的说法，大都"俗滥，毫无价值"，但当然，书多且庞杂，我们只管取阅，不必问过再读。读你喜欢的书，只因为你喜欢，绝不可装作欣赏你并不欣赏的——这是他在阅读方面的唯一训诫。以最少的字句，尽可能清楚地写明你的意思——这是他在写作方面的唯一训诫。其他的一切，必须自己去领悟。儿女们除非太过不懂事，才会忽略这番教训出自一位学问渊博、阅历丰富的长者之口，虽然他从来不会强加他的观点，或炫耀他的学问。博恩街上的裁缝见父亲走过他的店铺前时曾说过；"这位绅士衣着考究，自己从来不知道。"

父亲晚年时，日益孤寂，耳朵聋得听不见，有时，他会说自己是个失败的作家，"样样都能，样样不通"。且不说他文字生涯的成败，却不妨认为，他在朋友心中留下了深刻印象。梅瑞迪斯说他早些年时像"光明之神阿波罗转世的托钵会修士"；一些年后，托马斯·哈代远望"光裸而空寂的"施雷克峰，写到：

念彼魁奇士，履险凌绝顶。

山如人之魂，人亦山之影。

人山两幽幽，照眼光耿耿。

此形虽嶙峋，此身自肃整。

　　他虽然是一位怀疑论者，却没人比他更相信人与人之间关系的价值，因此，他可能最珍重的评价，倒是梅瑞迪斯在他死后所说的："据我所知，只有他，才配得上你们的母亲。"洛威尔称他："L.斯蒂芬，最受爱戴的人。"再恰当不过地描述了他的品格，也正是因此，多年之后，他仍然让人念念不忘。

　　　　　　　　　　　　　　　　　　　　　（英国）弗吉尼亚·伍尔芙

天堂回信

　　1993年10月的一个清晨，朗达·吉尔看到4岁的女儿戴瑟莉怀中放着9个月前去世的父亲的照片。"爸爸，"她轻声说道，"你为什么还不回来呀？"

　　丈夫肯的去世已经让她痛不欲生，但女儿的极度悲伤更是令她难以忍受，朗达想，要是我能让她快乐起来就好了。戴瑟莉不仅没有渐渐地适应父亲的去世，反而拒绝接受事实。

　　"爸爸马上就会回家的，"她经常对妈妈说，"他现在正上班呢。"她会拿起自己的玩具电话，假装与父亲聊天儿。"我想你，爸爸，"她说，"你什么时候回来呀？"肯死后朗达就从尤巴市搬到了利物奥克附近的母亲家。葬礼过去近两个月，戴瑟莉仍很伤心，最后外祖母特里施带戴瑟莉去了肯的墓地，希望能使她接受父亲的死亡，孩子却将头靠在墓碑上说："也许我使劲听，就能听到爸爸对我说话。"

　　后来有一天晚上，朗达哄戴瑟莉睡觉时，戴瑟莉说："我想死，妈妈，那样我就能和爸爸在一起了。"

　　"上帝呀！帮帮我吧，"朗达祈祷着，"告诉我该怎么办。"

1993年11月8日本该是肯的29岁生日。"我们怎么给我爸爸寄贺卡呀?"戴瑟莉问外祖母特里施。

"我们把信捆在气球上,寄到天堂去怎么样?"特里施说。戴瑟莉的眼睛立刻亮了起来。

她选了一个画着美人鱼的气球,图案的上方写着"生日快乐"。以前戴瑟莉经常和爸爸一起看美人鱼的录像。

在墓前摆放鲜花时,戴瑟莉口述了一封给爸爸的信。"生日快乐,我爱你,想念你,"她说着,"但愿你在天堂能收到这个气球,在我1月份过生日时给我写回信,好吗?"特里施将那段话和她们的地址记在了一张小纸片上,裹上一层塑料,最后戴瑟莉放飞了那只气球。

将近一个小时,她们就看着那个闪亮的光点慢慢地越飘越远、越变越小,戴瑟莉却兴奋地喊道:"看啊,爸爸收到我的气球了!"才不过几分钟,那气球就不见了。"现在爸爸要给我写回信了。"戴瑟莉说着向汽车走去。

在一个寒冷、微雨的11月的早晨,在加拿大东面的爱德华王子岛上,32岁的维德·麦金农准备出去打猎。他是一位森林管理员,与妻子和3个孩子住在美人鱼镇上。

但那一天他没有去经常打猎的地方,而突然决定去两英里外的美人鱼湖。在岸边的灌木丛中,他发现杨梅树丛的枝条钩住了一只银色的气球,上面印着美人鱼的图案,线的顶端系着一张包着塑料的小纸条,已经被雨浸湿了。

回到家,维德小心地将潮湿的纸条摊开晾干。妻子唐娜回来时,维德给她看了气球和纸条,上面写着:"1993年11月8日,生日快乐,爸爸……"通信地址是加利福尼亚利物奥克。

"现在才11月12号,"维德说,"仅仅4天这只气球就飞越了3000英里!"

"而且你看,"唐娜说着将气球翻了过来,"气球上印着美人鱼的图案,又正好落在了美人鱼湖边。"

"我们应该给戴瑟莉写封信,"维德说,"也许我们命中注定要帮助这个小姑娘。"

在沙勒特镇的书店里,唐娜·麦金农买了一本改编的《小美人鱼》。圣诞节过后几天,维德又买回了一张生日卡,上面写着:"给我亲爱的女儿,温馨的生日祝福。"

1994年1月3日,唐娜坐下来给戴瑟莉写了封信,然后将信夹在贺卡中,与书装在一起寄了出去。

1月19日的傍晚，麦金农夫妇的包裹到了，那时朗达和戴瑟莉已经回尤巴市了，特里施决定第二天再送过去。

那天晚上特里施看电视时，怀着好奇心，她打开了包裹，先是看到一张贺卡，上面写着："给我亲爱的女儿……"

第二天清晨6点45分，哭红了眼睛的特里施将汽车停在朗达的门前。特里施说："戴瑟莉，这是送给你的，"特里施将包裹放在她手里，"是你爸爸寄来的。"

"代你爸爸祝你生日快乐，"特里施念道，"我想你一定会奇怪我是谁。其实一切都是从我丈夫维德11月去打野鸭的那一天开始的。你猜他发现了什么？是你寄给爸爸的美人鱼气球……"特里施停了一下，发现戴瑟莉的脸颊上闪烁着一颗泪珠。"天堂里没有商店，但你爸爸希望有人能帮他给你买一份礼物，所以他就选中了我们，因为我们就住在一个叫做美人鱼的镇上。"

特里施继续读着："我知道你爸爸一定希望你能快乐，而不要为他伤心；我知道他非常爱你，并会一直注视着你的成长。爱你的：麦金农夫妇。"

特里施读完看着戴瑟莉。"我知道爸爸不会忘记我的。"孩子说。

特里施眼里含着泪水，搂着戴瑟莉又读起了麦金农夫妇送的那本《小美人鱼》，这个故事与肯给戴瑟莉读过的那本有些不同，以前那本讲的是小美人鱼后来幸福地与英俊的王子生活在一起，而在这一本中，邪恶的女巫割断了小美人鱼的尾巴，杀死了她，3个天使将她带走了。

特里施读完，担心悲惨的结局会使外孙女伤心，但戴瑟莉却快乐地用双手托住了脸颊。"小美人鱼进天堂了！"她喊道，"爸爸送给我这本书，因为小美人鱼就像爸爸一样进了天堂！"2月中旬麦金农夫妇收到朗达的来信："1月19日收到你们寄来的包裹时，我女儿的梦想实现了。"

以后的几个星期中，朗达母女经常与麦金农夫妇通电话。3月份时，朗达与戴瑟莉飞往爱德华王子岛探望麦金农夫妇。两家人穿着雪地鞋一起到湖边维德发现气球的地方。朗达和戴瑟莉都沉默不语，好像肯就在她们的身边。

如今戴瑟莉每次想要和爸爸说话时，就会打电话给麦金农夫妇，只有这种方式能安慰她幼小的心灵。

"人们都对我说：'气球能落到那么远的美人鱼湖边，简直太巧了。'"朗达说，"但我知道是肯挑选了麦金农夫妇将自己的爱带给戴瑟莉，她现在懂得了父亲的爱会一直陪伴着她。"

梁上君子

　　凌晨两点，我被妻子的叫声惊醒。借着厕所微弱的灯光，我看见她站在离床不远的地方，对着一个敞着衣服、满身横肉的男人吼道："滚出去！"

　　我一怔，阵阵恐惧牵动着全身，紧接着，一个筋斗，我啊地一声从床上弹起，摆出格斗架势。那沉闷的嚎叫声似乎掺着血，好久没那样了。尽管我在海军陆战队受过训，这不期而至的际遇，还是着实吓了我一跳。

　　见我眼露凶光，那浑蛋反而镇静地转过身，背对着我，似乎对我不屑一顾。接着他熄灭了厕所里的灯，房间里漆黑一片。

　　他要伤害妻子？又没见他拿凶器。容不得多想，我跳下床，向妻子奔过去。此时，只见那家伙忙乱地从我眼前掠过，径直奔向只有五岁的儿子房间。他要加害我的儿子？！天哪，我发狂地追了过去。

　　我随手按亮了灯，那家伙正穿过儿子的房间。儿子没事，正坐在床上，揉眼睛。

　　"待在那儿别动！"我急急地告诫儿子。

　　我紧跟着进起居室，发现阳台门的门帘已被掀开，那家伙正欲溜走。月光下，我见他蹿到钉有防护架的阳台尽头。阳台离地面有十四层楼之高。木架是我用来防盗的，用来保护阳台上的玫瑰花。

　　我不知道自己为什么会对那个浑蛋穷追不舍，然而，我的确那样做了。我实在是怒不可遏。他践踏了我神圣的家庭，使亲人成了无辜的惊弓之鸟。我要让他滚，滚，彻底地滚！

　　我抓起一把铁椅，把它高高举过头顶，一步步向阳台逼去。想溜！哼！除非你爬到木架外面，再跳到另一栋楼上。

　　他把脚搭在了木架的底杆上，手也抓住了木架上方的一根杆子。在他和我之间，什么遮掩的东面也没有，只有黑漆漆的夜。

　　我向他逼过去，打算就这样送他上西天。骤然间，我们四目相触，他眼神那般恐惧和绝望。

除掉他！他既没伤妻儿又没伤我。就在我犹豫的那一瞬间，他趁机战战兢兢地上了木架，向另一栋楼的阳台纵身跳去。他跑了，是我身不由己地放了他。我一直在想：他刚才是否也对我做了同样一件事呢？

尽管那个浑蛋早在去年八月份就逃走了，可他留下的阴影却是那样的幽长。儿子现在明白了盗贼是什么样的货色。他不仅学会了怎样取脚印，还学会了自己去布告栏追认那个罪犯。我给他说了一百遍，说那个坏人再也不敢来了，他就是不肯信。这一切都是他自个儿体验出来了，我也同样。

从那以后，不管阳台上的防护架有多牢实，都不能消除儿子心中的恐慌。他怕有人偷偷从街边爬上来，怕他们用绳子从屋顶上吊下来。每逢半夜三更，他总是大声地将我们叫醒，他要看看爸爸妈妈是否安全。他不敢一个人进屋，特别是在晚上。他满脑子疑问，可问题与他的年龄是多么不相称啊。

爸爸，为啥有的人要冒着生命危险进别人的屋呢？盗贼家里也有小孩吗？盗贼有没有固定的工作？他们是住在哪里的？他们是从哪里来的？人为啥要偷东西呢？

说来奇怪，那个梁上君子促使儿子与我结成了一条生死与共的感情纽带。儿子视我为英雄，我在他面前变得更加刚强。当然，儿子的赞誉与我的行为不一定名实相符，但是，每当他一遍又一遍讲起那晚的事情，我都会毫无愧色地微笑。

"是我爸爸把他赶下了阳台的。"他逢人便说，"我爸爸是海军陆战队的，所以他知道怎样做才好。"

儿子的称赞叫我不得不考虑如何去按照他的意念做父亲。恍然之间，我才领悟到，在子女的成长中父亲起的特别作用应该是什么。

那么，我想知道，当那位梁上君子还是个担惊受怕的五岁孩子时，他的父亲又躲到哪里去了呢？我真纳闷。

（美国）迪克·努塞

楼梯上的扶手

我的腿跛得厉害起来，上下楼梯拉扶手使的劲越来越大，走楼梯、跨台阶、去溪边也越来越不利落。从我三岁那年得了骨髓灰质炎并留下后遗症后，我这两条病弱的腿就成了自己不渝的伙伴。如今我四十五岁了。

我的儿子麦修具备所有我所缺乏的自信。他今年十七岁，有一头金黄色的头发，体格健壮。我不在场时他常常口若悬河地显示他的口才，但我们在一起时，他却有点像粗犷而口讷的运动员。他的手很巧，是个活跃的曲棍球运动员，还是个抓鳟鱼的能手。

他曾想把拉丁语学好，可后来他发现得掌握异相动词——形式被动而词义主动的动词。他觉得再没比这蠢的事了，于是就再也不学拉丁语了。为此我们有过几次不快，后来又为一些汽车活争过几次，但除了这些气头上的交锋，我们之间相处得很好。

他一天天长大，而我却一天天衰弱。看看晃晃荡荡的楼梯扶手，我的担心与日俱增，修扶手已不能再拖了。我去请过几个木工，可谁也不想来干这点零活。我走楼梯需更小心谨慎了。

我虽然跛，不过在晴朗的夜晚我还能搬着我那老式的尤尼特伦望远镜登上松林边的小山岗，把望远镜支在三角架上，对着星图寻找新的球状星云和双星。

麦特（麦修的爱称）常来帮我支架望远镜。有时他会留下来透过接目镜看看天空。也是在这样一个夜晚，他又要我讲讲他和天狼星——那颗天空中最亮的恒星之间的故事。

西瑞依斯（天狼星）是麦特的中间名字，是为纪念他出生在蓝白的天狼星和壮观的猎户座星光下而起的。麦特就是在这座小山岗下面的小松林里出生的。

那天他母亲沙莉是半夜以后醒过来的。因为是第二胎（当时两岁的安德鲁正睡在他的童床上），她很冷静地按经验估计新生命大约还得过几个小时才会降生。依照他们麦克因托什家族勤奋的天性，她收拾起房间来。

那时我还没醒，对于将要在我身边发生的戏剧性事件毫不知晓，是她用变了调的尖声叫醒了我："快起来，孩子就要降生了！"

那时我的腿比现在灵便，我跳起来穿上衣服，抓了车钥匙就冲下楼去。沙莉已经给医生打了电话，又叫了一个邻居来照看安德鲁。

等那邻居来了以后，沙莉和我就去上车。我们那辆月白色的老福特停在五十英尺外的松林旁边。我坐在方向盘后面，"上车吧，沙莉，我们走。"我说。她还在犹豫。

"我……我不能坐了"。

"你怎么了？"

"婴儿的头就要生出来了……你最好还是过来接着吧！"

这时沙莉已经爬上了前座。

"你快过来呀！"

我从来没有也再也没有听到过这种充满了惊恐和紧张的声音。

在这秋夜的星光下，我过去接住了婴儿。这个小小的、有着体温的圆东西还没有完全生出来，就爆发出响亮的哭声。我右手托着他的脑袋，左手托着后背，惊奇地看着那个圆润光滑的肚子一会儿就变成了一个能哭会喊的像模像样的婴儿。

我小心翼翼地提着婴儿的脚后跟，托着婴儿的头，借着星光我看到小身体上那个小雀雀正对着我。"是个男孩"！我喊了起来，兴奋的热血涌遍了全身。

接着我把他递给了他母亲，给他们披上了大衣。一会儿救护车到了，医护人员接替了我。忙乱之中我的汽车钥匙丢了——失落在这个夜晚，这片松林，这腔兴奋之中。

这就是婴儿在洗礼时被命名为麦修·西瑞依斯的缘由——因为他降生到我的双手中时，天狼星正在我的头顶上照耀着。

麦特为他的中间名苦恼了好多年。当他长到能忍受别人的取笑时，他已经为他取了天上最亮的星星的名字而高兴了。

有天晚上，我工作完后正准备攀扶着楼梯上楼去休息时，发现扶手已不再晃荡了，它好像被钉在岩石上。

"沙莉，"我喊道，"你知道这扶手修好了吗？"

"对，你去问问麦特。"

麦特回来后，说扶手是他修的。

"那我该为你做什么呢？"

"不用，你已经为我做过了"。

"做过了？怎么会呢？"

"你知道，我降生在你的双手里，使我没落在地上。所以我想我该报答你。"

接着是一阵沉默。在沉默中有一种强烈的感情热流在我们之间流动，这种流动虽然既看不见又听不见，但却能被我的心，我的骨髓所知觉，所感动。

今天离这故事发生的时间已过去了十年。楼梯扶手依然牢固如初。天狼星也仍然在松林上升起——秋天里晚些，冬天里早些，春天里更早。而我每次看到它，心里就充满谢意。

（美国）爱德华·齐格勒

夏之乐章

儿子和女儿正在比赛，看谁能够把声音弄得更响：儿子开电视机看球赛；女儿开电唱机听齐普林乐队的唱片。我也坐在客厅里，含笑闭目养神。

南希大声喊："爹，你觉得太吵吧？"

"不。"我说，连眼睛都没睁。

我那神秘的微笑使她感到困惑。"爹，可不可以告诉我，您在干什么？"她使劲地嚷。

"我在听！"我也高声回答，仍旧微笑着。

这引起罗比的注意。"听唱片，还是听球赛？"他尖声问。

"都不是！"我提高嗓子回答，始终笑容可掬。

他们两人都大感兴趣，分别关掉电视机和电唱机。"我又听到了，"我向他们解释，"只要我高兴，我可以随时一闭眼就听到。"

"听到什么？"南希追问。

"旧日的夏天音乐。往昔夏季的甜蜜歌声。"接着我开始告诉他们究竟是怎么回事。

我仍旧记得卖冰淇淋车懒洋洋的铃声；街头儿童玩球时的呼喊；飞蛾鼓翅戏扑门灯时的突突声。我仍旧听得见手摇割草机发出的轧轧声，后院烤肉时柴薪发出的毕剥声，以及幼童首次获准烤药蜀葵时的欢呼。

夏天，铁路上的午夜班车在月色朦胧中飞驰穿过市区时，唱出哀怨的曲调：它的汽笛先是一声悠长凄凉的哀号，接着是一声短叹，然后又是一声直趋远方的长啸，最后如泣如诉地转为低沉，有似哀伤的葛许温乐曲。当时飞机很罕见，但是一

爱的教导 | STORY

旦飞临上空，可就声震屋瓦，引得行人驻足，使你也急急跑到屋外，在草场上瞻仰空中的奇迹。

夏雨洒在玻璃窗上，奏出快调滑稽歌，在车房的铅皮屋顶上表演木琴独奏；电光一闪，就恍如铜钹骤响，不禁使你暗计分秒，看看定音鼓般的隆隆雷声究竟距你多远。夏天也是寂静的季节，寂静得只有疾徐有致，一丝不苟的蟋蟀声。夏天的音乐是木棒沿栅栏敲的当啷声；是男孩把萤火虫放进广口玻璃瓶时"抓到了"的一声欢呼；是槌球互撞的咔嗒声；也是行人道上噼噼啪啪的跳绳声。

夏日薄暮，你母亲虽然忙着为家里每个人都做点事，却仍能忙里偷闲，独坐在钢琴前，弹奏德彪西的"月明曲"——她仍然记得的唯一曲子。在夏天，你听见父亲在睡椅上的鼾声，每打一鼾，就把刚才他在看的体育版那面报纸吹得动一下。

在夏天，你可以听到玩"归山寨"游戏时扮"捕头"的男孩在报数，他紧闭着眼靠在树上，一五一十地数到五百。熟练的儿童数得很快，把数字念成一片。但是他们绝不欺骗，绝不漏数一数，最后高喊："不管你有没有藏好，我要来了！"于是"捕头"跑去追寻"逃寇"，矮树丛里接着传出一阵奔跑和纠缠的声响。一阵寂静之后，顺利溜回山寨的男孩高喊"安全啦！"于是大家纷纷"安全"返寨，橡胶球鞋的奔跑声交织成一片合唱。

公园池塘里可以听到扑通扑通的声音，原来是一些做父亲的在投石子，让子女默数涟漪。聪明的孩子能用拇指绷紧一片草叶，吹出美妙的笛音。电风扇呼呼地哼唧。孩子口袋里弹珠叮当作响……

你听着这些声音，心里就想到："这就是夏天；其他季节无非是为了夏天而存在。"

我脸上的笑容想必消失了。因为南希在问："爸爸，怎么啦？"

"不知道，"我说，"大概是想到你们没有经历过这一切，使我心里难过。"

"但是我们自己也有夏天的音乐呀。"南希说。罗比也表示同意。我看了他们好一阵子，突然领悟到他们自然另有一套音乐。而且他们的音乐当然和我的不同。

我的是地方上的音响，他们的则是整个世界的音乐。在他们上幼儿园之前，他们已经有了通信卫星——领略过世界上的一切曲调和语言，也领略过战争、贫穷和暗杀交织的噪音，更欣赏过海底和外太空汇成的乐音。他们的夏天音乐是不静止的。旋律就是动作：喷射引擎的尖啸，跑车换挡时越来越响的咆哮，冲浪时哗啦声，以及机车粗鄙的轰隆声。

我设法透过他们的耳朵来听夏声：无线电台流行音乐节目主持人如醉如狂的评介；他们播放的狂热摇滚音乐，宛如大铁锤敲击似的噪音大混合，音响之大超过了成年人容忍的限度。然而大胆、新颖、诚实，没有无病呻吟或过分柔情蜜意的抒情歌词。

但是他们也渴望恬静。因此他们在夏天偷偷溜到山上独坐，孤芳自赏，沉醉在静寂里，等着听向日葵绽放的声音。他们戴着爱情串珠和东印度群岛的牛铃漫步时，随着脚步响起一阵轻柔的叮当声。他们听到的比我们以前听到的更多，因为他们听得仔细。在我们早年的夏天里，我听到的只是鸟儿唱歌。现代的耳朵可以听得出是哪一种鸟在唱；现代的眼睛看得出遗存的鸣禽已经为数有限；现代的心灵可以体会到珍重这种鸟和它的歌声多么重要。

因此，亲爱的孩子，你们的夏天音乐是专属于你们的。这是你们成熟过程中那些温暖、亲切季节的记录，是你们茁壮成长、欣欣向荣时的记录；是生活在人间的狂想曲，充满活力和欢愉的疯狂华尔兹；也是初恋时辛酸而又甜蜜的小调，万物众生齐声欢唱的歌曲：我活着！我活着！我真高兴我活着！

无论对你们或对我来说，夹杂在那欢呼声中的，就是神奇的夏天音乐。

父亲的教训

爸爸在北达科塔州大草原上的一个小镇摩特市开了一家"我们的家具用品店"，家里的七个孩子都在店里帮忙。一开始，我们只做些杂事，像是掸掸灰尘、把架上的东西排好或是包装货品之类的，慢慢地，我们才有资格为顾客服务。在我们一边工作一边观察学习的过程中，我们逐渐了解到，工作不只是卖出货品、维持生活而已，其中还包含了许多其他的东西。

有一件事我记得很清楚。那是圣诞节之前不久，我当时在念八年级，晚上在店里值班，整理玩具架上的货品。这时有个五六岁的小男孩到店里来，他身上穿着一件老旧的棕色外套，磨损的袖口显得脏污不堪，头发很凌乱，只有额前一小撮头发桀骜不驯地竖起来，脚上的鞋也磨得不成样子，一只鞋的鞋带还是断的。依我看，这小男孩一定没什么钱——他的钱一定不够买店里任何一样东西。他在玩具部附近逗留，拿起这个看看，又拿起那个看看，然后小心翼翼地把每样东西放回原位。

父亲从楼上下来，走向这个小男孩。他明亮的蓝眼睛透着笑意，脸颊上的酒涡也愈来愈深。

他问这个男孩，有什么地方需要服务。男孩回答说，他想买个东西给他弟弟做圣诞礼物。父亲对待他就像对待其他成人顾客一样，态度十分尊重，这点令我印象深刻。他告诉小男孩，不要急，慢慢看，而他也真的看了很久。

大约20分钟后，小男孩很小心地拿起一架玩具飞机，走到我父亲面前问道："先生，这要多少钱？"

"你有多少钱？"父亲问。

小男孩伸出一只手，摊开手掌。由于握得太久，他的手掌温湿的，还有一些脏污的痕迹。他的手掌上躺了两个10分钱、一个5分钱和两个1分钱——加起来总计27分钱。

"这些钱差不多了。"父亲说着把钱收下来。

这句话一直到今天，都还在我耳边回响。我还记得自己当时在包装礼物时看到的情景——那个小男孩走出店外时，我看到的不是脏污，破旧的外套，不是凌乱的头发，更不是断了的鞋带，而是一个手捧宝贝，全身放着光芒的小孩。

父亲的音乐

我还记得那天父亲费劲地拖着那架沉重的手风琴来到屋前的样子。他把我和母亲叫到起居室，把那个宝箱似的盒子打开。"喏，它在这儿了，"他说，"一旦你学会了，它将陪你一辈子。"

我勉强地笑了一下，丝毫没有父亲那么好的兴致。我一直想要的是一把吉他，或是一架钢琴。当时是1960年，我整天黏在收音机旁听摇滚乐。在我狂热的头脑中，手风琴根本没有位置。我看着闪闪发光的白键和奶油色的风箱，仿佛已听到我的哥们儿们关于手风琴的笑话。

接下来的两个星期，手风琴被锁在走廊的柜橱里，一天晚上，父亲宣布：一个星期后我将开始上课了。我难以置信地看着母亲，希图得到帮助，但她那坚定的下巴使我明白这次是没指望了。

买手风琴花了300块，手风琴课一节5块，这不像是父亲的性格。他总是很实际，他认为，衣服、燃料甚至食物都是宝贵的。

我在柜橱里翻出一个吉他大小的盒子，打开来，我看到了一把红得耀眼的小提琴。"是你父亲的。"妈妈说，"他的父母给他买的。我想是农场的活儿太忙了，他从未学着拉过。"我试着想象父亲粗糙的手放在这雅致的乐器上，可就是想不出来那是什么样子。

紧接着，我在蔡利先生的手风琴学校开始上课。第一天，手风琴的带子勒着我的肩膀，我觉得自己处处笨手笨脚。"他学得怎么样？"下课后父亲问道。"这是第一次课，他挺不错。"蔡利先生说。父亲显得热切而充满希望。

我被吩咐每天练琴半个小时，而每天我都试图溜开。我的未来应该是在外面广阔的天地里踢球，而不是在屋里学这些很快就忘的曲子。但我的父母毫不放松地把我捉回来练琴。

逐渐地，连我自己也惊讶，我能够将音符连在一起拉出一些简单的曲子了。父亲常在晚饭后要求我拉上一两段，他坐在安乐椅里，我则试着拉《西班牙女郎》和《啤酒桶波尔卡》。

秋季的音乐会迫近了。我将在本地戏院的舞台上独奏。

"我不想独奏。"我说。

"你一定要。"父亲答道。

"为什么？"我嚷起来，"就因为你小时候没拉过小提琴？为什么我就得拉这蠢玩意儿，而你从未拉过你的？"

父亲刹住了车，指着我：

"因为你能带给人们欢乐，你能触碰他们的心灵。这样的礼物我不会任由你放弃。"他又温和地补充道，"有一天你将会有我从未有过的机会：你将能为你的家庭奏出动听的曲子，你会明白你现在刻苦努力的意义。"

我哑口无言。我很少听到父亲这样动感情地谈论事情。从那时起，我练琴再不需要父母催促。

音乐会那晚，母亲戴上闪闪发光的耳环，前所未有地精心化了妆。父亲提早下班，穿上了套服并打上了领带，还用发油将头发梳得光滑平整。

在剧院里，当我意识到我是如此希望父母为我自豪时，我紧张极了。轮到我了。我走向那只孤零零的椅子，奏起《今夜你是否寂寞》。我演奏得完美无缺。掌声响彻全场，直到平息后还有几双手在拍着。我头昏脑涨地走下台，庆幸这场酷刑终于结束了。

时间流逝，手风琴在我的生活中渐渐隐去了。在家庭聚会时父亲会要我拉上一曲，但琴课是停止了。我上大学时，手风琴被放到柜橱后面，挨着父亲的小提琴。

它就静静地待在那里，宛如一个积满灰尘的记忆。直到几年后的一个下午，被我的两个孩子偶然发现了。

当我打开琴盒，他们大笑着，喊着："拉一个吧，拉一个吧！"很勉强地，我背起手风琴，拉了几首简单的曲子。我惊奇于我的技巧并未生疏。很快地，孩子们围成圈，咯咯地笑着跳起了舞。甚至我的妻子泰瑞也大笑着拍手应和着节拍。他们无拘无束的快乐令我惊讶。

父亲的话重又在我耳边响起："有一天你会有我从未有过的机会，那时你会明白。"

父亲一直是对的，抚慰你所爱的人的心灵，是最珍贵的礼物。

（美国）韦恩·卡林

不要在冬天砍树

在我9岁那年冬天，爸爸带我到北方阿拉斯的城郊，和爷爷一起过圣诞——在那里爷爷有一个小小的农场。

一天，我在玩耍时发现屋前的几棵无花果树中有一棵已经死了：树皮有的已剥落，枝干也不再呈暗青色，而是完全枯黄了。我稍一碰就"吧嗒"一声折断了一枝。

于是我对爷爷说："爷爷，那棵树早就死了，把它砍了吧！我们再种一棵。"

可是爷爷不答应。他说："也许它的确是不行了。但是过冬之后可能还会萌芽抽枝的——说不定它正在养精蓄锐呢！记住，孩子！冬天，你不要砍树。"

正不出我爷爷所料，第二年春天，这棵显然已经死了的无花果树居然真的重新萌生新芽，和其他的树一样感受到了春天的来临，真正死去的只是没几根枝丫。到了夏天，整棵树看上去跟它的伙伴并没啥差别，都枝繁叶茂，绿荫宜人了。

成年以后，我当了小学教师，在二十多年的教学生涯中也不止一次地遇到类似的情形。那个总是连字母也背不全的口吃者皮埃尔，现在竟成了一位小有名气的律师；而当年那位最淘气、成绩最差的巴斯克男孩，后来成了大学的优等生，而今更是一家拥有巨额资产的公司的副总裁了。更值得一提的是我的小儿子布朗。他幼时不幸患了小儿麻痹症，几乎成废人。可是我记住爷爷的话。不放弃对他的希望，也一直鼓励他不要灰心丧气——而今他也成功地读完了大学课程，担任了公共图书馆的一名管理员。要知道，布朗只有左手的三个手指能动弹，提起手来扶一扶鼻梁上的眼镜也十分困难！

回想起来，只要我们不轻易放弃，凡事都有转机的可能。在过去的几十年中，我自己也不时遇到过让人沮丧伤怀的事儿，但是爷爷的教诲却每每给我以鼓励（尽管那个农场早已易主，听说还成了工厂区，而爷爷也作古多年了），让我看到冬天以后的情景，从而顺利地度过了一个又一个家庭和事业上的危机。

（法国）查尔斯·贝多

爸爸会做

我爸爸年幼时，从来不曾有过一个真正的家。才5岁时他母亲便去世了，而他的父亲也终身没有再娶。他俩随处漂泊，生活无定。爸爸8岁时，他已先后待过3个国家了。也许，正是这游踪无定的生活，使爸爸养成了勤劳实干的习惯。

他的一生，可以说都是在叮叮当当地忙乎着。寄居土耳其时，他才6岁，就把餐桌的桌腿全部对半锯断，以便他能坐得舒服些。为此，他受了惩罚。不过他也由此看到了用自己的双手来解决问题的价值。

10岁时，他来到了纽约的布鲁克林定居。那年他便利用人家丢弃的废旧零件，为自己造了一辆自行车。到了20岁，他又故伎重演，为自己造了辆帕卡牌汽车！就是他那双粗壮的满是老茧的手，竟把一辆废车整修一新，兜起风来，绝不比富家子弟的车差劲多少。

父亲是个实干家。他可以告诉你锅炉所需的压力，尽管他说不上计算过程；他可以告诉你房子里的积压种管道和配线是否承受得住总消耗，尽管他也画不出施工蓝图来。后来他通过上夜校，终于成了一名工程师。但在此之前，他早已是一名管子工、电工兼机修工了。

多年劳作的成果，足以让父亲感到自豪。而我觉得，最值得他骄傲的应是他亲手为我制作的那些小玩意儿。爸爸是以自己的双手而不是用言语传达了他对我的无限慈爱。

我7岁那年，家里在新泽西州买了一幢白色的复斜屋顶的旧式房子。一买下，母亲就想搬进去了，只是爸爸坚持要修整一下供热系统，隔好廊沿，还要在卫生间用瓷砖贴面，装上抽水马桶。

直到那年的圣诞前夕，房子的地上还满是垫布，许多家具也仍然堆在一起。不过妈妈还是决定在新居庆祝节日，并让爸爸和我去采办些装饰品来。

路上，正巧要经过一家玩具店。透过橱窗，我看到了一个奇特无比的木头房子，那是我有生以来从未见过的。整个造型就像是一段朝上翻起的木头，房子的墙上还镂出了椭圆形的小窗，里边挂了印花面窗帘，还制作了精巧无比的阳台。

"哦，爸爸，这多美啊！你说圣诞老人会送我一个吗？

父亲看了看100美元的标价——这在当时是十分昂贵的，开玩笑地说："我想即使是圣诞老人也出不起这价的——不过也许以后会的，亲爱的。"爸爸是希望我一会儿就忘了这事，可我跟父母唠叨了一整天，为这小房子缠个没完。

圣诞节清晨，我一早醒来便往楼下奔，去看我的圣诞礼物。在圣诞树下，我真的找出了不少礼品盒，可是大到足以装下那个玩具房子的盒子却一个也没有。爸爸一定是看出了我失望的神色，他将我抱到膝上，轻轻地说出了自己小时候的事，那时他也向他的父亲要过一辆玩具货车，但父亲买不起。

"那你怎么办？"我问。

"我用找来的木块和旧轮子自己做了一辆。"他说，"你知道吗，对我来说，那要比从店里买来的任何玩具车都更加贵重呢。"

"可我不知道怎么来做木头房子呀！"我说。

"爸爸会做。我们可以一起干。"——他让我放心。果然，一过圣诞他就搁下了家里那许多事情，和我忙乎起木头房子来。爸爸先将多合板的脚料锯成许多木条子，把它们固定在木头底板的一个圆圈里，然后教我用砂纸把粗糙的地方磨平。接着，他再把这锯成两半，又装上了铰链。这样，一块木头就成为能开合的房架了。

白天，爸爸要外出工作，回来已累得要命。可晚上一有空他就来忙我的木头房子。他那精工细作的样子，绝不亚于造家里的厨房。而后，他又用深浅不同的棕色条纹装饰外表，还退后几步，看了看玩具房子的整体效果。

之后，他还别出心裁地改进了式样，甚至还用真的混凝土在房子的前面添了小路。

就为这木头房子，父亲陆续花了4个月的辛苦劳动。它实在是一个孩子所能得到的最好的礼物了。多年以后，尽管我也早已不玩玩具了，可还不时地找出它来看看，不仅是为了欣赏，也借以回顾往昔——我眼看着父亲用他的双手将我的梦想一步步变成现实的那段岁月。

待我上了大学，自己有了家以后，就更加体会到自己是多么的依恋着他，不愿意离开他。可是父亲却说："我能够为你提供许多方便，但是不能造就你的生活。我所做的一切只是在帮助你创造自己的天地。"

父亲没给我写过信，也常记不起我的生日和结婚纪念日——甚至有时连我今年几岁也闹不清楚，但在我的生活中无处不洋溢着他对我的爱——无言的父爱。

（美国）苏珊娜·查辛

幼犊

他记得很小的时候，爸爸常常俯下高大的身子，把他拎起来，举向空中。他挥着两只小手乱抓，快活得咯咯直笑，妈妈瞧着父子俩，也乐得合不拢嘴。他在爸爸的头顶上，可以低头看妈妈扬起来的脸，还有爸爸的白牙齿和蓬乱、厚密的棕色头发。

接着，他就会高兴地尖叫，要爸爸把他放下来。其实，在爸爸强壮有力的手臂里，他感到安全极了。这个世界上，最棒、最了不起的人就是爸爸。

　　有一次，妈妈嫌钢琴放得不是地方，指挥爸爸把它抬到房间另一头。他们的手挨在一起，扶住乌亮的琴架。他看到妈妈的手雪白、纤细、小巧，爸爸的手宽大、厚实、有力。多么大的区别呀！

　　他长大了，会"抓狗熊"了。每到晚饭时分，他就埋伏在厨房门后，一听到爸爸关车库门的声音，便屏住呼吸，紧紧地贴在门背后。于是，爸爸来了，站在门口，两条长腿一碰，笑哈哈地问："小家伙呢？"

　　这时，他就会瞥一眼正做怪相的妈妈，从后门弹出来，抱住爸爸的双膝。爸爸赶紧弯下腰来看，一边大叫："嘿，这是什么——一只小狗熊？一只小老虎！"

　　后来他上学了。他在操场上学会了忍住眼泪，还学会了摔倒抢他足球的同学。回到家里，他就在爸爸身上演习白天所学的摔跤功夫。可是，任凭他喘着粗气，使劲拖拉，爸爸坐在安乐椅里看报，纹丝不动，只是偶尔瞟他几眼，故作吃惊地柔声问："孩子，干啥呀？"

　　他又长了——长高了，瘦瘦的身材倒十分结实。他像头刚刚长出角的小公牛，跃跃欲试，想与同伴们争斗，试试自己的锋芒。他鼓起手臂上的二头肌，用妈妈的软尺量一量臂围，得意地伸到爸爸面前："摸摸看，结实不？"爸爸用大拇指按按他隆起的肌肉，稍一使力，他就抽回手臂，大叫："哎哟！"

　　有时，他和爸爸在地板上摔跤。妈妈一边把椅子往后拖，一边叮嘱："查尔斯，当心呀。不要把他弄伤了！"

　　一会儿工夫，爸爸就会把他摔倒，自己坐在椅子里，朝他伸出长长的两条腿。他爬到爸爸身上，拼命擂着两只小拳头，怪爸爸太拿他不当一回事了。

　　"哼，爸爸，总有一天……"他这样说。

　　进了中学，踢球、跑步，他样样都练。他的变化之快，连他自己也感到吃惊。他现在可以俯视妈妈了。

　　他还是经常和爸爸摔跤。但每次都使妈妈担惊受怕，她围着父子俩团团转，干着急，不明白这样争斗有什么必要。不过回回摔跤都是他输——四脚朝天躺在地板上，直喘粗气。爸爸低头瞧着他，咧嘴直笑。

　　"投降吗？"

　　"投降。"他点点头，爬起来。

　　"我真希望你们不要再斗了，"妈妈不安地说，"何必呢？会把自己弄伤的。"

　　此后，他有一年多没和爸爸摔跤。一天晚上，他突然想起这事，便仔细地瞧了瞧爸爸。真奇怪，爸爸竟不像以前那样高大，那样双肩宽阔。他现在甚至可以平视爸爸的眼睛了。

"爸，你体重多少？"

爸爸慈爱地看着他，说："跟以前一样，190来磅吧。孩子，你问这干吗？"

他咧咧嘴，说："随便问问。"

过了一会，他又走到爸爸跟前。爸爸正在看报。他一把夺过报纸。爸爸诧异地抬起头，不解地看着他。碰到儿子挑战的目光，爸爸眯缝起眼睛，柔声问："想试试吗？""是的，爸爸，来吧。"

爸爸脱下外套，解着衬衫扣子，说："是你自找的啊。"

妈妈从厨房里出来，惊叫着："天哪！查尔斯，比尔，别——会弄伤自己的！"但父子俩全不理会。他们光着膀子，摆好架势，眼睛牢牢盯着对方，伺机动手。他们转了几个圈，同时抓住对方的膀子。然后，用力推拉着，扭着，转着，默默地寻找对方的破绽，以便摔倒对方。室内只有他们的脚在地毯上的摩擦声和他们的喘息声。比尔不时咧开嘴，显出一副痛苦的样子。妈妈站在一边，双手捂着脸颊，哆嗦着嘴唇，一声也不敢出。

比尔终于把爸爸压在身下。"投降！"他命令道。

"没那事！"爸爸说着，猛一使劲推开比尔，争斗又开始了。

但是，爸爸最终还是筋疲力尽了。他躺在地板上，眼里闪着狼狈的光。儿子那双冷酷的手，牢牢地钳住了他，他绝望地挣扎了几下，停止了反抗，胸脯一起一伏，喘着粗气。

比尔问："投降？"

爸爸皱皱眉，摇了摇头。

比尔的膝头仍压在爸爸身上。"投降！"他说着，又加了点劲。

突然爸爸大笑起来。比尔感到妈妈的手指头疯狂地拉扯着他的肩膀。"让爸爸起来，快！"

比尔俯视着爸爸，问："投降吗？"

爸爸止住了笑，湿润着眼，说："好吧，我输了。"

比尔站起身，朝爸爸伸出一只手。但妈妈已抢先双手搂住爸爸的膀子，把他扶了起来，爸爸咧咧嘴，对比尔一笑。比尔想笑，可又止住了，问："爸，没弄伤吧？"

"没事，孩子。下次——"

"是的，也许，下次——"

妈妈这次什么也没说。她知道不会再有下一次了。

比尔看着妈妈，又看看爸爸，突然转身就跑。他穿过房门——以前常骑在爸爸肩头钻进钻出的房门；他奔向厨房门——他曾埋伏在那后面，等待着回家的爸爸，扑上去抓住他的长腿。

外面黑黑的。他站在台阶上，仰头望着夜空。满天星斗，他看不见，因为泪水充满了眼眶，流下了脸颊。

（美国）克莱奥尔

遗产

唐哈维尔·德·坎普萨诺自知将不久于人世，但他感到异常的平静。只有一件事让他放心不下。他很有钱，担心自己一旦离开人世，他那对孪生儿女就会由于遗产问题而产生争执。

他记得自己当年同哥哥争夺财产的情景：兄弟间的感情竟会因此荡然无存，甚至成为仇敌。当初，他真希望哥哥遭受一切厄运；有一天夜晚，他甚至躲在树丛里想伺机干掉自己的亲兄弟。多少年来，这个伤天害理的念头一直折磨着他，令他羞愧难当。

为了避免发生这种不幸的事情，唐哈维尔将儿子送进军校读书，不让他待在家里，眼看自己快不行了，才准备将儿子何塞·马丽亚叫回家，让他与妹妹马丽亚·何塞法生活在一起，他想呀想呀，费尽了心思，终于想出了一条妙计……

一天，他将女儿叫到身旁，十分认真地对她说道："孩子，在你哥哥回来之前，我要告诉你一件至关重要的事情。没有必要表白我多么疼你；你是姑娘家，我得特别地关照你，使你今后更加幸福。只有这样，我才放心，你也会为此祝福我的……在我们家别墅一楼的客厅，就是那个有个陈旧笨重大衣柜的客厅，从门开始往左数，就在第17块砖头底下有块石头，石头下埋着一个小铁匣，里面装有100万瑞尔金币。这可是我多年的积蓄！这都是你的，归你一人所有。从现在起，我们不再谈这事了。"

马丽亚·何塞法悲戚地微笑着，一再说永远也不会有这个时刻的到来。当晚，何塞·马丽亚回到了家。兄妹俩悉心照料着父亲，没过多久，死神终于夺走了老人的生命。

眼泪陪伴着兄妹俩度过了葬礼后的好些日子。他们少言寡语，无心交谈。过了许多天，他们才打开遗嘱，同律师一道处理了一切后事。一天晚上，兄妹俩呆在客厅，马丽亚·何塞法走到哥哥身旁坐了下来，然后怯生生地开了口："何塞，我得告诉你一件事……一件怪事……爸爸说……"

"怪事？说吧，亲爱的……"

"嗯……你可别吃惊……我们的别墅里有价值百万的金币！"

"不，小傻瓜！"何塞·马丽亚急忙纠正，"你听错了。不多不少，那100万是在牧场！"

"哎呀，何塞！爸爸跟我说得一清二楚，还不让落了一个字，那100万金币就在第17块砖底下的石块下面。"

"那一定是你搞错了！爸爸明明白白告诉我，钱在牧场那棵靠旧墙的树下。那儿有一堆乱石，石堆下有几块砖头，小铁匣就藏在砖头下，里面有100万金币。"

"亲爱的，那是不可能的！你得相信，你回到家时，爸爸快不行了，危在旦夕，也许神志不大清楚了。"

"马丽亚，"何塞抓住了妹妹的手，沉思了片刻，说，"要不就是有两个铁匣子。这样，我们都没有说错。爸爸还说那钱只是我一个人的……"

"他也这么对我说……"

"可怜的爸爸！"何塞·马丽亚喃喃地说，"真让人难以理解！可……要是你愿意，我们就到别墅和牧场去看看，这样一切都会明白。"

"说得对，"马丽亚·何塞法说，"先去别墅吧，那里一定会有钱的。"

"你知道……我没有先告诉你，因为怕你觉得爸爸偏心我，更疼我……我想把钱取出来给你一半，但不告诉你它的来历。如此说来我真是笨蛋一个。"

"不，不，你做得对，"马丽亚·何塞法心慌意乱，"我认为我说得太多了……我本该先去取钱，然后像你一样，把钱给你，也不把钱的来历告诉你。"

几天后，他们一同来到别墅，并在父亲说的地方找到了小铁匣。没来得及打开，他们又朝牧场出发了，在那棵树的石堆下也找到了一样重的铁匣子。他们在客厅里打开铁匣子，里面果然盛满了金币。过了半晌，马丽亚·何塞法突然叫了起来："匣子里有一张字条！"

"我这里面也有一张！"哥哥也叫了一声。

"瞧，这是爸爸的笔迹。"

"这也是！"

"哦，爸爸说：'我的孩子，如果读这张字条时是你单独一人，那么我深感遗憾，但我原谅你；如果是你们兄妹俩一起看，那么我会高兴得从墓地中跳出来为你们祝福……'"

"我这张也是这样写的。"过了片刻，马丽亚·何塞法说道，她抽泣着，又悲又喜。

兄妹俩扔下了字条，踩着洒满一地的金币，伸开双臂向对方迎了上去，久久地搂在一起。

爱是所有回忆

父亲与我谈话时，他总是会先说一句："我今天告诉过你我有多么爱你吗？"从这句话我能深深感到父亲对我的爱，随着岁月的流逝，父亲已迈入老年，体力大不如前，然而我们父女间的感情却是一日比一日深厚。

到了82岁，他已有撒手而去的心理准备，而我也想让他早日脱离病痛的折磨。我们紧握彼此的手，笑着和对方告别，但眼中仍是忍不住充满了泪水。我说："爸，等你走后，我希望能接到你报平安的讯息。"他笑说我想法荒谬，因为爸并不相信世间有轮回转世，其实我也不太相信鬼神之说，但我的许多亲身经验却又让我不得不怀疑"另一边"的人能与我们相通。

所谓父女连心，当父亲走的那一刻，我胸中也能感应到他心脏病发作的瞬间。最令我遗憾的是，碍于医院的某些规定，我竟无法在他咽下最后一口气时握着他的手。

父亲走后，我日日祈祷能听到他的声音，每晚我期盼他能入梦来，但仍是音讯全无；4个月以来，我听到的只有亲友的吊唁。母亲早在5年前因老年痴呆症去世，失去双亲的我，即使已过中年，心里仍像孩童一样茫然无助。

有一天，我躲在黑暗安静的房间里等着师傅来帮我按摩，一阵想念父亲的情绪又填满了胸口，我开始怀疑，是否自己过于殷切地期盼能听到他的声音。突然间，我发觉自己的神志敏锐异常，脑袋出奇地清楚，就算给我一长串的数字我也能加减自如，起初我怀疑自己是身在梦中，但我后来确定，这种感觉是百分之百的真实。原本混乱的思绪在脑中如水滴扰乱了静止的湖面，此时却异常的平静，我心中对这种改变惊讶不已，这让我领悟到：或许我不该如此强求想获得父亲的讯息。

霎时，我在黑暗中见到了母亲的脸——她在患病前那张充满慈爱的丰润脸庞；她仍是一头白发，脸上仍旧带着笑容。母亲的影像如此真实鲜明，似乎我伸手便可触及。她的模样一如从前，我甚至闻到她最爱用的Joy的香水味。她静静地站在我面前，一言不发。我有些纳闷为何我想的是父亲，出现的却是母亲，同时也对许久未想起母亲而感到些许愧疚。

我说："妈，晚年的那场病让您受苦了。"

母亲轻轻地将头侧到一边，仿佛表示理解我的心思。她给了我一个美丽的微笑，然后清楚地说："不过，爱是我所有的回忆。"说完她便消失无踪了。

房间突然一阵微寒，使我不禁打了个冷战。此时我深深感觉到，最重要的是我们曾对彼此付出关怀；苦痛会消失，唯有真爱永留心间。

母亲这句话点醒了我，直到如今，我还忘不了与她相见的那一刻。

虽然我一直没有父亲的讯息，但我深信有一天，他会出其不意地出现在我面前，再说一次："我今天告诉过你我有多么爱你吗？"

圣诞老人的精神不穿红衣

我无精打采地坐在老庞蒂亚克车后座，因为一个四年级的学生坐在这儿是应当的。我爸开车到城里购物，我跟着去。至少我告诉他——我确实有个在我心中盘旋了几个礼拜的问题想问他，这也是我第一次没有马上向他公开的心事。

"爸……"我欲言又止。

"啊？"他问。

"我们学校学生说了一些事情，我知道不是真的。"我感觉自己的下嘴唇因为想忍住我右眼角内的泪水而颤抖——它总是头一个掉眼泪。

"怎么了，小鬼？"我知道他心情很好，因为他用这个昵称来称呼我。

"他们说没有圣诞老人。"我忍耐着，但一滴眼泪掉了下来。"他们说我再相信圣诞老人就是笨蛋……它只是用来骗小孩的。"我的左眼眶又有了一滴眼泪。

"可是我相信你告诉我的，圣诞老人是真的。是真的，对不对，爸？"

那时我们的车正开在耐威尔大道上，当时它是一条两旁有橡树的双线道。我问这个问题时，他看了我的脸和整个人的姿势一眼，把车开到路边停下来。爸关掉引擎并把身子靠近我，一个缩在角落里的小女孩。

"学校里的那些学生错了，佩蒂。圣诞老人是真的。"

"我就知道！"我如释重负地喘口气。

"但我还要告诉你更多有关圣诞老人的事。我想你已经大到可以了解我要跟你分享的事了。你准备好了吗？"我爸的眼神很亲切，表情很柔和。我知道他有大事要说，而我已经准备好要听了，因为我完全信任他。他绝不会对我说谎。

"从前有个真正的人，他到处旅行，把礼物送给应得的孩子。在每个地方你都会发现他不同的名字，但他心中想的事用任何语言来说都是一样的。在北美，我们叫他圣诞老人。他代表无限的爱，以及用真心的礼物分享爱心的渴望。当你到了某种年纪，你会了解到真正的圣诞老人不是圣诞夜从你烟囱上下来的家伙。这个神奇精灵的真正生命与精神永远存在你心中、我心中、妈妈心中和为人带来欢乐的每个人心中。圣诞老人的真正精神在于你给予什么，而不在于你得到什么。只要你了解而且让它变成你的一部分，圣诞节会变得更令人兴奋、更神奇，因为你已了解魔术来自于你，圣诞老人住在你心中。你了解我在告诉你什么吗？"

我专注地望着我们车窗前的树。我不敢看我爸——这个一直告诉我圣诞老人真正存在的人。我想要像去年一样深信不疑——圣诞老人是个穿红衣的胖精灵。我不想吞下长大的药丸，发现事情都跟从前不一样。

"佩蒂，看着我。"我爸期待着。我把头转过去看着他。

爸的眼中也有泪水——那是快乐的眼泪。他的脸上闪烁着一千条银河的光芒，他的眼睛看来就像圣诞老人的眼睛。真正的圣诞老人。从我来到这个星球之后的每个圣诞节都是他为我费时选择特别的礼物。他吃了我小心翼翼装饰好的饼干，喝了温牛奶。这个圣诞老人或许吃了我留给驯鹿鲁道夫的萝卜。这个圣诞老人——虽然他曾说他没有机械才能——却在圣诞节早上在短短时间内组装了自行车、小货车和其他杂物。

我明白了。我明白了欢乐、分享和爱。我爸把我拉进他怀里给我一个温暖的拥抱，在那看似最寂寞的时刻抱住我，我们两人都哭了。

"现在你属于一个特殊团体，"爸继续说："你从此后会分享圣诞节的欢乐，在每一年的每一天，不只在某个特定的节日。从现在起，圣诞老人会住在你心中，就像他住在我心中一样。当圣诞老人住在你的内心，实践给予的精神就是你的责任。这是你一生中会发生的最重要的事，因为现在你知道，圣诞老人没有像你我这样的人让他活着，他就不会存在。你认为你可以应付得来吗？"

我因骄傲而心满意足，我也确信我的眼睛闪烁着惊奇的光芒。"当然，爸。我要让他住在我心中，就像他住在你心中一样。我爱你，爸。你是全世界最好的圣诞老人。"若我生命中有机会把圣诞老人的事实告诉我孩子，我会为圣诞精神祈祷，希望我像我父亲告诉我圣诞老人的精神不必穿红衣服那样，把它说得动人心弦，且活灵活现。我也希望他们能和当时的我一样领受。我完全信任他们，且我想他们会如此。

（美国）帕蒂·汉森

爱的教导 | STORY

第十排中间

当我在密歇根州底特律的研讨会结束后，有人过来对我自我介绍，并说："朗恩先生，你打动了我。我决定完全改变我的人生。"

我说："太棒了。"

他说："将来你会听到我的改变。"

我说："我并不怀疑。"

几个月后我又回到底特律演讲，同样的人又走到我面前，说："朗恩先生，你记得我吗？"

我说："我记得，你就是那个说要改变自己人生的人。"

"就是我！"他说："我要告诉你一个故事。上次研讨会结束后，我开始思考如何开始改变我的人生，我决定从家庭做起。我有两个可爱的女儿——每个人都希望有的好小孩。她们从来不给我惹麻烦。可是，我总是让她们受罪——特别是她们的少女时期。她们很喜欢到摇滚音乐会看她们最喜爱的歌星。我总是刁难她们。她们问我可不可以去，而我总说：'不，音乐那么嘈杂，你们会变成聋子，不可以和那群乱七八糟的人鬼混。'"

"然后，她们会一再要求：'爸，我们很想去，不会给你惹麻烦。我们是好女孩，让我们去吧！'"

"在她们苦苦哀求之后，我才会心不甘情不愿地把钱给她们，说：'好吧！如果你们一定要去那种鬼地方。'我决定从那儿改变我的生活。"他又说："我这样做了。不久前我听到广告说她们最喜欢的歌星要到我们城里来。你猜我做了什么？我到音乐厅买了票。之后，当我看到女儿时，我就把信封给了她们，说：'女儿们，你们可能不相信——但这信封里有你们听摇滚乐的票。'她们难以置信。我又告诉她们一件事。我说：'你们不必再哀求我了。'我的女儿们简直不敢相信这是真的。我要她们答应在去演唱会之前不要打开那个信封，她们同意了。演唱会那天，当女儿们到了那儿，打开信封，把票拿给服务员，服务员说：'跟我来。'当他把她们带到前头时，女儿们说：'等等，是不是错了？'服务员说：'没错，跟着我。'最后她们到了第十排中间的位子。女儿们非常惊讶。那晚我决定晚点再睡，到了午夜她们果然嬉闹地通过前间。一个过来坐在我膝上，一个用手绕着我的脖子，她们两个人都说：'爸，你一定是世界上有史以来最伟大的爸爸之一！'"

这是一个多么好的例子，以一点态度上的小改变，多一点心思，就可能过着美好的生活。

（美国）吉姆·朗恩

心底的承诺

这是一个十分重要的约会，我已经迟到了而且还迷了路。尽管我的大男子主义在

父亲的小故事 | STORY

作怪，可我还是准备找个地方问问路，在城里来回兜了几圈，车里的油已经所剩不多了，时间又是如此的宝贵。

我看见附近有一个消防站，除此之外，还有什么更好的地方可以问路吗？

我迅速钻出车子，穿过街道走向消防站。楼上3间屋子的门都开着，我可以看见车门半开着的红色消防车，信号灯闪闪发光，随时等待铃响出发。

当我走进消防站时，一股气味顿时扑鼻而来，这是消防塔里水龙软管被烤干的味道，以及那些大号的胶鞋、胶衣和头盔的味道。这些气味掺和着刷洗干净的地板和擦亮如新的消防车的气味，使人想起所有消防站都有的那种气味。我放慢脚步，深深吸了一口气，闭上双眼，仿佛又回到了我的孩提时代，回到了我父亲工作过30年的那座消防站——

消防站内的消防柱在夜空下闪着金光。记得有一次，父亲让我和哥哥杰顺着消防柱滑下来两次。消防站的一角有一台定速运送器，修车时，可以把人送到消防车底下去。父亲常让我爬到上面去，让我把住，然后启动，让我兜来兜去，直到我晕晕乎乎的像个喝醉了的驾驶员。这比我见过的空中滑车好玩多了。

挨着运送器的是一台旧的售汽水机，上面贴着旧式的可口可乐标签，每次和父亲参观消防站最兴奋的就是能到自动贩卖机前买瓶汽水喝。

10岁那年，我带着我的两个朋友来到了消防站，向他们炫耀着父亲的能耐，并想试试能否从他那儿给我们每人弄到一瓶汽水。在我带着他们参观了消防站之后，我向爸爸提出了这个要求。

那天，我察觉到了父亲的声音有些犹豫，但他还是答应了，并给我们两枚硬币。我们兴奋地冲向售汽水机想看看我们的瓶盖内是否有星的图案，如果能凑够一定数量的星就可以得到一顶我盼望已久的达维帽。

真幸运，我的瓶盖内有一个。但是我只有两枚这样的瓶盖，想得到一顶达维帽还远远不够。

在向父亲表示感谢后，我们就径直赶回家吃午饭，饭后，一起去游泳。

那天，我很早就从湖边回家了，当我进屋时听见父母谈话的声音，听起来母亲似乎在责怪父亲，并提到我的名字，母亲说："你应当说你没有买汽水的钱，布莱恩应当明白，你的钱是用来吃午饭的，他必须清楚我们没有多余的钱，而你却不能不吃午饭。"

父亲却和往常一样，耸耸肩，一笑了之。

趁母亲还没注意到我在偷听他们谈话，我匆忙上了楼，回到四兄弟一起住的小屋内。

当我掏口袋时，那枚生出是非的瓶盖掉在了地上。当我明白为了它，父亲做出了多么大的牺牲时，我把它捡了起来，和其他的7枚放在一起。

那天晚上，我暗自发誓要报答父亲。也许有一天，我会告诉父亲，我知道那天他为我做出的牺牲以及他所为我做的一切，我永远也不会忘记的。

父亲47岁那年，他第一次心脏病发作。为了养活我们这个九口之家，父亲同时从事3份工作，我想父亲一定是累垮的。父母25周年结婚纪念日的那天晚上，在全家人的面前，看起来一向强壮结实的父亲发病了，像坚硬的盔甲破裂了一样，而在我们看来，盔甲是牢不可破的。

在随后的8年中，父亲的病情时好时坏，又经历了3次病情发作的折磨后，医院为父亲安装了一个起搏器。

一天下午，父亲的普利茅斯货车坏了，他让我带他去医院做一年一次的例行检查。当我驱车来到消防站时，看到父亲和其他消防队员簇拥在一辆崭新的卡车周围，那是一辆深蓝色的福特卡车，它很漂亮，当我向父亲描述安如何漂亮时，父亲表示，总有那么一天，他会拥有一辆那样的车。

我们都笑了，这是他多年来的梦想，但一直都是可望而不可即的。

为了父亲的这个梦想，我们兄弟四人在今后的生活中开始在商界跃跃欲试，我们成功了。但是当我们要替父亲实现他多年的梦想时，他说："不是自个儿挣来的，总觉得那是别人的。"

当父亲从医生办公室走出来时，我注意到他那苍白的脸上有如针刺般的表情。

"我们走吧！"他只说了这么一句。

当我们上车时，我觉得事情有些不妙。在一片沉默中，车子启动了，我知道父亲要用他自己的方式告诉我这个不好的消息。

我有意走远路返回消防站，当我们经过我们家的老房子、球场、湖以及街道拐角处的商店时，父亲谈起了过去，翻开了我记忆的画页。

这时我才意识到父亲也许将不久于人世了。

他看着我，点了点头。

我明白了。

我们在开波特冰淇淋店前停下了，15年以来，第一次在一起吃了顿冰淇淋。那一天，我们真正地进行了交谈，心与心的交谈。他告诉我他是多么的为我们而感到自豪，他并不害怕死亡，而最让他难以割舍的是我们的母亲。

我强忍悲伤地对父亲抿嘴一笑，任何一个男人对女人的爱也无法同父亲对母亲的爱相媲美。

那天，父亲让我答应，不要将他快死的消息告诉任何人，在我点头应允的同时，我也知道，这将是一个我最难保守的秘密。

那时，我和妻子正打算买一辆新的轿车或卡车，恰巧父亲认识一家车行的老板，所以我请父亲去为我们指点一下，究竟应该买一辆什么样的车。

当我们走进展厅时，我开始同那商人交谈起来。这时，我注意到父亲盯着一辆光泽明亮的褐色货运卡车，它不正是那辆我和父亲曾经见过的最漂亮的车吗？我看见父亲用手轻轻抚摸着卡车，就像雕塑师在检查自己的作品。

"爸爸，我想我应该买一辆卡车，最好是能省油的车。"

当老板离开展厅去为我拿售单时，我建议父亲试试这辆褐色卡车。

"你买不起这辆。"父亲担心地说道。

"我知道，你也知道，但是这个商人却不知道。"我回答道。

当我们将车开上27道时，我和父亲坐在车上开心地笑了，笑得就像两个孩子，然后将车飞快地开上了跑道。我们开了足足有10分钟，谈论着这车有多么漂亮，并摆弄着所有的部件。

当我们返回展厅时，我选了一辆小型的蓝色卡车，父亲说这辆车会更省油的。我同意了父亲的意见并同这个商人完成了交易。

几天后，我问父亲是否愿意同我一起去取那辆车，父亲欣然应允，我想他之所以如此爽快，可能是想最后看一眼"他的褐色卡车"。

当我们进入车主的大院时，一眼便看见了我的蓝色卡车，上面还粘贴着"已售出"的标签。在它旁边停着那辆褐色卡车，擦洗后更熠熠生辉，车窗上张贴着大大的"已售出"的标签。

我瞥了一眼父亲，看见他脸上充满了失望的表情，这时听到他说："不知是谁为自己买了一辆如此漂亮的卡车。"

我只是点点头，说道："爸爸，你先进去通知卖主一声好吗？我把车停好就来。"当父亲经过那辆褐色卡车时，他禁不住又用手轻抚了一下它，我再一次看见他眼中流露出的那种失望。

　　我将轿车停在了大楼的另一端，透过窗子，我看着他，看着这个为了家庭不惜牺牲自己一切的人。卖主让他坐下后，交给他一串卡车钥匙——褐色卡车的钥匙，并向他解释道，这是我让他这么做的，是我们之间的秘密。

　　父亲向窗外望去，我们目光接触，会意地点了点头，相视而笑了。

　　那天晚上，我在屋外等待着他的归来。当他钻出卡车时，我上前去紧紧拥抱着他并告诉他我是多么爱他，我提醒父亲别忘了这是我们之间的秘密。

　　就在那个夜晚，我们出去兜风。父亲告诉我他明白这辆卡车的价值。但是究竟是什么把可口可乐瓶盖中央的星形图案变成一辆卡车的呢？

　　我想，是我那一直深藏于心底的承诺吧！

（美国）布莱恩·基夫